ullstein

AVRIL MAURY ist das Pseudonym einer deutschen Autorin. Sie lebt nah am Meer, wo sie Inspiration für ihre Geschichten sammelt. Wenn sie nicht schreibt, widmet sie sich liebevoll der Pflege ihres Gartens.

Avril
Maury

Noch fünfzig Sommer mehr

ROMAN

Ullstein

Besuchen Sie uns im Internet:
www.ullstein.de

Wir verpflichten uns zu Nachhaltigkeit
- Papiere aus nachhaltiger Waldwirtschaft und anderen kontrollierten Quellen
- ullstein.de/nachhaltigkeit

MIX
Papier
FSC FSC® C021394

Originalausgabe im Ullstein Taschenbuch
1. Auflage Juni 2025

Bei Fragen zur Produktsicherheit wenden Sie sich bitte an produktsicherheit@ullstein.de
Umschlaggestaltung: Favoritbüro, München
Titelabbildung: © Miguel Zagran/shutterstock.com (Meerlandschaft);
© Favoritbüro, München (Mann und Frau)
Gesetzt aus der Albertina powered by *pepyrus*
Druck und Bindearbeiten: ScandBook, Litauen
ISBN 978-3-548-06743-8

Im Sturm

Eleni öffnete zögernd die Haustür. Sie hatte ihre Kapuze tief ins Gesicht gezogen und presste die kleine Messingdose fest an ihren Körper. Die hohen Kiefern um das Haus bogen sich im Wind, der Himmel war kurz davor, aufzubrechen und eimerweise Regen herabzulassen. Eleni schloss die Augen und atmete tief durch.

Sie lief in das Waldstück hinter dem Haus. Die rumorende Stille, die hier herrschte, beruhigte sie ein wenig. Nichts als das Rauschen der Bäume, das Knacken der Zweige unter ihren Schritten und das ihr so vertraute Rascheln in den Büschen von allen Seiten. Im Wald fühlte sie sich sicher, er umgab sie wie eine hohe Schutzmauer und schottete sie ab von dem, was sich dahinter befand.

Durch die ständigen Stürme und Regenfälle war es ziemlich kalt geworden, typisches Wetter im Frühjahr in der Bretagne. Das kleine Küstenstädtchen Pokoù, in dem Eleni beinahe ihr gesamtes Leben verbracht hatte, war zu dieser Zeit wie ausgestorben. Keine Menschenseele, niemand, der sie auf ihren Wanderungen stören würde. Der Wind schlug ihr jetzt heftig ins Gesicht, die winzigen Regentropfen schmerzten wie Tausende kleiner Nadeln auf ihren Wangen. Das Rumoren um sie herum wurde lauter. Sie ließ das sanfte Rauschen der Baumwipfel hinter sich und tauschte es ein gegen das unerbittliche Brausen der meterhohen Wellen. Vor ihr lag nun der riesige Ozean.

Eleni blieb stehen, ein Schauer lief ihr über den Rücken, und sie begann zu zittern. Die Kälte durchfuhr ihren Körper, ihre Beine fühlten sich schwer an, und in ihrem Kopf stürmte es genauso heftig wie um sie herum. Sie versuchte, ihre Gedanken auszublenden, doch sie wurden lauter und unbarmherziger.

Das war der Grund, warum Eleni den Ozean hasste.

Er war wie eine riesige Truhe voller Überbleibsel aus ihrer Vergangenheit, die ganz hinten im Keller stand und fest verschlossen war. Nur an diesem einen Tag im Jahr zwang sie sich dazu, den schweren Deckel zu öffnen.

Alle anderen 364 Tage mied Eleni den Ozean wie einen angsteinflößenden Hofhund, der ihr auf dem Nachbargrundstück zähnefletschend auflauerte.

Mit zitternden Knien stieg sie den steilen Uferweg herab. Der Wind war jetzt so stark, dass er sie beinahe umblies. Eleni kniff ihre Augen zusammen und schob sich keuchend durch den Sturm, bis sie schließlich am Ufer angekommen war. Dort blieb sie breitbeinig stehen, reckte ihren Oberkörper gegen die heftigen Böen und starrte auf das dunkle, schäumende Wasser. Sie nahm einen tiefen Atemzug und begann zu schreien. Sie schrie, so laut sie konnte. Sie brüllte den Ozean an, stampfte mit ihren schweren Stiefeln in den schlammigen Ufersand, so lange, bis ihre Stimme versagte.

Die Tränen liefen ihr über die Wangen und vermischten sich mit dem Regen.

Eleni nahm die kleine Dose, die sie die ganze Zeit fest an sich gedrückt hatte, löste den Deckel und hielt sie mit weit ausgestrecktem Arm von sich. Sie schüttete viele kleine Blüten heraus, die kurz wild im Wind tanzten, dann blitzschnell auf den Ozean hinausgetragen wurden und schließlich verschwanden. Unter Schluchzen und Schniefen ging sie in die Hocke, umfasste ihre Knie und vergrub ihr Gesicht in den Armbeugen. Für einen Moment wurde es still. Sie blendete das Rauschen und Stürmen völlig aus.

Eleni erinnerte sich. In diesem Moment wusste sie wieder, weshalb sie jedes Jahr an diesem Tag hierherkam und ihren ganzen angestauten Schmerz herausschrie, ihre geballte Wut dem tosenden Ozean entgegenwarf. Weshalb sie den ganzen Sommer über Blumen sammelte und sie in die Seiten ihrer Bücher legte, um sie zu pressen. Sie tat es für diesen einen Augenblick der Stille. Es waren nur wenige Minuten, in denen sie sich völlig befreit und leicht fühlte und so, als könnte sie nichts mehr aus der Bahn werfen.

Als sich Eleni auf den Rückweg machen wollte, entdeckte sie in der Ferne jemanden, der, genau wie sie, dick eingepackt auf den Ozean starrte. Obwohl er weit genug weg war, fühlte Eleni sofort ein Unbehagen in sich aufsteigen. Durch den Regen hindurch beobachtete sie einige Minuten lang die verwaschenen Umrisse der Person, die sich nicht vom Fleck zu bewegen schien.

Eleni stapfte zurück durch den Schlamm, in den sich der

Strand verwandelt hatte. Als Jugendliche wäre sie auf die Steine geklettert, die an den Seiten der Bucht wie natürliche Mauern ins Wasser ragten und die größten Wellen brachen. Aber so mutig war sie schon lange nicht mehr.

Sie ging den Strand hinauf in Richtung Steilküste, aus der sie gekommen war.

Der steile Aufgang hatte sich mittlerweile zu einem kleinen schlammigen Wasserlauf verwandelt, so sehr hatte der Regen den schmalen Pfad eingenommen.

Plötzlich löste sich Geröll unter Elenis Tritt, und es zog ihr buchstäblich den Boden unter den Füßen weg. Mit weit von sich gestreckten kreisenden Armen versuchte sie, ihr Gleichgewicht zu halten, doch vergebens. Ehe sie sichs versah, fiel sie rücklings in den Schlamm, und es ertönte ein lautes, nasses Schmatzen. Das viele Wasser hatte den Boden aufgeweicht, und mit einem Mal fühlte Eleni sich, als wäre sie in Treibsand geraten. Sie drehte ihren Kopf zur Seite, so gut es ging, und hielt Ausschau nach etwas, das sie greifen konnte. Eine Wurzel ragte aus dem Boden neben ihr, sie streckte ihren Arm danach aus, stöhnte vor lauter Anstrengung. Doch sosehr sie sich auch abmühte, die Wurzel war zu weit weg. Sie schloss ihre Augen und atmete tief ein und aus, um Kraft zu sammeln. Als sie gerade zu einer weiteren Strampelaktion ansetzen wollte und die Augen wieder öffnete, blickte sie auf eine Hand, die ihr von oben entgegengestreckt wurde. Erleichtert und ohne groß darüber nachzudenken, griff sie zu und spürte, wie jemand sie mit einem Ruck heraufzog. Völlig entkräftet beugte sie sich vornüber und stützte sich auf ihren Knien ab.

»Alles in Ordnung?«, hörte sie eine freundliche Stimme neben sich.

»Ich muss nur kurz ein bisschen …«, schnaufte sie.

»Lass dir Zeit. Das war ganz schön abenteuerlich.«

Eleni erhob sich langsam und sah nun in das dick mit Mütze und Schal eingepackte Gesicht eines jungen Mannes. Obwohl sie seinen Mund nicht sehen konnte, erkannte sie, dass er lächelte. Er musste in etwa so alt wie Eleni sein, nicht viel älter als Mitte zwanzig. Was für ausdrucksstarke Augen. Sie schüttelte den Kopf. Diesen Gedanken hatte sie nicht erwartet, und sie sah ein wenig beschämt zu Boden.

»Danke«, brachte sie leise hervor.

Der Fremde zog sich seinen Schal herunter, und nun konnte Eleni auch sein Lächeln erkennen. Es passte sehr gut zu seinen warmen tiefgrünen Augen, die von dunklen, dichten Wimpern umgeben waren. Unter seiner Mütze schauten vom Wind zerzauste dunkelbraune Locken hervor. Mit seinem Dreitagebart sah er aus wie einer der jungen Fischerlehrlinge, die sie früher oft auf dem Boot ihres Pépé gesehen hatte.

»Ich bin Théo«, sagte er, zog sich den durchnässten Handschuh aus und reichte ihr erneut seine Hand.

Nach einem kurzen Zögern reichte auch sie ihm die Hand, die voller Schlamm war, was sie aber erst bemerkte, als sie schon zugegriffen hatte.

»Oh, das tut mir leid!«, stotterte sie verlegen.

Théo begann zu lachen und hob seine schlammige Hand in die Höhe.

»Kein Problem! Du weißt schon, dass dieser Schlamm

Heilkräfte hat, oder? Ich war mir zuerst auch gar nicht sicher, ob du da nicht gerade eine kleine Schlammkur veranstaltest, als ich dich so liegen sah.«

Eleni lächelte und hielt sich ihre Hände vors Gesicht, wodurch nun auch auf ihren Wangen ein wenig Dreck landete. Kurzerhand verrieb sie die feuchte Erde auf ihrer Haut.

»Aber genau das hatte ich vor, ich weiß gar nicht, was dir einfällt, mich einfach bei meiner Matsch-Wellness zu stören!«, konterte sie und wunderte sich sofort über ihre Schlagfertigkeit, die sie scheinbar noch nicht gänzlich verloren hatte. Als Mädchen war sie für ihre frechen Kommentare und Blödeleien bekannt gewesen.

»Ich bin Eleni«, sagte sie.

»Freut mich, Eleni.«

»Also«, setzte sie wieder an, »danke noch mal.«

Sie wandte sich von Théo ab und wollte gehen.

»Moment, kann ich dich denn jetzt guten Gewissens allein lassen? Diese Schlammbäder sind nicht ganz ungefährlich«, rief Théo, und als Eleni sich zu ihm umdrehte, musterte er sie kurz von oben bis unten.

»Ich will mich nicht aufdrängen«, erklärte er, »aber du siehst ziemlich durchnässt aus. Ich weiß, wo es ein gemütliches Café hier ganz in der Nähe gibt. Mit Heizung und heißem Tee!« Théo lächelte.

Eleni war unwohl bei dem Gedanken, sich mit einem Mann, den sie nicht kannte, in ein Café zu setzen und Leute aus dem Dorf zu treffen. Seit Jahren versuchte sie, Menschen, so gut es ging, aus dem Weg zu gehen. Sofort spürte sie das vertraute dumpfe Gefühl in ihrer Brust.

»Ich kann doch so nicht unter Menschen«, redete sie sich heraus und deutete auf ihre völlig verschmutzte Kleidung.

»Stimmt, das verstehe ich.« Théo nickte. »Aber was wäre, wenn wir dieses Café ganz für uns hätten? Da könntest du deinen Mantel und deine Schuhe auf der Heizung trocknen, und es gibt selbst gebackenen Kuchen!«

Er wollte scheinbar nicht aufgeben, und Eleni fiel es schwer, ihn abblitzen zu lassen, nachdem er ihr gerade gewissermaßen das Leben gerettet hatte. Er war schon sehr charmant, und sein Fischerjungen-Look weckte ein vertrautes Gefühl in ihr.

»Hört sich geheimnisvoll an.«

»So geheimnisvoll ist es gar nicht. Mein Café hat heute geschlossen, und es ist gleich da drüben hinter den Dünen. Dich habe ich dort noch nie gesehen! Kommst du aus Pokoù?«

Eleni lächelte verlegen.

»Eigentlich kommt das ganze Dorf zu mir«, fuhr Théo fort, »ich mache nämlich die besten Kuchen der Bretagne, musst du wissen, und meine Teeauswahl ist auch nicht schlecht.«

Eleni sah ihn mit großen Augen an und setzte eine erstaunte Miene auf.

»Also, wenn du schon so angibst, muss ich ja wenigstens testen, ob das alles nur heiße Luft ist!«

»Das solltest du unbedingt!«, rief Théo und stapfte unversehens los. Als Eleni nicht gleich folgte, drehte er sich noch einmal um.

»Kommst du?«

Théos Café lag auf einem hübschen gepflasterten Platz, der an einer Seite an die kleine Einkaufsstraße des Ortes und an der anderen an die Dünen grenzte. Es war ein zauberhaftes, typisch bretonisches Steinhäuschen mit knallgelben Fensterläden und einer kleinen Terrasse, über die eine bunte Wimpelkette gespannt war. Seitlich standen Holztische und Stühle zusammengeklappt unter einer Plane. Die würden wahrscheinlich erst wieder bei besserem Wetter zum Einsatz kommen. Über der Tür war in geschwungenen gelben Buchstaben *Le petit coin de Théo* an die Hauswand gemalt worden.

Eleni setzte sich auf einen Sessel, vor ihr ein kleiner alter Tisch aus Holz. Neben ihr die warme Heizung, auf die sie ihre Jacke zum Trocknen gelegt hatte. Ihr Blick fiel auf einen gemütlichen Raum, weitere runde Tische und ein Sammelsurium aus Stühlen, Hockern und Sesseln. An den Wänden hingen alte Fotografien des Ortes und der Bucht. Badende Menschen im Sommer, spielende Kinder in den Dünen – alles in Schwarz-Weiß. An einer Wand, die in einem sanften Pastelltürkis gestrichen war, stand eine antike Küchenanrichte, in der sich Gläser und Tassen befanden und einige kleine Vasen, gefüllt mit Trockenblumen und Gräsern.

Théo war in der Küche verschwunden, und sie hörte es klappern und klimpern. Kurz darauf stand er schon mit einem Tablett neben ihr, darauf zwei Teller mit Kuchenstücken und zwei Tassen Tee.

»Geht es dir ein wenig besser nach deinem Schlammbad?«, fragte er.

»Ja, danke. Die Kälte ist mir aber ganz schön in die Knochen gekrochen.«

»Vielleicht hilft warmer Apfelstrudel mit Vanilleeis und salziger Karamellsoße?«

Théo stellte das Tablett auf den Tisch, und ein verführerischer Duft stieg in Elenis Nase. Sie ließ sich in den Sessel sinken.

»Mmmh, das riecht ja wunderbar!«, sagte sie und sah auf die süßen Kreationen, die auf zwei Porzellantellern angerichtet waren. Daneben der dampfende Tee in kleinen weißblauen Tassen mit hübsch geschwungenen Henkeln.

»Das ist ja wie bei Oma«, bemerkte Eleni belustigt.

Sie fühlte sich wohl in Théos Gegenwart. Seine warme Stimme, die vorsichtigen Bewegungen, mit denen er die Teller und Tassen vom Tablett nahm und auf den Tisch stellte, all das beruhigte, ja tröstete sie. Sie wollte für immer in diesem gemütlichen Sessel sitzen bleiben und mit Théo Kuchen essen und heißen Tee schlürfen.

»Das Geschirr habe ich mir im Dorf zusammengesammelt, als ich das Café vor einem Jahr eröffnet habe. Und die meisten Spenderinnen waren ältere Damen, die mir ihr Porzellan mitgaben, das sie selbst nicht mehr brauchten«, erzählte Théo. »Nachdem ich die Räumlichkeiten gemietet und eingerichtet hatte, war ich ziemlich blank und hoch verschuldet. Kurz vor der Eröffnung hatte ich weder Geschirr noch Besteck – das Wichtigste hatte ich in all der Aufregung völlig vergessen!«

Er lachte.

»Die Leute im Dorf haben mich gerettet, alle haben zusammengelegt. Ein kleines Wunder!«

Eleni senkte nachdenklich die Lider.

»Nein, kein Wunder. Das Dorf war schon immer der beste Ort der Welt«, flüsterte sie, und kurz legte sich eine Traurigkeit in ihren Blick. Als sie bemerkte, wie Théo schwieg und sie verwundert musterte, sah sie wieder auf.

»Erzähl mir mehr«, sagte sie dann und lächelte.

Während er ihr von den Anfängen seines Cafés berichtete, blickte er von seiner Teetasse immer wieder zu ihr auf. Hin und wieder blieben seine warmen grünen Augen etwas länger an ihr hängen, und manchmal verschlug es ihm kurz die Sprache. Dann lächelte er kopfschüttelnd, sah in die Luft, als wolle er seine verloren gegangenen Gedanken wieder einfangen, und sagte:

»Wo war ich?«

Nachdem er ihr einiges von sich und seinem Café erzählt hatte, blickte er sie neugierig an.

»Und jetzt du«, lächelte er.

Eleni war etwas überrumpelt.

»Erzähl mir etwas von dir. Irgendwas. Ein Geheimnis vielleicht.«

Erwartungsvoll beugte sich Théo nach vorn und stützte seine Ellbogen auf seinen Oberschenkeln ab. Eleni dachte nach. Was sollte sie ihm erzählen? Ihr kam es vor, als hätte sie seit Jahren nichts mehr erlebt. Nichts, das berichtenswert wäre.

»Was ist in der kleinen Dose?«, fragte Théo jetzt und deutete auf Elenis Messingdose, die neben ihr auf dem Boden stand.

»Es waren getrocknete Blüten darin«, sagte sie zögerlich.

»Blüten?«

»Für meine Mamie.«

Théo musterte sie ein wenig rätselnd.

»Ich gehe einmal im Jahr in die Bucht und …«, Eleni stockte und lächelte verkrampft. »Es ist bescheuert.«

»Bis jetzt kann ich nichts Bescheuertes daran finden«, sagte Théo mit seiner sanften Stimme. »Aber wenn du es mir lieber nicht erzählen willst, ist das okay.«

Eleni schüttelte den Kopf.

»Meine Großmutter ist vor sieben Jahren gestorben«, begann sie nun, und Théo richtete sich wieder auf. »Ich sammle Blumen, jeden Sommer, und trockne ihre Blüten. Dann fülle ich sie in die Dose, und an ihrem Todestag verstreue ich sie über dem Ozean. Die Bucht war ihr Lieblingsplatz.«

Sie blickte Théo nicht ins Gesicht, sah auf ihre Hände. Im nächsten Moment spürte sie eine Berührung an ihrem Knie, dann legte Théo seine Hand auf ihre.

»Das hört sich sehr schön an.«

Eleni nickte und wunderte sich. Hier zu sitzen und mit Théo zu sprechen, spendete ihr seltsamerweise Trost. Eigentlich kam gerade alles zusammen, was sie normalerweise tunlichst vermied: ein fremder Mann, ein Ort, an dem sie nie zuvor gewesen war, ein intimes Gespräch, bei dem die ganze Aufmerksamkeit auf ihr lag. Dieser Théo hatte eine unglaublich besänftigende Ausstrahlung, es kam Eleni vor, als würde sie ihn schon ewig kennen.

Stundenlang hatten sie geredet. Théo hatte ihr erzählt, wie er vor einigen Jahren aus der Stadt nach Pokoù gezogen war, weil er die Schnelligkeit und den Lärm nicht mehr ausgehalten hatte. Er hatte hier neue Ruhe und Kraft geschöpft und liebte die ausgedehnten Spaziergänge am Ozean. Das Café war sein ganzer Stolz und der Ort, an dem er die meiste Zeit verbrachte, mit den Gästen plauderte und immer neue kleine Anekdoten der Dorfbewohner erfuhr. Eleni schien es, als wäre er ziemlich beliebt im Ort. Seine Schwärmereien über Pokoù ließen sie zurückdenken an eine Zeit, in der sie selbst noch oft unterwegs war, mit ihren Freunden beinahe jeden Tag in der Bucht verbrachte. Seine Geschichten erinnerten sie an die schönste Zeit ihres Lebens, und sie mochte das.

Erst als es draußen langsam dämmerte, bemerkte Eleni, wie schnell die Zeit vergangen war.

»Ich sollte gehen«, sagte sie und deutete zum Fenster.

Théo nickte und schob seinen Sessel zurück. Er reichte ihr seine Hand, die sie gern annahm, obwohl sie sich sicher war, dass sie längst wieder auf festen Beinen stehen konnte.

Gemeinsam verließen sie das Café und gingen schweigend nebeneinanderher in Richtung Bucht.

Der Regen hatte sich ein wenig gelegt, nur noch leichter Niesel befeuchtete die Gesichter von Eleni und Théo, die wieder ihre Mützen und Schals angezogen hatten. Der Wind blies noch immer stark und eisig und ließ einige Blätter in kleinen Spiralen über die Wege tanzen.

Als sie wieder an der Stelle angekommen waren, an der

Théo Eleni aus dem Schlamm gezogen hatte, blieb sie stehen und sah auf den Boden.

»Vielen Dank für … na ja, für die Rettung«, sagte sie ein wenig verlegen.

Théo lächelte, zuckte mit den Schultern und wippte von einem Fuß auf den anderen.

»Immer wieder gern«, witzelte er.

»Von hier aus find ich den Weg.« Eleni nickte ihm zu und lief in Richtung Wald.

»Es war schön«, rief Théo ihr hinterher. »Ich werde Ausschau nach dir halten, solange die Bucht so schlammig ist. Nur zur Sicherheit!«

Eleni schaute zurück, lächelte Théo an und verdrehte spaßhaft die Augen.

Als sie am Waldrand angekommen war, stellte sie fest, dass sie den Ozean völlig vergessen hatte, während sie neben Théo am Strand entlanggestapft war. Sie lächelte und trat auf den schmalen Waldweg, der zurück zu ihrem Haus führte.

Théo

In den folgenden Tagen wurde die Küste von heftigen Stürmen aufgewühlt, und von morgens bis abends lag eine graue Decke über dem Dorf. Eleni musste in dieser Zeit oft an das seltsam schöne Treffen in der Bucht und das kleine, gemütliche Café von Théo denken. Seine ruhige und warmherzige Art wollte ihr nicht aus dem Kopf gehen. Ganz unaufdringlich hatte er sie mit seinen Geschichten und seinem sanften Blick in seinen Bann gezogen. Das Letzte, was Eleni gewollt hatte, war, jemanden in ihr Leben zu lassen. Und jetzt fragte sie sich ununterbrochen, wie es wäre, Théo wiederzusehen.

An einem Morgen, der noch immer kein Licht versprach und so dunkel und mürrisch wie all die anderen Morgen davor war, entschloss sich Eleni, in den Ort zu gehen. Es war Zeit, ihre Einkäufe zu erledigen. Sie hatte sie schon viel zu lange vor sich hergeschoben, und nun gingen auch ihre letzten Tee-, Zucker- und Nudelreserven zur Neige. Es blieb ihr nichts anderes übrig. Und ein kleines bisschen hoffte sie natürlich auch darauf, Théo zu treffen. Sie dachte darüber nach, einen kleinen Umweg zu gehen, um an seinem Café vorbeizuschauen. Vielleicht würde er zufällig gerade herausschauen und sie vorübergehen sehen. Sie könnte ihm zuwinken, er würde ihr hinterhereilen, um sie auf einen Kaffee einzuladen. Eleni schüttelte den Kopf über ihre Tagträumereien und stapfte auf direktem Weg zur Épicerie.

In dem kleinen Lebensmittelgeschäft war nichts los, nur die Kassiererin saß hinter ihrem Holztisch und blätterte gelangweilt in einem Magazin. Sie hob nicht einmal den Blick, als die Türglocke ertönte und Eleni zaghaft grüßend hereinkam. Vorsichtig, um bloß nicht groß aufzufallen, schlich sich Eleni durch die Gänge und sammelte alle Waren ein, die sie benötigte. Als sie in der hinteren Ecke des Geschäfts vor dem Brotregal angekommen war, ertönte plötzlich ein weiteres Mal die Türglocke.

»*Bonjour*, Madame!«

Eine warme männliche Stimme ließ Elenis Herz schneller schlagen. Théo.

Sie wurde mit einem Mal nervös und sah sich nach einem Regal um, hinter dem sie sich verstecken könnte.

Und im nächsten Moment hörte sie auch schon ein sanftes »*Salut*« hinter sich. Sie fuhr herum und sah in ein lächelndes Gesicht.

»Bist du wieder auf Wellnesstour?«, fragte Théo und deutete mit seinem Blick auf ihre Gummistiefel.

Sofort war ihre Furcht verflogen, ihre Hände hörten auf zu zittern, ihr Magen beruhigte sich. Seine Stimme hatte diese besondere Wirkung auf sie, und sie konnte es noch immer nicht ganz begreifen.

»Es war mal wieder Zeit, ja«, flunkerte Eleni.

Théo sah belustigt zu Boden, hob seinen Blick dann wieder, bis er ihren traf.

»Schön, dich zu sehen«, sagte er. »Es war heftig was los da draußen die letzten Tage, was?«

»Und wie. Nach meinem Schlammbad habe ich mich nicht mehr wirklich vor die Tür gewagt.«

Théo grinste.

»Hast du Lust auf einen kurzen Spaziergang?«

»Gern«, sagte Eleni lächelnd und erkannte so etwas wie Erleichterung in Théos Gesicht.

»Und was machst du, wenn du gerade nicht im Regen spazieren gehst?«, fragte Théo.

Eleni überlegte, ob sie ihm von ihrem Job als freie Autorin für ein Reisemagazin erzählen sollte. Niemand wusste, dass sie nicht wirklich an die Orte reiste, über die sie schrieb. Das würde sie nicht wagen. Nicht mehr. Alles, was sie tat, waren detailgenaue Recherchen in Magazinen, Büchern und im Internet. Dann fasste sie alle Informationen zusammen und dachte sich eine kleine zauberhafte Geschichte dazu aus. Sie wusste, dass sie in Schwierigkeiten geraten würde, kämen ihre Tricksereien ans Licht. Aber wer las überhaupt noch Reisereportagen? Und überhaupt, sie tat ja niemandem weh.

»Ich schreibe. Geschichten.«

Théo sah sie interessiert an.

»Das hört sich spannend an. Worüber schreibst du?«

Eleni zuckte mit den Schultern.

»Alles und nichts. Orte, Menschen.«

»Das klingt schön. Poetisch. Und hast du mal etwas veröffentlicht?«

»In einigen Magazinen, aber es ist wirklich nicht der Rede wert. Nur ein Job, den ich gut von zu Hause machen kann.«

Théo nickte und fragte nicht weiter. Seinem Blick merkte Eleni an, dass er verstanden hatte, wie wenig sie über ihre Arbeit sprechen wollte.

»Ich hätte übrigens nie gedacht, dass du ein Café führst, als ich dich das erste Mal gesehen habe«, sagte Eleni, als sie eine Weile schweigend nebeneinanderher gegangen waren.

Théo sah sie erstaunt an.

»Aha? Und was hast du gedacht?«

Eleni zuckte mit den Schultern.

»Ich musste sofort an die Fischerjungen auf dem Boot meines Großvaters denken.«

Théo lächelte.

»Ein Fischerjunge also«, sagte er stirnrunzelnd.

»Versteh mich nicht falsch«, erklärte Eleni sofort, »ich mochte die sehr! Als Kind habe ich Tage am Anleger verbracht und dabei zugesehen, wie sie Kisten, prall gefüllt mit Fisch, an Land getragen haben. Und zwischendurch haben sie ihre Späße mit mir getrieben. Ich fand das toll.«

Théo schüttelte schmunzelnd den Kopf.

»Dann nehm ich das als Kompliment?«

»Unbedingt!«, bestätigte Eleni.

»Aber du …«, setzte Théo dann an, »dich kann ich so gar nicht einordnen.«

»Was soll das heißen?«, fragte sie unsicher.

Théo antwortete nicht direkt, blickte vor sich, als müsste er seine Gedanken sammeln.

»Du bist mir ein Rätsel«, begann er nach einem kurzen Moment. »In einem Augenblick versteckst du dich hinter dem Supermarktregal, und im nächsten witzelst du herum. In dir scheinen zwei Persönlichkeiten zu stecken. Eine, die am liebsten Reißaus nehmen würde, und eine andere, die sehr viel mutiger und abenteuerlustiger ist.«

Eleni erschrak ein wenig. Sie war also ganz und gar nicht unnahbar, jedenfalls nicht für Théo. Er hatte sie ziemlich treffend beschrieben, und das in nur einem Satz.

Sie schwieg, wusste nicht, was sie sagen sollte.

»Tut mir leid, ging das zu weit?«, fragte Théo. »Ich Idiot hab die Angewohnheit, manchmal zu früh zu viel zu sagen.«

Eleni schüttelte den Kopf und lächelte. In diesem Moment schwebte vor ihnen eine kleine pinkfarbene Blüte zu Boden und blieb direkt vor Elenis Füßen liegen. Sie hob sie auf und drehte sie zwischen ihren Fingern hin und her.

»Spornblume«, sagte Théo.

Sie sah ihn erstaunt an.

»Die überwuchern grad alles.«

Eleni nickte. »Und wenn es dann doch noch mal stürmisch wird, liegen die Blüten überall auf dem Boden verteilt, wie pinker Schnee«, erzählte sie verträumt.

»Also doch eine Poetin! Hab ich mir schon gedacht, dass du nur bescheiden bist.«

Sie verdrehte die Augen und ließ die Blüte fallen.

»Jetzt übertreib es aber nicht.«

Lächelnd ging sie weiter, während Théo ein wenig hinter ihr zurückblieb.

»Warte«, rief er und holte sie wieder ein. »Eine echte Poetin braucht eine Blüte im Knopfloch!«

Eleni drehte sich zu Théo um, der nun wieder neben ihr angekommen war und die kleine pinke Blüte in der Hand hielt.

»Wo hast du denn das Klischee ausgekramt?«, fragte sie lachend, während Théo vorsichtig an ihrem Mantel herumhantierte.

»Unterschätze bloß nicht die Magie von Klischees. Das hier hat schließlich Hunderte Jahre überlebt, und es sieht gar nicht so schlecht aus.«

Die kleine Blüte baumelte etwas traurig und gequetscht an einem von Elenis Knöpfen, doch Théo musterte sie zufrieden.

»Fehlen nur noch der Schal und das Weinglas«, witzelte sie und nahm eine übertrieben nachdenkliche Pose ein.

»Perfekt!«

Théo nahm stolz sein Werk in Augenschein, betrachtete Eleni von allen Seiten und nickte überzeugt.

»So kann ich mich mit dir sehen lassen.«

Eleni kniff die Augen zusammen.

»Was soll das denn heißen?«

»Na ja, das letzte Mal, als wir uns gesehen haben, warst du voller Schlamm. Nimm's nicht persönlich, aber ich bevorzuge Blüten im Knopfloch.«

»Wie du schon richtig erkannt hast, schlummern in mir

mehrere Persönlichkeiten. Und glaub mir, die zarte Poetin und die Schlammtaucherin sind nur der Anfang!«

Eleni lief voran und ließ Théo einfach stehen.

Als er sie wieder einholte, schmunzelte sie, ohne sich ihm zuzuwenden.

»Also«, sagte Théo, »wann kann ich die anderen kennenlernen?«

Eleni drehte sich zu ihm, sah in sein schelmisch grinsendes Gesicht und musste lachen.

Die Spaziergänge mit Théo wiederholten sich nun regelmäßig. Nachdem sich auch endlich die stürmischen Tage gelegt hatten und ein wunderschöner sonnenverwöhnter Frühling begann, wurden ihre Wanderungen immer ausgedehnter. Sie trafen sich stets früh am Morgen oder am Abend, wenn Théo das Café abschloss, und liefen stundenlang durch den Wald oder die mal moosigen, mal von Gestrüpp durchwachsenen Wiesen und Felder. Wenn Eleni etwas abenteuerlicher gestimmt war, spazierten sie durch die kleinen Küstenorte, schauten sich hübsche bretonische Steinhäuser und kleine Kirchen an, wunderten sich über die seltsamen Gartenzwerge und Dekorationen einiger Grundstücke. Mit Théo an ihrer Seite fühlte Eleni sich sicherer und ruhiger.

Die Tage vergingen, und irgendwann beschloss sie, ihn zu sich nach Hause einzuladen. Es kostete sie einige Überwindung, aber Théo hatte längst ihr Vertrauen gewonnen. Er brachte Kuchen und selbst gemachte Limonade mit, sie hatte den Tisch auf der Terrasse, die auf den Garten hinausging, gedeckt. Es war ein leuchtender Tag, die Luft war voll von Blütenduft und emsigen Insekten. Sie saßen, aßen Kuchen, redeten und schwiegen, lauschten den Geräuschen des Gartens und atmeten mehrere Male gleichzeitig tief ein und wieder aus, was sie immer wieder zum Lachen brachte.

»Schön hast du es hier«, sagte Théo, als die Sonne langsam hinter die Baumkronen rutschte.

Eleni nickte zaghaft und sah nachdenklich in den Garten.

»Es war noch viel schöner, als –«, sie schluckte und fuhr etwas leiser fort, »als meine Großeltern noch lebten. Sie haben dem Garten so viel Leben eingehaucht, mit den prachtvollsten Blumen und Sträuchern. Es war ein Zaubergarten.«

Théo schwieg und ließ seinen sanften Blick auf ihr ruhen. »Wie wäre es, wenn ich dir dabei helfe, diesen Zaubergarten wieder zum Leben erwachen zu lassen?«

Eleni sah ihn überrascht an.

»Hast du denn Ahnung von so was?«

»Ein wenig.«

Théo stand plötzlich auf und machte einen Schritt an den Rand der Terrasse.

»Stell dir doch mal vor«, begann er und führte seinen Arm vor sich durch die Luft, als wolle er den gesamten Garten erfassen, »Kräuter- und Gemüsebeete, Blumen, die Bienen und Schmetterlinge anziehen, die verschiedensten Farben und Formen und Muster!«

»Das klingt ganz wunderbar«, gab Eleni zu, »und das willst alles du machen?«

»Wenn du es mir erlaubst.«

Seit er angefangen hatte, davon zu reden, waren seine Augen größer und leuchtender geworden. Wie ein kleiner Junge blickte er in jede Ecke des Gartens und schien sich schon Hunderte Bilder vor seinem inneren Auge auszumalen.

»Unter einer Bedingung«, sagte Eleni.

»Alles, was du willst!«

»Sommeranemonen«, rief sie, »das sind meine Lieblingsblumen. Die müssen unbedingt einen Platz kriegen.«

»Abgemacht«, lächelte Théo.

Es war mittlerweile dunkel geworden und auf der Terrasse recht kühl. Eleni spürte ein leichtes Ziehen in ihrem Bauch, ein Gefühl, das sie schon kannte und das kam, wenn etwas Schönes langsam zu Ende ging. Schon als Kind überkam sie diese sanfte Melancholie jedes Mal, wenn sie sich am Abend von ihren Spielkameraden verabschieden musste.

»Wieso schaust du so traurig?«, fragte Théo jetzt besorgt und setzte sich wieder zu ihr.

»Ach, so eine Macke von mir. Ich bin schlecht darin, schöne Momente gehen zu lassen«, erklärte Eleni und versuchte ein Lächeln.

»Aber etwas will ich dir noch zeigen«, sagte sie jetzt mit mehr Elan und stand auf.

Als Théo sie verwundert ansah, streckte sie ihm ihre Hand entgegen und führte ihn in den hinteren Teil des Gartens.

»Das ist mein Lieblingsplatz. Der muss unbedingt so bleiben.« Sie zeigte auf eine kleine Ecke, umgeben von Brombeersträuchern, an denen schon die ersten weißen Blüten zu sehen waren. In der Mitte der Büsche waren bunte Kacheln kreisförmig in den Boden eingelassen, und darauf waren zwei dicke Baumstümpfe platziert. Am Rand der Fliesen standen Einweggläser, gefüllt mit Teelichtern, die Deckel verschlossen.

»Im Sommer lege ich mir hier Kissen hin, und am Abend zünde ich die Kerzen an. Manchmal lese ich, aber meistens sitze ich einfach nur hier und lausche den Insekten und dem Wind«, erzählte Eleni.

»Ein schöner Ort«, sagte Théo.

»Als Kind war das mein Versteck, wenn ich keine Lust hatte, mit Mamie und Pépé ins Dorf zu gehen.«

Als Théo sie fragend ansah, fügte sie mit gesenktem Blick hinzu: »Meine Großeltern.«

Théo griff zum Brombeerstrauch und zwickte eine kleine Blüte von einem Zweig. Er steckte sie Eleni in das Knopfloch ihres Mantels.

»Für die Poetin«, lächelte er.

Sie begutachtete sein kleines Geschenk und spürte, wie es plötzlich in ihrem Bauch begann zu kribbeln. Ein angenehmes Kribbeln, das sich langsam in ihre Brust und überall in ihren Körper bewegte. Théo sah sie mit seinen tiefen grünen Augen an, er schien ein wenig nervös zu werden und blickte kurz auf den Boden.

Er stand nun ganz dicht vor ihr und umfasste ihr Gesicht.

Als sich ihre Lippen trafen, regte sich in Eleni ein Gefühl, das sie schon lange nicht mehr gespürt hatte. Vielleicht war es so etwas wie Glück. Alles war genau so, wie es sein sollte. Und Théo der einzige Mensch auf dieser Welt, der sie so fühlen lassen konnte.

Zaubergarten

An diesem Abend bei den Brombeersträuchern begann eine Zeit, die Eleni sich nicht besser hätte erträumen können. Schon bald zog Théo zu ihr ins Waldhaus, und als es Sommer wurde, begann er, den Garten in einen kleinen Zauberort zu verwandeln, so wie er es ihr versprochen hatte.

Und so wie die Beete verwandelte auch Eleni sich Schritt für Schritt. Je mehr Blumen Théo pflanzte, je bunter ihr Garten wurde, desto mehr blühte auch sie auf. Anstatt ihre kastanienbraunen Haare wie üblich zu einem unordentlichen Knoten am Hinterkopf zu tragen, ließ sie sie nun immer öfter offen über ihre Schultern fallen. Ihre Haut nahm durch die vielen gemeinsamen Spaziergänge erst eine rosige Farbe, dann einen sommerlichen Teint an. Auf ihren Wangen und ihrer Nase zeigten sich viele kleine Sommersprossen, die Théo jeden Morgen zählte. Sie steckte sich Blüten hinter die Ohren und flocht sich Kränze aus Gänseblümchen und Löwenzahn. Stundenlang konnte sie auf der Wiese sitzen und Théo bei der Gartenarbeit beobachten, und am Abend waren dann zehn oder fünfzehn Blumenkränze entstanden, die sie an die Türen und Fenster hängte.

Doch nicht nur äußerlich verwandelte sich Eleni. Sie wurde fröhlicher, tanzte ausgelassen durch das Haus und den Garten, machte Späße und liebte es, Théo zu necken.

In den warmen Monaten stellten sie Tische und Stühle unter den Kirschbaum, befestigten eine Hängematte zwischen zwei großen Kiefern und verbrachten so viel Zeit wie möglich dort draußen. Théo arbeitete viel, doch wenn er das Café an manchen Tagen seiner Aushilfe überließ, unternahmen er und Eleni Ausflüge. Oft fuhren sie einfach mit ihren Fahrrädern los, vollgepackte Picknickkörbe auf den Gepäckträgern, ohne ein bestimmtes Ziel. Wenn sie einen schönen Ort gefunden hatten, breiteten sie ihre Decke aus und veranstalteten das schönste Picknick, das Eleni sich vorstellen konnte, mit selbst gebackenem Brot aus Théos Café, ihren vorbereiteten Salaten und Aufstrichen, und immer hatte Théo auch zwei Stücke selbst gebackenen Kuchen dabei. Nach dem Essen lagen sie einfach stundenlang nebeneinander oder ineinander verschlungen auf ihrer Decke und hörten dem Rauschen der Bäume zu.

Eines Tages brachte Théo einen kleinen, fein durchlöcherten Pappkarton mit nach Hause.

»Für dich«, sagte er und stellte den Karton vor Eleni auf den Boden. Als es darin kurz raschelte, schrak sie zurück.

»Was ist das?«

Théo öffnete den Karton. Zuerst war nur ein kleines Näschen zu erkennen, das sich aus der Kiste reckte und ganz aufgeregt schnupperte. Nach einer kurzen Weile hopste ein winziges Kaninchen hervor. Eleni stieß einen kurzen Schrei aus und hielt sich die Hände vor den Mund. Das Kaninchen blieb vor ihren Füßen sitzen und kauerte schüchtern am Boden. Théo ging in die Hocke und strich dem Tier sanft über den Rücken.

»Heute kam eine alte Dame zu mir ins Café, sie war ganz aufgelöst«, berichtete er. »Sie erzählte mir, dass ihre Tochter in die Großstadt ziehen wolle und ihr Kaninchen abgeben müsse. Die alte Dame konnte es nicht behalten, und der Tierarzt sagte, er müsse es einschläfern, wenn niemand sich dem armen Vieh annehmen würde!«

Eleni musterte das Tier noch immer skeptisch.

»Du darfst ihm einen Namen geben«, schlug Théo vor, und Eleni sah ihn ein wenig ungläubig an. Eleni ging in die Knie und begutachtete das Kaninchen. Vorsichtig legte sie eine Hand auf sein Köpfchen und tätschelte es etwas unsicher.

»Na, das üben wir vielleicht noch mal«, lachte Théo, und Eleni warf ihm einen genervten Blick zu.

»In Ordnung«, sie sah zu dem Kaninchen, »ich nenne dich … Anemone!« Sie lächelte zufrieden.

»Anemone? Für ein Kaninchen? Hört sich eher wie eine alte Adlige an«, neckte Théo sie. Aber Eleni blieb stur. Sie konnte nicht viel mit dem Kaninchen anfangen, da sollte es wenigstens einen wohlklingenden Namen haben. Und es gefiel ihr, sich eine alte adlige Dame vorzustellen, die von nun an bei ihnen im Haus lebte, in ihrem Bett schlief und durch ihre Küche hoppelte.

Die Tage im Sommer vergingen viel zu schnell. Die Stunden flogen nur so dahin, wie die Spatzen und Schwalben in ihrem

Garten. Eleni überkam kurz vorm Schlafengehen eine Traurigkeit, die sie wütend machte. Sie konnte nichts dagegen tun. Eine Schwere legte sich auf sie, und obwohl sie jede Sekunde mit Théo genießen wollte, waren die letzten Abendstunden, bevor er am nächsten Morgen wieder ins Café gehen würde, von Melancholie geprägt.

»Warum habe ich nur so viele Emotionen, das ist doch unsinnig!«, seufzte sie und kuschelte sich an Théo. Sie lagen auf einer Decke, die sie auf der Wiese ausgebreitet hatten, und starrten in den Abendhimmel, in dem noch immer einiges los war.

»Das ist nicht unsinnig. Du lässt einfach alles zu, das ganze Leben. Dein Kopf und dein Herz sind voll davon.«

Théo sah sie an und lächelte. Über ihnen schwirrten die emsigen Bienen, drehten die Vögel ihre letzten Runden, ließ der leichte Wind die Baumkronen rauschen.

»So viel Leben verträgt doch niemand«, sagte Eleni frustriert. Gleichzeitig war sie dankbar, wie verständnisvoll Théo war.

Ihr Gemüt hellte sich etwas auf, wenn er am frühen Abend nach Hause kam, ihr Kuchen mitbrachte und ihr erzählte, was an diesem Tag wieder für kuriose Figuren an die Theke gekommen waren.

Manchmal tat es ihr leid, dass sie nicht so menschenfreundlich war wie er. Es machte sie traurig zu wissen, wie sehr er es genoss, unter Leuten zu sein, und dass er es sich wahrscheinlich wünschte, mit ihr auszugehen, Freunde zu treffen.

Sie hatte lange geglaubt, ganz zufrieden zu sein, auch

wenn sie sich nach dem Tod ihrer Mamie oft allein gefühlt hatte. Irgendwann hatte sie sich an ihr einsames Leben gewöhnt und sich damit abgefunden. Bis sie Théo kennengelernt hatte, bis er ihr gezeigt hatte, dass es doch Personen da draußen gab, die sie gern in ihrer Nähe hatte. Zumindest diesen einen Menschen wollte sie am liebsten ununterbrochen bei sich haben.

Und dann kam der Anruf.

Eleni saß auf der Terrasse mit einer Tasse Tee unter dem makellos blauen Himmel, ihren Laptop aufgeklappt vor sich, schrieb sie an einer neuen Reportage. Sie war vertieft in die Beschreibung einer kleinen Insel mitten im Atlantischen Ozean, als das Telefon klingelte. Beinahe hätte sie es einfach klingeln lassen. Doch irgendetwas sagte ihr, dass sie den Anruf annehmen sollte.

Die Panik, die in ihr aufkam, als sie die zittrige Stimme seiner Mutter vernahm. Ihre Hand, die den Telefonhörer beinahe fallen ließ. Ihr Atem, der stockte, ihr Herz, das ihr schmerzhaft gegen die Brust schlug. Die absolute Hilflosigkeit.

Er war einfach umgekippt. In seinem Café, während er einen Espresso an der Kaffeemaschine zubereitet hatte.

Théos Mutter rief aus dem Krankenhaus an, verlor immer wieder ihre Stimme, stockte, setzte wieder an. Sie hatten eine Hirnblutung festgestellt. Zu stark, um noch etwas tun zu können. Eleni war wie erstarrt, konnte nichts sagen. Und am Ende sagte Théos Mutter:

»Ich dachte, du solltest es wissen.«

Dann legte sie auf. Eleni ließ den Hörer sinken und starrte an die Wand, auf ein Foto, das sie erst vor wenigen Wochen aufgehängt hatte. Es zeigte Théo und sie auf einer Wiese, ihre roten Gesichter eingefasst von den Kapuzen ihrer Regenmäntel, breit grinsend. Mit einem lauten Schluchzen ging Eleni zu Boden. Eingerollt wie ein Embryo, blieb sie wimmernd auf dem Holzboden ihrer Küche liegen.

Théo, dachte sie.

Théo. Immer wieder.

Das durfte nicht sein. Er durfte nicht weg sein. Nicht Théo. Nicht ihr Théo. In ihrem Kopf drehte sich alles, sie presste ihre Arme auf ihre Brust, bis sie keine Luft mehr bekam. Dann überfiel sie eine unheimliche Schwäche. Sie wollte nicht mehr aufstehen, nie wieder.

Die Beerdigung fand eine Woche später statt.

Am Abend vorher legte Eleni sich ihr schwarzes Kleid und eine dunkelblaue Jacke heraus, holte ihre schwarzen Schuhe aus dem Keller und putzte sie eine halbe Stunde lang unter Tränen. Sie wusste, dass Théo es gehasst hätte, sie so ernst, ganz in Schwarz, zu sehen. Andererseits war sie sich sicher, dass seine Eltern ein buntes Blümchenkleid auf keinen Fall billigen würden.

Mit dem Rad war es etwa eine Dreiviertelstunde zum Friedhof. Den kleinen Sandweg durch das Waldstück zum Strand und dann immer an der Küste entlang. Es war ein wunderschöner Friedhof. Als Kind war sie dort gern mit ihrer Mamie hingegangen. Man konnte von dort aus das türkisfarbene Meer sehen.

»Wie schön es hier alle haben«, hatte Mamie oft gesagt. Sie hatte Eleni das Gefühl gegeben, dass der Tod gar nichts Bedrohliches haben musste. Und an diesem Ort war es wirklich traumhaft idyllisch. Eleni hatte in der Wiese gesessen, dem Rauschen der majestätischen Kiefern gelauscht, den Wellen unten in der Bucht, dem Summen der Insekten in den wilden Gräsern.

Auf diesem Friedhof sollte nun auch Théo liegen. Théo, der eigentlich noch so viel Zeit hätte haben sollen. Der so viele Träume gehabt hatte. Den sie so sehr, mit jeder Faser ihres Körpers, geliebt hatte und dessen Nähe sie nun nie wieder spüren würde. Der so gar nicht an diesen idyllischen, stillen, fast bewegungslosen Ort passte.

Bei diesem Gedanken zog sich alles in ihr zusammen, und der markerschütternde Gedanke, dass sie nun für immer allein sein würde, durchfuhr sie. Mit aller Kraft schob sie diese Vorstellung von sich und versuchte, sich auf ihren Plan zu konzentrieren, den sie sich für diesen Tag zurechtgelegt hatte. Sie wischte sich die Tränen aus den Augen, besah sich ihre getuschten Wimpern im Spiegel und tupfte sich mit einem Taschentuch ein paar schwarze Flecken aus den Augenwinkeln. Wie sollte sie diesen Tag nur überleben?

Die Beerdigung sollte um dreizehn Uhr stattfinden.

Sie setzte zwei Schritte vor die Tür, blickte den Sandweg vor dem Gartenzaun hinunter. Ihr Herz begann, wie wild zu klopfen, ihre Handflächen wurden schweißnass. Sie machte eine abrupte Drehung und eilte ins Haus zurück, die Tür hinter sich zuschlagend. Sie schluckte, fühlte, wie ihr erneut die

Tränen in die Augen schossen. Dann atmete sie tief ein und gab sich einen weiteren Ruck.

Fünfmal öffnete sie die Haustür, ging einige Schritte, sogar bis zum Gartentor. Doch dann verkantete sich jedes Mal etwas in ihr, es fühlte sich an, als wären kiloschwere Gewichte an ihre Knöchel gebunden, keinen Schritt konnte sie mehr weiter. Und plötzlich setzte die Panik ein. Was, wenn sie die Tür nicht mehr aufbekam? Was, wenn sie sich ausgesperrt hatte? Den Herd angelassen, das Bügeleisen nicht aus der Steckdose gezogen, den Wasserhahn nicht zugedreht hatte? Immer wieder eilte sie voller Angst zurück ins Haus, ließ sich auf den Boden fallen und begann laut zu schluchzen. Sie wusste, dass das alles nur Vorwände waren. Ihre wirkliche Angst lag viel tiefer, war viel größer als so ein blödes Bügeleisen. Eine Angst, die sie zurückhielt, sie einsperrte und ihr das Leben verwehrte. Oder den Abschied vom Leben. Von Théo, der ihr Leben gewesen war.

Sie sah zur Küchenuhr und realisierte, dass es längst zu spät war. Selbst wenn sie sich beim sechsten Versuch hinausgetraut hätte, sie konnte es nicht mehr rechtzeitig schaffen.

»Es tut mir leid, Théo, es tut mir so leid«, rief sie verzweifelt.

Als es schließlich dreizehn Uhr war, verharrte Eleni mitten im Raum und konnte sich weder vor noch zurück bewegen, ihr Kopf begann zu dröhnen, ihr Herz wie wild zu schlagen, es fühlte sich an, als würde es jede Sekunde zerbersten. Soll es doch, dieses blöde Herz, dachte Eleni, was will ich denn noch damit? Dann habe ich wenigstens meine Ruhe. Ihr Blick fiel wieder auf das Foto an der Wand, sie und

Théo im Regen, glücklich lachend. Sie starrte in sein Gesicht, konnte sich nicht mehr davon lösen, obwohl es ihr unerträglich wehtat, sein ausgelassenes Lächeln zu sehen. Nie wieder würde sie in dieses Gesicht blicken, nie wieder diese Wangen berühren, seine frechen Scherze hören, seinen warmen Körper im Arm halten. Nie wieder.

TEIL I

Erwachen

Eleni

5 Monate später

Sie strich sanft mit ihrem Zeigefinger über die getrocknete Asternblüte. Das kräftige Lila, in dem sie einmal gestrahlt hatte, war längst verblasst. Sie hatte sie vor Jahren zwischen die Seiten des Buches gelegt und das Buch dann unter ein Tischbein geschoben. So hatte sie es schon als Kind gemacht. Alle möglichen Blüten gesammelt, auf den Feldern und im Wald rund um ihr Haus. Nach einigen Tagen hatte sie die Blüten zwischen den Seiten hervorgezogen, trocken und ganz platt.

Auch als sie schon erwachsen war, lagen immer und überall Bücher verteilt. Im Wohnzimmer, in der Küche, im Flur. Nun waren schon lange keine Blüten mehr dazugekommen. Der Garten war nicht mehr derselbe, die meisten Blumen verwelkt, die Gräser trocken und starr. Aber hin und wieder fand sie noch eine getrocknete Blüte, wenn sie ans Bücherregal ging, sich ein Buch herauszog und es aufschlug. Eleni seufzte.

Auf der Fensterbank lag Anemone, das mittlerweile viel zu fette, faule Kaninchen, das seinen Namen vielleicht gar nicht verdient hatte. Anemonen hatten zarte Blütenblätter, die schon beim kleinsten Windhauch zu zittern begannen. So edle Geschöpfe. Und dagegen ihr pummeliges, weißschwarz getupftes Kaninchen, das es schon mehrmals geschafft hatte, während des Verzehrs einer Karotte einfach wegzudösen.

Die Sonne schien ins Wohnzimmer, ließ die dunklen Tupfer auf Anemones Fell glänzen. Es war ein wunderschöner Tag, Anfang Juni. Elenis Lieblingszeit.

Noch im letzten Sommer hätte Eleni mindestens zwanzig verschiedene Blumenarten in dem Beet am Gartenzaun zählen können. Nicht nur Anemonen, auch Margeriten, Tulpen, Rosen, Hyazinthen. Jetzt lag das Beet kahl da und sah ziemlich traurig aus. Seit Théos Tod hatte Eleni sich zurückgezogen, sich selten vor die Tür gewagt. Ihre Einkäufe ließ sie sich liefern, und selbst den Garten hatte sie nicht mehr betreten. Der Wechsel aus Hitzewellen und heftigen Regenfällen hatte in diesem Jahr alles verwelken lassen, die Wiese war längst nicht mehr saftig grün, das Gras viel zu hoch und verwildert. Da draußen sah es so aus wie in Elenis Innerem. Ein Garten voller Trauer, voller verblassender Erinnerungen.

Ihr Blick fiel auf die kleine Holzhütte in der hinteren Ecke. Sie stand direkt am Zaun, und gleich dahinter begann das Waldstück, das einmal zu endlosen Wanderungen, Pilzesammeln oder kindischen Versteckspielen eingeladen hatte. Sie dachte an Théos jungenhaftes Gekreische und Lachen, wenn sie sich gegenseitig mit dem Gartenschlauch durch die Büsche gejagt hatten. Seine grünen Augen, mit denen er sie angesehen hatte, so sanft, dass sie regelmäßig alle ihre Worte vergaß und nur noch wirres Zeug stammeln konnte. Sein

Grinsen, das darauf gefolgt war, seine Sprüche und Witzeleien. Seine Berührungen, wenn er sie im Spiel gepackt und begonnen hatte, sie durchzukitzeln, und sie dann gemeinsam ins Gras gefallen waren. Seine Küsse. Seine Lippen, seine Wärme. Sein Atem.

Eleni spürte mit einem Mal wieder den dicken Kloß in ihrem Hals, den sie seit Théos Tod nicht mehr loswurde. Er kam und ging, aber bisher hatte er sie nicht einen Tag in Ruhe gelassen. Eleni fing an zu weinen. Sie fühlte sich so unglaublich allein.

Anemones kühle Nase berührte sie an der Hand. Sie wischte sich die Augen trocken. Jetzt stupste Anemone sie noch einmal etwas nachdrücklicher an, und Eleni wusste, was das bedeutete. Sie sah auf die Uhr. Beinahe acht. Das dicke Kaninchen forderte sein Frühstück ein und würde nicht eher Ruhe geben, bis das Schälchen mit den Karotten, Kartoffeln und Salatblättern vor ihm stand.

»Ist ja gut, ist ja gut, du Vielfraß!« Ihr kam es vor, als schaute Anemone sie vorwurfsvoll an. Jetzt wurde sie langsam verrückt, dachte Eleni. Nachdem sie alles gewaschen und geschnippelt hatte, stellte sie die Schale vor das hungrige Tier und sah ihm eine Weile beim Knabbern zu.

»Da sind wir. Du und ich, ganz allein. Haben beide unseren Lieblingsmenschen verloren. Du könntest dir auch was Besseres vorstellen, als mit mir den ganzen Tag hier rumzuhängen und dir mein Geheule anzuhören, oder?«

Eleni wurde schmerzlich bewusst, dass sie mit einem Kaninchen sprach. Sie hatte sonst niemanden. Und außer Théo hatte sie schon so lange niemanden mehr in ihrem Leben gewollt. Er hatte sie verstanden. Und am Ende hatte sie nicht einmal mitbekommen, wie schlecht es ihm gegangen war. Wie krank er gewesen war. Vielleicht hätte sie es sehen können, wäre sie aufmerksamer gewesen. Doch dann war alles so verdammt schnell gegangen.

• • •

Schon seit Tagen hatte Eleni sich vorgenommen, endlich wieder mit dem Schreiben zu beginnen. Ihr Laptop stand auf dem Tisch, und eine weiße Seite in ihrem Schreibprogramm leuchtete ihr entgegen. Früher hatte sie immer schon zehn neue Orte im Kopf gehabt, bevor sie einen Reisebericht fertiggestellt hatte. Jetzt saß sie vor der weißen Seite und starrte darauf. Es kam ihr vor, als wären ihr plötzlich alle Orte der Welt abhandengekommen. Sie hatte sich nicht nur vor dem Draußen zurückgezogen, auch das Draußen verwehrte sich ihr mehr und mehr. Eleni wusste, dass sie so nicht ewig weiterleben konnte. Doch jedes Mal, wenn sie versuchte rauszugehen, überwältigte sie diese unbeschreibliche Angst.

Gerade als Eleni den Laptop resigniert zuklappen wollte, ließ ein lautes Quietschen sie zusammenzucken. Das Gartentor, dachte sie. Es hatte sich angehört, als hätte jemand das alte Tor mit den rostigen Scharnieren aufgeschoben. War jemand dort draußen vor ihrem Haus? Einen Moment verharrte sie still und regungslos, um zu lauschen. Nichts. Wahrscheinlich war es nur der Wind gewesen.

Doch als sie den Laptop schließlich zuklappte und ins Regal zurückstellte, schrak Eleni ein zweites Mal auf. Sie war sich sicher, dass sie vor der Tür Schritte hörte. Es klang so, als würde jemand vor dem Haus umherschleichen. Die Schritte schienen die Wand entlang bis zur Hausecke zu gehen. Eleni konzentrierte sich, um jedes noch so kleine Geräusch wahrnehmen zu können. Doch ihr Herz schlug so heftig gegen ihren Brustkorb, dass es alles andere übertönte.

Bestimmt eine halbe Stunde hatte Eleni nun schon auf dem Stuhl am Küchentisch gesessen und sich nicht geregt. Sie wollte absolut sichergehen, dass sich niemand mehr vor dem Haus befand. Konzentriert lauschte sie, aber es war nichts mehr zu hören.

Zögerlich richtete sie sich auf und schlich zur Haustür. Sie holte tief Luft und legte ihre Hand auf die Türklinke. Lange hatte ihr Herz nicht mehr so sehr geschlagen wie in diesem Moment. Vorsichtig schob sie ihren Kopf hinaus und wich sofort zurück, als sie aus dem Augenwinkel etwas am Rand der kleinen Stufe stehen sah. Etwas, das vorher nicht dort gestanden hatte. Sie nahm ihren ganzen Mut zusammen, zog die Tür noch einmal, jetzt weiter, auf und blickte auf eine kleine Pflanze in einem Keramiktopf.

Was sollte das denn?

Eleni ließ ihren Blick durch den Vorgarten wandern, dann spähte sie die Hauswand entlang, zur rechten und zur linken Seite. Nichts. Irgendjemand musste ihr diese Pflanze dort hingestellt haben.

Sie erkannte sofort, um welche Blume es sich handelte. Die dünnen, etwas zerbrechlich wirkenden Stängel, die gezackten Blätter und die fünfblättrigen zartrosafarbenen Blüten mit einem gelben Blütenstempel in der Mitte.

Eine Sommeranemone.

Es gab nur zwei Menschen, die von ihrer Liebe zu Anemonen gewusst hatten: Théo und Mamie. Doch beide waren sie nicht mehr hier.

Es kann auch ein Zufall sein, versuchte sich Eleni zu beruhigen. Ein Missverständnis, vielleicht war diese Blume gar nicht für sie bestimmt! Mag sein, dass sie eigentlich an eine ganz andere Adresse gehen sollte und sich der Bote geirrt hatte.

Nervös schloss Eleni die Haustür und versuchte, ihren Atem zu kontrollieren. Ja, so musste es sein. Das war die logischste Erklärung. Sie würde dem Postboten einen Zettel schreiben, ihn an den Blumentopf kleben, und beim nächsten Mal könnte er ihn wieder mitnehmen.

Allmählich atmete sie ruhiger, löste sich aus ihrer Erstarrung und ging, noch ein wenig durcheinander, zurück in die Küche.

Die Nachricht

»Wieder dieser Traum?«, fragte Théo verschlafen.

Eleni nickte und atmete schwer. Seit Wochen hatte Eleni schlecht geschlafen, sich hin- und hergewälzt, und sobald sie doch einmal in den Schlaf gefunden hatte, erschien ihr immer wieder diese eine Szene. Sie war wieder ein junges Mädchen, lief orientierungslos durch einen düsteren Wald, um sie herum ohrenbetäubender Lärm, als hätte jemand das Rauschen der Bäume zehnmal lauter gedreht. Im Traum musste Eleni sich die Ohren zuhalten, begann zu rennen und gelangte irgendwann immer an dieselbe Stelle: die weiße Bucht, die sie als Kind so geliebt hatte. Doch an der Stelle, wo sich normalerweise das wundervoll blaue Meer vor ihr ausgebreitet hatte, war jetzt ein schwarzes bedrohliches Nichts. Je länger sie in dieses Nichts starrte, desto mehr fühlte sie, wie etwas sie hineinzog, und immer, wenn sie kurz davor war, das Gleichgewicht zu verlieren und in das schreckliche Schwarz zu fallen, wachte sie ruckartig und schweißgebadet auf.

Théo nahm sie in den Arm und drückte sie fest an sich.

Seine Wärme beruhigte sie, ließ ihren Herzschlag herunterfahren.

Nach einer Weile löste er sich aus der Umarmung und sah sie nachdenklich an.

»Es tut mir leid, Théo.«

Er schüttelte den Kopf und sah ihr ernst in die Augen.

»Nichts muss dir leidtun, hörst du? Es ist nur …«, er hielt inne und senkte den Blick.

»Was?«

»Du hast diesen Traum so oft, er kehrt immer wieder. Vielleicht ist er einfach ein Zeichen dafür, dass du dich deinen Ängsten stellen musst?«

Elenis Atmung wurde wieder schneller, nervös zog sie sich die Bettdecke über die Schultern.

»Ich meine nur, so kann es doch nicht weitergehen, ich sehe doch, wie du leidest, Leni.«

»Ich kann nicht …«, flüsterte sie.

»Ich bin sicher, dass du kannst. Du bist stärker, als du denkst. Und ich helfe dir dabei.«

• • •

Eleni vermisste es, wie Théo ihr immer wieder Mut gemacht hatte. Ihr fehlte seine beruhigende Art, wie er sie immer wieder zurück auf die Füße stellte.

Aber etwas hatte sich seit gestern in ihr verändert. Ganz heimlich, beinahe unbemerkt. Ganz genau konnte sie diese Empfindung nicht einordnen. Sie dachte an den Blumentopf, die Sommeranemone, die wahrscheinlich noch immer vor ihrer Haustür stand. Neben einem leichten Unbehagen breitete sich nun auch ein wenig Neugier in ihr aus.

Sie warf sich den Morgenmantel über und schlurfte in ihren Pantoffeln in Richtung Eingang.

Unsicher legte sie ihre Hand auf die Klinke, atmete einmal tief durch und drückte sie herunter. Mit einem kurzen Klacken öffnete sich die Tür.

Die Sommeranemone stand genau dort, wo Eleni sie vor einem Tag das letzte Mal gesehen hatte. Sie näherte sich dem Topf und ging in die Hocke, um die Pflanze zu begutachten. Es war ein besonders schönes Exemplar. Die vielen kleinen zartrosa Blüten bewegten sich sachte im Wind, und in Eleni erwachte ein flüchtiges Gefühl von Ruhe und Geborgenheit. Wie sehr sie diese Blumen schon als junges Mädchen geliebt hatte. Der Anblick des Topfes, dort vor ihrer Tür, weckte Erinnerungen in ihr, die sie nicht einzuordnen wusste. Das Gesicht ihrer Mamie, der Garten, als er noch wie ein kleines Paradies hinter dem Haus gelegen hatte. Der Blick aus dem Küchenfenster an einem sonnigen Tag, ein Korb voller frischer Croissants auf dem Tisch und daneben eine Vase, gefüllt mit den schönsten Anemonen. Jetzt roch Eleni das Gebäck, frisch gebrühten Kaffee, sie hörte das helle Lachen ihrer Großmutter, ihre flotten Schritte auf den Holzdielen. Und dann war da plötzlich sein Lächeln. Sein freches Schmunzeln und seine Schnute, die er zog, wenn er kurz davor war, Eleni zu necken. Théo.

Eleni hockte immer noch vor der Blume. Ihr Blick fiel auf etwas Weißes, das hinter dem Keramiktopf hervorschaute. Sie drehte ihn herum. Ein kleiner weißer Umschlag, der auf der Rückseite befestigt war, kam zum Vorschein. Sie erschrak.

Auf dem Umschlag stand in geschwungenen Großbuchstaben:

Für Eleni

Jetzt war es eindeutig: Die Anemone war für sie bestimmt.

Eleni nahm den Umschlag und befühlte ihn. Er war nicht dick. Kurz überlegte sie, ob sie ihn mitsamt der Blume einfach wegwerfen sollte. Ihr schossen die abenteuerlichsten Gedanken durch den Kopf. Hatte jemand sie beobachtet und wollte ihr nun, da er wusste, dass sie ganz allein in diesem Haus lebte, Angst machen? War das Ganze ein böses Spiel? Sie schüttelte den Kopf und stand auf. Sie wünschte, Théo wäre da und könnte sie beruhigen.

Sie ging zurück ins Haus und setzte sich auf den Sessel neben dem Bücherregal, den Brief von allen Seiten betrachtend. Nur ihr Name stand darauf, nichts weiter.

Das ganze Grübeln half nichts, so würde sie nie herausfinden, wer ihr diese Blume gebracht hatte. Sie nahm einen Brieföffner aus dem Regal und schlitzte den Umschlag vorsichtig auf. Langsam zog sie das darin liegende Papier heraus. Es war gefaltet. Ein einziger Satz stand darauf:

Diese Sommeranemone hat noch keinen Namen.

Eleni ließ die Hand, in der sie das kleine Blatt Papier hielt, in ihren Schoß sinken. Woher kam diese Nachricht?

Sofort hatte sie an Théo denken müssen, an die Gartentage mit ihm, all die Namen, die sie ihren Blumen nach und nach gegeben hatte. Aber wer außer ihm wusste davon? Oder war es nur Zufall, dass sie den Satz sofort damit in Verbindung gebracht hatte? Was sollte er sonst bedeuten?

• • •

Einen Fuß vor den anderen, ihre nackten Zehen versanken in der feuchten Erde, das Gefühl von Sommer an ihren Sohlen. Eleni hatte die Arme weit von sich gestreckt und balancierte zwischen den frisch gesetzten Anemonenpflänzchen, um die Erde festzutreten. Ihre Beine waren dunkelbraun gesprenkelt bis zu den Knien, den ganzen Tag hatten sie und Théo schon im Garten verbracht und die ersten Blumen eingepflanzt.

»Herzlich willkommen im Garten der Familie Roux-Albouy«, sagte Eleni und machte kleine Knickse vor den zarten Gewächsen. Théo beobachtete sie dabei amüsiert von Weitem.

»Gibst du ihnen auch noch Namen?«, rief er ihr zu.

»Klar, soll ich sie dir vorstellen?«

»Jede Einzelne, bitte!« Er grinste und wickelte den Wasserschlauch von seinem Haken, der an der Gartenhütte angebracht war.

»Sie riechen so gut!« Sie schloss die Augen, zog den Duft in ihre Nase, und plötzlich fing es an zu regnen. Sie begann zu kreischen. Théo hatte das Wasser angedreht und hielt den Schlauch in Richtung Beet. Eleni stand mitten in der Fontäne, ihr leichtes hellblaues Sommerkleid war nach wenigen Sekunden völlig durchnässt. Es war Juni, schon ziemlich heiß, und diese Abkühlung kam gerade richtig. Lachend tanzte sie unter dem Wasserstrahl im Kreis, passte dabei aber auf, dass sie keines der kleinen Pflänzchen zertrat. Dann sah sie sich die Frischlinge genauer an und rief Théo zu:

»Adelaide braucht noch ein wenig mehr, und Claudelle hat genug! Albi und Odette könnten auch noch etwas vertragen!«

»Du spinnst.« Théo lachte, und als Eleni ihm den Rücken zudrehte, richtete er den Wasserstrahl kurzerhand genau auf ihren Hintern. Sie kreischte und hielt ihre Hände auf beide Pobacken. Théo ließ den Schlauch ins Gras fallen und rannte zu ihr, hob sie aus dem Beet und wirbelte sie durch die Luft, während Eleni ausgelassen quietschte.

»Das reicht, lass mich runter! Mir wird schlecht!«

Als er sie wieder vor sich abstellte, sah er ihr tief in die Augen und grinste:

»Das erste Beet in unserem Zaubergarten. Sommeranemonen, wie gewünscht.«

»Mein erstes richtiges Blumenbeet!«, sagte Eleni fröhlich und blickte auf die zarten Pflänzchen.

»Ich zeige dir, wie du sie wässerst und pflegst. Wenn ich unter der Woche nicht da bin, musst du dich um Albi und die anderen kümmern.«

Eleni lächelte. »Was denkst du denn? Die gehören jetzt schließlich zur Familie, sie sind sozusagen unsere Kinder!«

Théo runzelte die Stirn. »Sag mir noch mal, wie sie heißen?«

Eleni überlegte. »Albi, Claudelle …«, sie stockte, und Théo begann zu lachen.

»Tolle Mutter, du erinnerst dich nicht mal an die Namen unserer Kinder?!«, sagte er belustigt.

»Du doch auch nicht!«, antwortete Eleni eingeschnappt. »Mütter sind eben nicht perfekt. Und außerdem sind es Adoptivkinder, ich werde ihre Namen schon noch lernen!«

»Aber vielleicht sollten wir sie noch mal überdenken«, zweifelte Théo, »Adelaide und Claudelle?«

Eleni gab ihm lachend einen Klaps.

»Niemals! Adelaide und Claudelle bleiben, keine Diskussion. Außerdem ist es mein Beet, das hast du selbst gesagt. Du hast da also gar nichts zu melden!«

An diesem Abend kniete Eleni vor den Sommeranemonen und steckte neben jede Pflanze ein Schildchen. Sie hatte sich ein paar breite Holzstückchen aus dem Gartenhaus zusammengesucht und darauf die Namen der Blumen notiert.

»Adelaide, Claudelle, Albi und Odette«, las Théo die Schilder, während er neben ihr in die Hocke ging und ihre Arbeit beobachtete.

»Die beste Blumenmutter«, bekräftigte er und lachte.

• • •

Als Eleni aus dem Sessel aufstand, fiel ihr Blick auf das Kaninchen, das die ganze Zeit geduldig neben ihr gehockt hatte. Anemone musste bemerkt haben, dass sich die Stimmung im Haus verändert hatte. Ein kleines Abenteuer lag in der Luft.

Kurzerhand ging Eleni wieder zur Haustür, öffnete sie und stellte sich erneut neben den Blumentopf. Nachdem sie ihn ausgiebig betrachtet hatte, gab sie sich einen Ruck und brachte ihn schließlich ins Haus.

Gemeinsam mit Anemone saß sie nun auf dem Dielenboden und starrte auf die Pflanze.

»Anemone, darf ich vorstellen, das ist Anemone«, erklärte sie dem Kaninchen und deutete auf die Pflanze. »Keine Sorge, ich werde mir noch einen besseren Namen für sie ausdenken.«

Sie stand auf, nahm den Topf und trug ihn zur Terrassentür. Dort blieb sie stehen. Anemone war ihr gefolgt und saß nun dicht an der Glastür, die sie mit ihrer feuchten Nase berührte und einen winzigen Fleck darauf hinterließ. Das arme Tier würde es nicht mehr lange aushalten, eingesperrt zu sein, dachte Eleni, als sie Anemone so sah. Das Kaninchen hatte ein Leben außerhalb dieser Wände und Türen kennengelernt, als Théo es noch täglich auf seine Gartenrunde mit nach draußen genommen hatte.

Als sie andeutete, die Terrassentür zu öffnen, begann das Kaninchen, hektisch mit den Hinterbeinen zu schaben. Und in dem Augenblick, in dem sie die Tür aufzog, schlüpfte das Kaninchen blitzschnell durch den Schlitz und hüpfte wie ein Wirbelwind über die Wiese. Die Gräser waren schon so hoch gewachsen, dass Eleni das Tier schnell aus den Augen verlor. Doch immer wieder hörte sie es hastig rascheln.

Eleni blieb in der Tür stehen und atmete den Duft des Gartens ein. Er mochte nicht mehr besonders hübsch aussehen, aber noch immer lag dieser ganz besondere Geruch über ihm. Das Gras, die wilden Kräuter und Gewächse, die sich seit Monaten ausbreiten konnten. Die Erde, die Kiefern, das Harz. Plötzlich war das alles wieder da und erwischte Eleni mit voller Wucht. Ihr wurde schwindelig. Sie musste den Blumentopf abstellen und sich an der Hauswand festhalten.

Sie war nicht oft draußen gewesen in der letzten Zeit, hatte die Haustür lediglich geöffnet, um ihre gelieferten Einkäufe hereinzuholen. Meist hatte sie gar nicht darauf geachtet, wie es roch oder wie der Wind in den Baumkronen klang. In diesem Moment aber prasselten all diese Eindrücke auf sie ein. Eleni hatte die Augen fest geschlossen, sie fühlte sich erdrückt von all den Geräuschen, Empfindungen, den unterschiedlichen Aromen, die aus dem Garten strömten. Sie ließ sich auf die Terrassensteine sinken, zog die Knie an ihre Brust und versteckte den Kopf dazwischen. Als wäre sie weit weg, hörte sie ab und zu in der Ferne das Gras rascheln.

Sie hatte bestimmt eine halbe Stunde auf dem Terrassenboden gesessen und sich nicht bewegt. Ein- und ausgeatmet. Versucht, ihren Körper zu entspannen. Jetzt war sie ruhiger. Sie lauschte. Den Kopf hatte sie noch immer zwischen ihren Knien, die Augen geschlossen.

Eins nach dem anderen.

Eleni versuchte, jedes Geräusch, jeden Duft, für sich wahrzunehmen.

Der Geruch der Kiefern. Würzig, nach Harz, Holz und Sommer. Es war immer einer ihrer Lieblingsdüfte gewesen.

Das Rauschen der Baumkronen. Sie klangen so hoch, so majestätisch. Sie klangen nach Sicherheit und Geborgenheit.

Das Summen der Insekten. Das war das unbestreitbare Zeichen, dass der Sommer gekommen war.

Die leichte Brise auf ihrer Haut. Ihre blonden Härchen auf den Armen, die sich aufstellten.

Eleni hob den Kopf. Der Garten lag still unter dem wolkenlosen Himmel. Sie blickte nach oben in das helle Blau, eingerahmt von den Kronen der Kiefern, durch die ein Flüstern ging. Sie hatte es geschafft. Sie hatte all die Eindrücke, die sie gerade eben noch überwältigt hatten, geordnet, nebeneinandergelegt, jeden für sich betrachtet und wahrgenommen. Eleni sah, wie Anemone sich auf der Wiese zwischen den Gräsern langgemacht hatte und an einigen Halmen knabberte. Sie lächelte. In ihr erwachten ein Gefühl der Erleichterung und ein wenig Stolz. Sie hatte sich getraut, sie hatte ihre Angst überwunden und saß draußen, auf ihrer Terrasse. Auf dem Boden zwar und noch immer recht dicht an der Hauswand, aber für Eleni war es ein großer Schritt. Sie blickte neben sich, wo der Topf mit der Sommeranemone stand. Diese Blume hatte sie dazu bewegt. Oder besser: der Brief. Irgendetwas hatte sie dazu veranlasst, hatte den Entschluss in ihr ausgelöst, heute die Terrassentür zu öffnen und nicht wieder direkt zu schließen.

La Crique Blanche

Damals

Mit fünf Jahren war Eleni zu ihren Großeltern nach Frankreich gezogen. Mamies richtiger Name war eigentlich Adeline. Gemeinsam mit Elenis Großvater Noé, den Eleni Pépé nannte, hatte sie in dem kleinen, typisch bretonischen Steinhaus im Nordwesten der Bretagne gelebt.

Ihre Mutter, eine große Forscherin, so hatten es ihr ihre Großeltern immer wieder erzählt, war auf Expeditionen gegangen, auf die sie Eleni nicht hatte mitnehmen können, und so war sie als kleines Mädchen in diesem winzigen bretonischen Dorf gelandet.

Ihre Mamie und Pépé hatten ihr erklärt, dass sie von nun an in ihrem Haus im Wald leben würde. Ab sofort könne sie mit ihnen am Ozean die Möwen und Krabben beobachten, auf Ebbe und Flut warten und Crêpes mit salziger Karamellcreme essen. Die Crêperie am kleinen Hafen war in der Tat schon nach kurzer Zeit Elenis Lieblingsort geworden. Wochenlang hatte sie ihre Mutter vermisst, hatte jeden Morgen und jeden Abend ihre Fotos sehen wollen, die sie im Eismeer des Nordpols oder zusammen mit Pinguinen zeigten. Doch Stück für Stück hatte sie sich an das Leben am Ozean, mit ihren neuen Schulkameraden und ihren Großeltern gewöhnt. Nach einigen Monaten hatte sie keine Fotos mehr sehen wollen und nur noch selten nach ihrer Mutter gefragt.

Anfangs war Elenis Mutter noch nach jeder ihrer Expeditionen für ein paar Wochen nach Pokoù gekommen, um ihre Tochter zu besuchen. Doch Eleni fiel es zusehends schwerer, die Abschiede zu verkraften. Immer, wenn sie sich gerade wieder daran gewöhnt hatte, eine Mutter zu haben, die sie ins Bett brachte, ihr spannende Geschichten aus fernen Ländern erzählte und mit ihr durch die Wälder streifte, erklärte diese ihr, dass ein neues Forschungsteam gebildet wurde, um das bedrohte Leben der Eisbären zu dokumentieren, Proben aus dem Eis schmelzender Gletscher zu entnehmen und im Wesentlichen die Welt vor dem drohenden Klimakollaps zu retten. Und dann war sie einfach wieder verschwunden.

Die Jahre darauf war ihre Mutter nicht mehr nach Pokoù gekommen. Eleni hatte sie oft im Fernsehen gesehen, wie sie in Mikrofone sprach und auf Pinguine auf Eisschollen zeigte. Ihre Mutter war für sie wie eine Figur in einer Serie geworden, die ab und zu im Abendprogramm lief.

Und eines Tages wurde auch diese eingestellt. Ein paar Wochen noch war von ihrer Mutter und ihrem Team in den Nachrichten die Rede gewesen, dann verstummten die Beiträge. Das Forschungsteam war in einen heftigen Sturm geraten, irgendwo in der Antarktis verschollen. Einfach vom Erdboden verschluckt, so hieß es. Zu dieser Zeit war ihre Mutter wie eine entfernte Verwandte für Eleni geworden, und es versetzte ihr nur einen kurzen Stich, den sie nicht richtig zuordnen konnte, als sie von ihrem Verschwinden erfuhr.

Danach verliefen ihre Tage weiter wie zuvor, sie spielte mit den anderen Kindern, aß Eis und vergaß bald, was geschehen war, so wie Kinder selbst das tragischste Ereignis inmitten ihrer Erlebniswelt vergessen.

Das Haus von Mamie und Pépé stand fernab vom nächsten Nachbarn und war umgeben von den größten Bäumen, die Eleni je gesehen hatte. Für sie bedeuteten das Rauschen der Kiefern, das Zirpen der Grillen und die ewigen Nachmittage im Garten die vollkommene Freiheit. Hinter dem Gartenzaun begann direkt das kleine Waldstück. In der Mitte des Zauns führte ein kleines Holztor auf einen schmalen Sandweg. Wenn man ihm etwa eine halbe Stunde durch die hohen Kiefern folgte, kam man an der kleinen Bucht heraus. Eleni liebte es dort. Der Ort, an dem ihre Mamie ihr die Meeresbewohner erklärte, an dem Pépé ihr von den Segelbooten erzählte, wo sie im Sommer schwimmen gingen und an den langen und milden Abenden die knallrote Sonne unterging.

Als Mädchen verwandelte sich Elenis Bett nachts oft in ein kleines Boot, wenn der Wind durch die hohen Kronen der Kiefern wehte. Dann stellte sich Eleni das Rauschen der Wellen vor und träumte, sie sei in einer kleinen, gemütlichen Kajüte unter Deck, eingekuschelt in dicke Decken, unter ihr das glucksende Wasser, über ihr ein kleines Guckloch, durch das sie den ewig weiten Nachthimmel mit Millionen von winzigen Leuchtpunkten sehen konnte.

Ihr Pépé erzählte ihr oft von seinen Bootstouren hinaus auf den Ozean. Er saß an ihrem Bett und streichelte ihr über den Kopf. Dann lauschte sie seinen Geschichten, wie er manchmal dort draußen auf dem Meer übernachtete, um früh am Morgen mit dem Fischfang zu beginnen. Er beschrieb ihr alles ganz genau. Die glänzende Holzverkleidung seiner Kajüte, das schmale Bett im spitz zulaufenden Bug mit einem winzigen Fenster, die Kochnische, in der er seinen Campingkocher verstaut hatte, auf dem er sich oft einige der Sardinen aus seinem Fang briet. Darüber klapperten alte Metalltöpfe und Pfannen, die an den holzvertäfelten Wänden hingen. Wenn die Sonne unterging, saß er an Deck und beobachtete das stille Wasser, die kleinen Bläschen, die ab und zu an der Oberfläche zerplatzten. Immer in dem Bewusstsein, dass mehrere Hundert Meter unter ihm Kreaturen lebten, von denen er noch nie im Leben gehört hatte. Ein angenehmes Gruseln löste dieser Gedanke jedes Mal in ihm aus.

»Wir sind ganz schön klein, Eleni, merk dir das. Alles, was wir machen, was uns passiert, ist nichts im Vergleich zu diesem riesigen Ozean.«

Das schönste Gefühl war, erzählte Pépé, wenn er nach getaner Arbeit wieder zur Küste zurückschipperte, die kleine Bucht mit dem Anleger vor ihm auftauchte und in ihm die Vorfreude auf Mamie und seine kleine Eleni wuchs. Aber, sagte er dann mit einem Augenzwinkern, am meisten freute er sich auf einen *Crêpe caramel au beurre salé* in der kleinen Crêperie am Hafen. Eleni konnte das gut verstehen, und beide lachten und sahen sich dabei verschwörerisch an.

Die Crêperie wurde von Bernadette geführt. Sie war die Inhaberin und Meisterin im Herstellen dieser leckeren hauchdünnen Pfannkuchen. Auch die Crème Caramel mit salziger Butter war natürlich hausgemacht. Eleni hatte nie gewusst, wie alt Bernadette war. Als kleines Mädchen kam sie ihr wie eine Greisin vor, dabei war sie wahrscheinlich in ihren Sechzigern. Und die netteste Person der ganzen bretonischen Küste. Das behaupteten Mamie und Pépé jedenfalls, die selbst bestimmt noch nicht die gesamte Uferlinie der Bretagne abgefahren waren. Eleni konnte sich aber definitiv vorstellen, dass sie recht hatten. Manchmal bekam sie von Bernadette nämlich einen Crêpe oder sogar ein ganzes Glas salzige Karamellcreme geschenkt. Ihr Pépé erzählte, dass sie, jedes Mal, wenn er von seiner Ausfahrt zurückkehrte, schon seinen Lieblingstisch am Fenster mit Blick auf die Bucht gedeckt und die Pfanne erhitzt hatte. Zum Crêpe bekam er dann noch eine schöne Tasse Cidre.

Eleni hatte Pépés Geschichten geliebt.

Viele Jahre später musste sie feststellen, dass manchmal das, was uns passierte, der Ozean war und dass er einen in seine Tiefen ziehen konnte und man Angst haben musste, nicht mehr aufzutauchen.

Aber das wusste sie damals noch nicht, und sie glaubte ihrem Pépé sowieso alles, was er ihr vom Meer und der Welt zu berichten hatte. Seine kleinen Weisheiten hatten ihr Kraft gegeben und sie durch ihr junges Leben getragen, ohne dass es ihr allzu bewusst gewesen war.

Sie hatte nicht immer Angst gehabt. Ganz im Gegenteil. Nachdem sie zu ihren Großeltern gezogen war, war sie regelrecht aufgeblüht. Ihr Pépé hatte immer gesagt, das liege an der salzigen Ozeanluft und dem belebenden Küstenwind. Das mache die Kinder frei und wild. Und so war es auch mit Eleni. Beinahe jeden Tag schnappte sie sich ihr marineblaues

Fahrrad und brauste damit den Sandweg entlang durch den Kiefernwald bis zu der kleinen Bucht, die nur wenige Kilometer entfernt vom Haus lag. Die letzten hundert Meter des staubigen Pfades liebte sie am meisten. Wenn sich die Bäume langsam lichteten, sie schon einen winzigen Streifen Türkisblau in der Ferne erkennen konnte und ganz leise das Rauschen der Wellen hörte. Kurz bevor sie am Ozean ankam, schob sie ihr Fahrrad, um alles ganz bewusst wahrnehmen zu können. Die Geräusche der Wälder, Gräser, Wellen, all das waren Stimmen, denen sie beim Flüstern lauschte, die ihr Geschichten erzählten. Dann kam sie an die Steilküste, die bis zum Wasser mit grünen Büschen und Gräsern bewachsen war. Auf der linken Seite ragten einige krüppelige Nadelbäume über den Weg, streckten sich dem weiten Blau entgegen, als wollten sie es berühren. Auf ihrer rechten Seite lag der Atlantische Ozean. Nun waren es nur noch wenige Schritte, bis sie ihre Lieblingsbucht erreicht hatte. La crique blanche – die weiße Bucht. Glasklares Wasser, umgeben von rotbraunen Steinformationen, und der weiße Sandstrand. Hier trafen sich im Sommer jeden Nachmittag die Kinder aus dem Dorf und schwammen, kletterten auf die Steine, bauten riesige Sandburgen und Hütten aus Treibgut. Weit in die Abendstunden hörte man das helle Kreischen und klimpernde Lachen bis in die Dorfgassen hinein. Und solange die Kinder zu hören waren, wussten die Erwachsenen, dass sie sich keine Sorgen machen mussten.

Eleni liebte die Tage am Strand. Sie kannte alle Kinder aus dem Dorf und war schnell ein Teil ihrer kleinen Gemeinschaft geworden, obwohl sie so abgeschieden wohnte. In dem kleinen Ort kannte jeder jeden, und Elenis Großeltern gehörten zu den Alteingesessenen, ließen keine der wöchentlichen Dorfzusammenkünfte aus und grüßten alle Dorfbewohner beim Vornamen. So fand auch Eleni schnell Anschluss und war gern gesehen, sowohl bei den älteren Freunden ihrer Mamie und ihres Pépé als auch bei deren Kindern und Enkeln. Wie leicht es ihr gefallen war, Freunde zu finden, Gespräche über alles und nichts zu führen, sogar oft genug die Spiele in der Bucht anzuführen.

»Leni, wenn wir einen Schatz finden, was würdest du damit machen?«, fragte einmal ihr bester Freund Pierre, der ein Jahr älter, aber einen ganzen Kopf kleiner war als sie und ein rundes Gesicht voller Sommersprossen hatte.

»Den teilen wir auf«, bestimmte Eleni, »und als Erstes kaufen wir uns alle die besten Taucherausrüstungen!«

Pierre und die anderen Kinder sahen sie erstaunt an.

»Wieso denn Taucherausrüstungen?«, fragte Camille mit den schwarzen Locken und den dunkelbraunen Augen.

»Na, damit wir noch bessere, größere Schätze finden können«, rief Eleni, und die anderen lachten und krakeelten im Chor. Pierre sprang auf und tanzte, die Arme über sich gestreckt, durch den weichen Sand. Eleni machte mit, und gemeinsam hüpften sie im Kreis und stimmten ein erfundenes Schatzsucherlied an.

Oft veranstalteten die Kinder Wettschwimmen, sprangen von den großen Steinen, die weit ins Wasser hineinragten, und schwammen von der einen zur anderen Seite der Bucht. Eleni war eine gute Schwimmerin, sie fühlte sich pudelwohl im Meer, egal, ob das Wasser ruhig war oder aufgewühlt und die Wellen ihr ins Gesicht schlugen. Sie liebte es, die anderen Kinder herauszufordern, und sogar gegen einige erfahrenere Schwimmer hatte sie schon gewonnen. Ihr Pépé war oft mit ihr zur Bucht gefahren und hatte mit ihr trainiert.

»Wer am Ozean lebt, muss nicht nur gut schwimmen können«, hatte ihr Großvater gesagt, »du musst die Strömung einschätzen können und deinen Körper unter Kontrolle haben. Weißt du, wie oft Schwimmer sterben, weil sie hinaus aufs offene Wasser getragen werden? Die, die gerettet werden können, wissen, wie sie sich über Wasser halten und ihre Kräfte sparen.«

Eleni hatte der Ozean lange keine Angst machen können. Sie hatte alles als ein großes Spiel angesehen, war furchtlos gewesen und hatte jede Herausforderung angenommen.

Wenn die Sonne schon fast den Streifen am Horizont berührte und sich der Himmel über der Bucht langsam rosa färbte, gingen die meisten Kinder nach Hause zum Abendessen. Oft blieben nur Pierre und Eleni übrig, legten sich rücklings in den Sand und sahen der glühenden Sonne beim Verschwinden zu. Eleni liebte es, wie der Wind in diesen letzten warmen Momenten immer lauter wurde und durch ihre Haare wuschelte. An der Küste wurde es auch im Sommer schnell frisch, sobald die Sonne untergegangen war und die Wellen wilder ans Ufer rollten.

»Wenn du irgendwo sein könntest, egal, wo auf der Welt, wo wärst du am liebsten?«, fragte Pierre, als sie an einem Abend nebeneinander im Sand lagen.

»Hmm …«, machte Eleni und ließ sich mit ihrer Antwort ein wenig Zeit.

»Ich glaube«, begann Eleni, »genau hier ist es schon richtig. Hier an der weißen Bucht. Wo sonst kann man so gut tanzen und singen und auf Schatzsuche gehen?«

Pierre grinste.

»Stimmt«, sagte er und sah wieder nach oben in den mittlerweile dunkelblauen Himmel.

Sie vergaß manchmal die Zeit, wenn sie zu lange den Wellen beim Rauschen gelauscht und dem Himmel beim Verdunkeln zugeschaut hatten, Pierre neben ihr beinahe einschlief und sein Atem schwer wurde. Immer fiel ihr dann zu spät ein, dass sie noch durch das dunkle Waldstück nach Hause fahren musste.

Sie sprang auf und rüttelte Pierre wach.

»Pierre, ich muss los!«

»Was? Jetzt schon?« Er sah sie verschlafen an.

»Willst du hier übernachten? Du weißt doch, dass die Flut bald kommt!«, rief Eleni und zog ihn hoch, bis er vor ihr stand.

»Nee, ich bin doch nicht bekloppt!«, sagte Pierre jetzt trotzig, während er den Sand von seiner Kleidung klopfte.

»Kommst du noch mit zum Wald?« Eleni sah ihren Freund mit großen bittenden Augen an.

»Na gut, aber nur zur Hälfte!« Pierre wuschelte auch aus seinen rotblonden Haaren eine ganze Menge Sand.

»Wie immer«, nickte Eleni, »ein Stück fahren wir zusammen und dann jeder die Hälfte vom Weg allein. So teilen wir uns den Grusel.«

Pierre grinste, gab Eleni einen sanften Schubs und rannte los in Richtung Fahrräder. Sie eilte hinterher, und als sie bei ihm angelangt war, schubste sie ihn kräftig, sodass er in den Sand fiel.

»Immer musst du doller«, rief Pierre, und hinterher: *»Dure à cuire!«*

»Knallhartes Mädchen!« Eleni mochte es, wenn er sie so nannte. Sie hatte es nie gut gefunden, wenn sie jemand wie eines dieser Stadtmädchen behandelte, die nur Kleidchen tragen durften und sich nie dreckig machten. Jemanden zu schubsen, war für die unvorstellbar! Sie wusste ja, dass es Pierre nichts ausmachte und er so manches Mal genauso grob sein konnte.

Den schmalen Pfad an der Steilküste entlang schoben sie ihre Räder nebeneinanderher und schwiegen. Am Abend wurden alle Geräusche lauter, dachte Eleni. Das Rufen der seltsamen Nachtvögel im Wald, das Rascheln der Büsche und Bäume, die schäumenden Wellen, deren weiße Kronen das Einzige war, das man von den Klippen aus im Dunkeln erkennen konnte. Ansonsten war der Ozean zu dieser Zeit ein riesiges schwarzes Nichts. Eleni meinte, Pierres Herz schneller schlagen zu hören, weil es ihn ein wenig gruselte. Egal, wie lange sie schon hier lebten und wie oft sie diesen Weg schon gegangen waren. Immer wieder legte sich diese Gänsehaut auf Elenis Arme und Rücken, wenn sie darüber nachdachte, wie groß dieser Ozean war, wie dunkel und tief. Und sie wusste, dass es Pierre ganz genauso ging. Keiner der beiden konnte in diesem Moment etwas sagen, weil sie, so dachte es sich Eleni, überwältigt waren von dieser Naturgewalt, die da einfach direkt neben ihnen lag. Wie ein mächtiges, schwarzpelziges Tier, das eingeschlafen war und schwer atmete und nur eine leise Kinderstimme brauchte, um zu erwachen und vor Wut aufzubrausen.

Als sie endlich am Wald angekommen waren, flüsterte Pierre ihr zu: »Ganz gerecht ist es ja doch nicht. Ich muss noch mal am Schwarzen Monster vorbei, ganz allein.«

»Petite poule mouillée!«, flüsterte Eleni zurück und grinste.

»Wen nennst du Angsthase, kannst ja selbst nicht mal allein nach Hause fahren!«, erwiderte Pierre eingeschnappt.

»Das Schwarze Monster hat doch Besseres zu tun, als für kleine Angsthasen wie dich aufzuwachen, viel zu viel Tosen um nichts!« Eleni kicherte und strubbelte Pierre durch die Haare.

»Lass das!«, rief er und schlug ihre Hand weg.

»Schon gut, du musst nicht mit in den Wald, okay?«, versuchte Eleni zu schlichten.

Pierre atmete geräuschvoll aus, stieg auf sein Fahrrad und fuhr los in den Wald hinein.

»Na komm, bevor ich es mir anders überlege!«, rief er Eleni zu, die sich lächelnd auf ihr Rad schwang und ihm zügig nachfuhr.

Ranunkel

Zwei Tage waren vergangen, seit die Sommeranemone vor ihrer Haustür gestanden hatte. Seitdem hatte Eleni jeden Nachmittag im Garten verbracht. Zuerst hatte sie sich alles von der Terrasse aus genau angesehen, die Wiese und die Büsche beobachtet. Dann war sie sich albern vorgekommen. Sie hatte Anemone dabei zugeschaut, wie sie sich ohne Angst durch das hohe Gras bewegte, und war zu dem Schluss gekommen, dass sie kein größerer Angsthase als dieses Kaninchen sein wollte.

Inzwischen saß sie mitten auf der Wiese, hatte das Gras etwas platt getreten und eine Decke ausgebreitet. Über ihr lieferten sich zwei Vögel ein Wettzwitschern, sie zeterten jetzt schon seit einer Stunde, ununterbrochen. Eleni blickte nach oben in die Baumkronen, doch konnte sie nicht ausmachen, wo genau sie saßen.

»Worüber regt ihr euch denn so auf?«, fragte sie in die Luft und erwartete keine Antwort. Sie schaute neben sich, wo Anemone, das Kaninchen, sich genüsslich in der Sonne rekelte.

Ihre neu gewonnene Freiheit hatte die Lust in Eleni geweckt, ein wenig Ordnung in diesem wilden Durcheinander zu schaffen. Sie wollte den Rasen mähen, einige verwelkte Büsche und Stauden entfernen und den Kirschbaum vom Efeu befreien, der sich seit Monaten schon genüsslich um Stamm und Äste rankte. Sie wollte etwas Neues kreieren. Die Anemone war nun an ihrem verdienten Platz, wo sie die besten Bedingungen hatte, um sich zu einer prächtig blühenden Staude zu entwickeln. Sie sah nur ein wenig traurig aus, so allein in dem großen Beet, zwischen all den verwelkten Pflanzen, die Eleni so lange vernachlässigt hatte.

Es bräuchte noch viel mehr Blumen, dachte Eleni. Doch wie sollte sie diese beschaffen? Allein in die Gärtnerei, das war noch immer unvorstellbar.

Sie erinnerte sich daran, wie sie mit Théo an ihrer Seite Pflanzen besorgt hatte. Es war ein Abend mitten in der Woche gewesen und die Gänge in dem Geschäft beinahe leer. Viele Stunden hatten sie dort verbracht und sich mit Zwiebeln und Samen eingedeckt und kleine Pflänzchen und Stauden gekauft. Sie hatten Théos Kleinbus genommen, in den sie auch die Bretter und Werkzeuge für das Gartenhaus hatten laden können. Sie dachte an diesen einen außergewöhnlich heißen Tag im Frühling zurück, als wäre es gestern gewesen.

•••

»Vielleicht war es doch keine so gute Idee, den Bus zu nehmen«, lachte Eleni, als Théo die Türen der Ladefläche mit viel Kraft zudrückte und mit einem erleichterten Stöhnen den Türhebel einrasten ließ.

»Was hast du denn, passt doch perfekt!«

Théo sah sie an und zuckte lässig mit den Schultern.

»Haben wir nicht viel zu viel gekauft?«, fragte Eleni zweifelnd. »Brauchst du wirklich zwei verschiedene Sägen?«

»Eine für den Baumschnitt und eine, um die dicken Pfähle für das Gartenhaus zu sägen! Ich bitte dich, Leni, ich weiß, was ich tue.« Er zwinkerte ihr zu und schlenderte betont entspannt zur Fahrertür. Als Eleni es sich auf dem Beifahrersitz bequem gemacht hatte und Théo mit einem Ruck anfuhr, ertönte hinter ihnen ein kurzes Rumsen, und im nächsten Moment hatte Eleni die Knospen des kleinen Magnolienbaums im Gesicht, den Théo unbedingt hatte mitnehmen wollen.

Théo begann zu lachen. »Steht dir gut, diese Knospenpracht, solltest du öfter tragen!«

Eleni schob die Zweige aus ihrem Gesicht und kratzte sich am Ohr.

»Ich glaub, mir ist eine Knospe ins Ohr gerutscht«, sagte sie mit zusammengekniffenen Augen und pulte in ihrer Ohrmuschel herum. Jetzt musste Théo nur noch mehr lachen.

»Das ist nicht witzig, da steckt irgendwas!«, rief sie verzweifelt.

Théo drehte sich um und beugte sich nach hinten, um den Baum wieder in eine aufrechte Position zu bringen. Dann sah er grinsend zu Eleni, kam mit seinem Gesicht nah an sie heran und inspizierte ihr Ohr.

»Lass mal sehen. Ich wette, es würde richtig gut aussehen, wenn dir nächsten Sommer eine Magnolie aus dem Ohr wächst!«

Er begann wieder zu glucksen. Eleni gab ihm einen Klaps

auf den Oberschenkel und stieß ein verzweifeltes Wimmern aus.

»Siehst du was?«, fragte sie ihn mit banger Stimme.

»Warte.« Ganz unvermittelt steckte er ihr seinen Zeigefinger ins Ohr. Eleni quietschte, zuckte zusammen und sah ihn erschrocken an. Théo hielt ein kleines Stückchen Zweig zwischen Daumen und Zeigefinger.

»Tadaaa!«, rief er.

»Du bist mein Held«, erwiderte Eleni und fiel ihm um den Hals. »Ich hatte schon befürchtet, als eines deiner Pflanzenprojekte im Garten zu landen!« Sie grinste.

»Und was wäre so schlimm daran? Ich hätte mich mit voller Hingabe um dich gekümmert. Du wärest meine allerschönste Magnolie geworden!«

»Stimmt, manchmal werde ich fast neidisch auf deine Blumen, so wie du die alle anhimmelst und verhätschelst.«

Eleni verschränkte spaßhaft beleidigt die Arme vor der Brust. Théo beugte sich zu ihr herüber und nahm sie fest in den Arm.

»Du bist meine schönste Blume, das weißt du doch«, flüsterte er ihr ins Ohr. Sie drehte sich zu ihm und drückte ihm einen Kuss auf die Lippen. Als sie sich ganz verliebt in die Augen schauten, fügte Théo hinzu:

»Es ist nur, die Ohren-Magnolie wäre so ein Highlight gewesen, das ganze Land wäre angereist, um sie in meinem Garten zu bestaunen!«

•••

Jetzt war der Bus verkauft. Wie auch alles andere, das Théo gehört hatte. Seine Eltern hatten sich um den Kleinbus gekümmert, eine Anzeige in die Zeitung gesetzt und ihn nur wenige Tage später an einen jungen Mann aus der Stadt abgegeben. Eines Tages waren sie bei Eleni vorbeigekommen und hatten auch sein altes Rennrad, das sicher einiges wert war, und andere Dinge abgeholt, die sie entweder verkaufen oder in der Familie verteilen wollten. Zuerst war Eleni froh darüber gewesen. Sie hatte nicht damit umgehen können, jeden Tag sein Fahrrad hinten im Garten stehen zu sehen oder seine Schallplattensammlung im Wohnzimmerregal.

Zu sehr schmerzte sie das Andenken an die Abende, wenn sie gemeinsam auf dem Boden, eingekuschelt in Decken, vor dem Schallplattenspieler gesessen und sich gegenseitig ihre Lieblingssongs vorgespielt hatten. Théo liebte seine alten Rock 'n' Roll-Alben, und zu Elenis Lieblingen gehörte die Beatles-Platte, die sie sich von ihrem ersten eigenen Taschengeld als zwölfjähriges Mädchen gekauft hatte.

Meist war Théo irgendwann aufgesprungen und hatte sie zum Tanzen aufgefordert, dann waren sie bis spät in die Nacht durch das Wohnzimmer und die Küche gehopst, hatten ihre Köpfe und Arme wild im Takt bewegt. Aber immer hatte das Ganze mit einem langsamen Tanz geendet, sie hatten sich in den Armen gelegen, geschunkelt und leise die Melodien gesummt.

Als seine Eltern alles mitgenommen hatten und abgefahren waren, hatte Eleni mit einem Mal eine so große innere Leere gefühlt, dass sie sich auf einen Stuhl setzen musste und bis spät in den Abend nicht mehr rühren konnte. Sie hatte ihren Blick nicht von dem leeren Plattenregal abwenden können, hatte ewig im dunklen Wohnzimmer gesessen.

Ein lautes Knacken, nur wenige Meter neben ihr, riss Eleni aus ihren Gedanken. Sie saß vor der Sommeranemone, eine kleine Gießkanne in ihrer Hand, mit der sie die frische Erde wässerte. Das Beet befand sich direkt am Gartenzaun, dahinter begann der Wald. Reglos hockte Eleni im Gras und starrte in die Richtung, aus der das Geräusch gekommen war. Sicher nur ein Reh oder ein Fuchs, dachte sie. Aber irgendetwas sagte ihr, dass es kein Tier war, das dort zwischen den dicht stehenden Kiefern herumschlich. Eine seltsame Stille lag über dem Wald, als würde alles den Atem anhalten, um sich vor dem Eindringling zu verbergen.

Nach einer Weile knackte es wieder, gefolgt von einem Rascheln, das sich zwischen den Bäumen entlangzog und sich allmählich vom Garten entfernte.

Eleni schaute neben sich, wo gerade eben noch Anemone ihren Bauch von der Sonne hatte wärmen lassen. Jetzt war das Kaninchen verschwunden. Es musste auch von dem Geräusch aufgeschreckt worden sein und sich ein Versteck gesucht haben.

Eleni lief zurück ins Haus. Anemone war ihr längst zuvorgekommen und kauerte nun, wie üblich, unter dem Sofatisch.

»Ich habe keine Ahnung, was das war«, sprach Eleni zu dem Kaninchen, als hätte es ihr eine Frage gestellt.

Eine Weile saß sie noch auf dem Sofa, lauschte in den Raum und versuchte, sich auf die Geräusche im Garten zu konzentrieren. Als Anemone aus ihrem Versteck unter dem Tisch hervorkam und zur Terrassentür hoppelte, schien es auch Eleni, dass die Bedrohung vorüber war, und sie ließ das Kaninchen wieder nach draußen. Etwas zurückhaltender als sonst hüpfte es hinaus, hielt immer wieder inne, reckte sein Näschen in die Luft und schnupperte. Einige Minuten später lag es aber schon wieder ganz entspannt in der Sonne.

Eleni war nicht ganz so überzeugt. Zaghaft setzte sie einen Fuß vor den anderen, ging den Gartenzaun entlang und schaute dabei immer in Richtung Wald. Wanderer könnten sich darin verlaufen und sich durchs Dickicht zurück auf die angelegten Wege geschlagen haben. Aber warum sollten sie überhaupt vom Weg abgekommen sein? Es war nicht die Zeit, um Pilze zu sammeln. Vielleicht auf der Suche nach Kräutern?

Sicherheitshalber ging sie den gesamten Zaun ab, bis sie am Gartentor angekommen war. Der Riegel baumelte lose herab, und das Tor war einen winzigen Spalt geöffnet. Hatte sie vergessen, es zu schließen? Aber das konnte nicht sein, sie war schon lange nicht mehr draußen gewesen und hatte das Tor mehrmals die Woche überprüft. Und wenn ein starker Windstoß es aufgeschlagen hatte? Doch seit Tagen lag die Natur in einer trägen Wärmestarre, nichts bewegte sich, außer vielleicht einer leichten Brise, die vom Meer herüberkam.

Jemand war hier gewesen.

Ihr Blick fiel auf einen kleinen Tannenbaum, der direkt am Gartenweg stand, und dann auf das kleine Puschelschwänzchen, das hinter dem dunkelgrünen Nadelkleid hervorschaute. Sie hatte gar nicht bemerkt, dass Anemone ihr gefolgt war.

»Was machst du denn da?«, fragte Eleni leise. Sie ging langsam auf den Baum zu, ein wenig sorgte sie sich, dass das Kaninchen Reißaus nehmen würde. Doch es bewegte sich kein Stück.

Als Eleni sich hinabbeugte, um Anemone einzusammeln, hielt sie überrascht inne. Hinter der Tanne stand ein Blumentopf.

Eleni sah den Sandweg vor dem Gartenzaun hinauf und hinab, spähte zwischen die Baumstämme und Büsche und lauschte. Doch auch Anemone schien jetzt ganz entspannt zu sein, das Näschen bewegte sich auf und ab, und gelassen inspizierte sie den Blumentopf und den Boden darum herum.

Eine Ranunkel, dachte Eleni und lächelte, als sie die gefüllten apricotfarbenen Blüten erblickte. Ihr hatte der Name dieser Blume schon immer gefallen. Er erinnerte sie an eine alte, verrunzelte Hexe, die in einem Steinturm lebte und irgendwelche Kräutertränke brühte. Sie hob den Blumentopf hoch, wobei etwas zu Boden fiel. Anemone reckte vorsichtig den Kopf danach und beschnupperte den kleinen weißen Umschlag.

»Noch ein Brief«, sagte Eleni überrascht und hob ihn auf.

Nachdem sie die Sommeranemone und den ersten Brief erhalten hatte, war nichts weiter passiert. Nicht äußerlich jedenfalls. Niemand war in ihr Haus eingebrochen, niemand hatte sich mit irgendeiner List durch die Blume Eintritt verschafft und sie überfallen.

Innerlich hatte sich allerdings einiges verändert. Sie hatte allen Mut zusammengenommen und sich endlich wieder in ihren Garten gewagt.

Das bewegte Eleni nun dazu, auch diese neue Pflanze mit ins Haus zu nehmen. Natürlich war da noch immer dieses Geheimnis, über das sie sich den Kopf zerbrach. Wer brachte ihr die Blumen und warum? Vielleicht würde der Brief diesmal ein wenig Aufschluss darüber geben.

Die Ranunkel ist eine Powerblume.
Die Ranunkel hat den besten Namen der Welt.
Die Ranunkel sieht aus wie ein farbenfroher Kohlkopf.
Die Ranunkel ist der bessere Kohl.

Wie schon der erste Brief war auch dieser am Computer geschrieben worden. Und wieder keine Hinweise auf den Verfasser. Bestimmt hätte Eleni auch mit einer handgeschriebenen Nachricht nicht viel mehr anfangen können. Die einzigen Handschriften, die sie wiedererkennen würde, waren die von Théo und ihrer Mamie, vielleicht sogar noch die ihres Pépé, aber das war schon so lange her.

Eleni saß auf der Terrasse und hatte den Ranunkeltopf vor sich auf den Holztisch gestellt. Immer wieder wiederholte sie die geschriebenen Wörter in Gedanken. Irgendwann begann sie, sie laut vor sich herzusagen.

Powerblume. Dieses Wort löste etwas in ihr aus.

Eine enge Gasse, kopfsteingepflastert, gesäumt von den typischen Steinhäusern der Bretagne mit ihren blau bemalten Holzfensterläden. Eines dieser Fenster, über und über mit bunten Ranunkeln geschmückt, die in einem Blumenkasten auf dem Sims standen. Lachen. Kichern. Gesang. Das hatte sie jetzt im Ohr. Das Meeresrauschen, fröhliches Durcheinander von Stimmen, der Marktplatz von Pokoù. Rennen in den Dünen, Sand zwischen den Zehen, barfuß in den plätschernden Wellen. In ihrem Kopf lief ein Film ab, zahlreiche aneinandergereihte Bilder rasten blitzschnell an ihr vorüber. Sie folgte ihnen ins Dorf, in die Dünen, ans Meer.

Und wieder zurück in die kleine Gasse, zurück an das Fenster, den Duft der Ranunkeln in der Nase. Eleni atmete automatisch tief ein.

Mutprobe

Damals

»Die Ranunkel ist eine Powerblume, die hat Superkräfte!«, rief Eleni.

»Wieso denn das?«, fragte Camille, die neben ihr stand und rätselnd auf den Blumenkasten blickte.

»Na, weil es eben so ist«, antwortete Eleni, »guck dir doch mal ihre Farben an, hast du schon mal so viele verschiedene Blütenfarben gesehen? Und wie dick und kräftig sie aussieht. Nicht so zerbrechlich und schwach wie die mickrigen Gänseblümchen oder Narzissen auf der Wiese.«

»Ich mag die Narzissen«, erwiderte Camille und zuckte mit den Schultern.

»Leni hat recht, die sehen aus, als hätte sie ein verrückter Professor im Labor gezüchtet, und dann ist ein Experiment schiefgegangen, und sie sind einfach explodiert und haben zehnmal so viele Blütenblätter bekommen wie andere Blumen«, rief Pierre.

»Ihr seid ja verrückt. Und was für Superkräfte sollen die haben? Sind doch nur blöde Blumen.«

Eleni überlegte kurz.

»Die können dich heilen, alle deine Wunden. Superheilkräfte haben die.«

»Ich glaub euch kein Wort!«, rief Camille.

Eleni war vielleicht zwölf oder dreizehn gewesen und hatte beinahe jeden Tag mit ihren Freunden verbracht. Oft strichen sie stundenlang durchs Dorf und die Dünen, verloren sich in ihren Spielen am Strand. Manchmal durfte sie alle ihre Freunde zu sich ins Waldhaus einladen. Während ihre Mamie und ihr Pépé Gartenfeiern ausrichteten und mit den anderen Erwachsenen an der alten Holztafel auf der Terrasse saßen, stromerten Eleni und die ganze Bande durch den Wald oder spielten Fangen auf dem Sandweg vor dem Haus. Nichts hatte Eleni in dieser Zeit aus der Bahn werfen können. Das Wort »Angst« kannte sie nicht. Nicht einmal, wenn sie und ihre Freunde ihre Mutproben veranstalteten.

»Wer traut sich?«

Camille, Pierre, Henri, Julien und Mathilde schauten sie schweigend an.

»Keiner?«, fragte Eleni ungeduldig.

Die anderen starrten betreten auf den Boden und malten mit ihren Fußspitzen Kreise in den Sand.

»Na schön, dann geh ich zuerst«, entschied Eleni.

»Du bist bekloppt«, rief Pierre mit sorgenvoller Stimme.

»Und du bist eine *poule mouillée*!«, konterte Eleni.

Pierre verschränkte die Arme vor der Brust und sah ihr verärgert dabei zu, wie sie auf den Gartenzaun kletterte. Sie stellte sich aufrecht hin und hielt sich an dem dicken Stamm der Kiefer fest, der direkt neben dem Zaun in die Höhe ragte.

»Wenn ich in zehn Minuten nicht zurück bin«, rief sie ihren Freunden zu, »dann müsst ihr mir das Abendessen irgendwie in die Baumkrone bringen!«

Ihre Freunde lachten und begannen nun, Eleni anzufeuern. Sie wusste, dass sie sie auf eine Art bewunderten, weil sie so mutig war. Eleni war die unausgesprochene Anführerin der Gruppe, und das gefiel ihr. Dafür nahm sie gern ein paar Risiken in Kauf.

Sie hielt sich an einem dünnen Ast fest und zog sich, die Füße gegen den Stamm gestützt, hoch. So kletterte sie Stück für Stück den Baum hinauf. Manchmal musste sie den Stamm mit Beinen und Armen umklammern, um vorwärtszukommen. Bei jedem Blick nach unten wurden ihre Freunde kleiner. Allesamt waren sie nun verstummt und sahen gebannt dabei zu, wie Eleni langsam, aber sicher immer mehr an Höhe gewann. Bis sie an einem dicken Ast angekommen war, an dessen Ende eine Frisbeescheibe zwischen den Nadelzweigen hing.

»Wer traut sich, bis zu diesem Ast da oben zu klettern, dann bis zum Ende des Astes zu balancieren und dieses Frisbee herunterzuholen?«, hatte sie die Clique vorher herausgefordert. »Ich schätze mal, der wird so um die zwanzig Meter hoch sein«, gab sie an. Ein wenig übertrieben war das sicherlich, wahrscheinlich waren es nur zehn. Aber niemand hatte ihre Einschätzung hinterfragt, und alle hatten sie große Augen gemacht und geschluckt.

Vorsichtig kroch sie auf dem Bauch vorwärts. Die Beine hatte sie um den Ast geschlungen, mit den Händen griff sie die dicken Zweige, die links und rechts wuchsen, und zog sich weiter. Die raue Rinde schubberte ihre nackten Knie auf, ihre Unterarme und Hände waren von kleinen Kratzern überzogen. Das Ganze war doch anstrengender, als sie gedacht hatte. Aber Aufgeben kam gar nicht infrage, auch wenn ihr bei dem Anblick ihrer winzigen Freunde dort unten auf dem Boden mit einem Mal ein wenig schummrig wurde. Kurz bevor sie die Frisbeescheibe erreichte, legte sie eine Verschnaufpause ein, schloss ihre Augen und redete sich gut zu. Du schaffst das, Leni. Jetzt nicht aufgeben. Das wird das Ereignis des Jahres, alle werden noch monatelang darüber reden. Jetzt hörte sie von unten ihre Freunde, wie sie sie mit lauten Rufen und Klatschen anfeuerten. Lächelnd öffnete sie die Augen, atmete tief ein und zog sich ein letztes Mal den Ast entlang, bis sie die Scheibe mit den Fingern erreichte. Sie stupste sie ein paarmal an und schüttelte den Zweig, in dem sie sich verfangen hatte. Schließlich löste sie sich und fiel herunter. Unten hörte sie ihre Freunde jubeln.

»Genial, Leni, der Wahnsinn, du hast es geschafft!«

Jetzt kam der schwierigere Teil, dachte sie. Vorsichtig begann sie, sich auf dem Ast rückwärtszubewegen; eng an die Rinde geschmiegt, schob sie sich Millimeter für Millimeter in Richtung Stamm. Mehrere Male rutschte sie dabei mit den Füßen ab und verlor beinahe das Gleichgewicht. Von unten riefen die anderen: »Pass auf, Leni, nicht ungeduldig werden. Mach langsam!«

Sie nahm die Angst in ihren Stimmen wahr und wurde nur noch nervöser. Allmählich dämmerte es Eleni, dass diese Aktion doch keine so gute Idee gewesen war. Nach oben war es kein Problem gewesen. Doch jetzt spürte sie, wie ihr immer mehr die Kraft ausging. Alle paar Zentimeter musste sie innehalten und verschnaufen. Ihre Arme und Beine schmerzten, ihre Hände wurden schwächer, und sie konnte nicht mehr so fest zugreifen, wenn sie sich an einem Zweig festhalten musste. Der Schweiß lief ihr die Stirn hinab.

Es dauerte eine ganze Weile, bis sie den Stamm erreicht hatte, mindestens doppelt so lange wie auf dem Hinweg. Eleni setzte sich auf und winkte ihren Freunden zu. Sie begannen wieder zu jubeln und zu klatschen.

Runter war die Sache tatsächlich noch viel komplizierter. Sie konnte die Äste nicht sehen, musste mit den Füßen nach ihnen tasten. Immer wieder rutschte sie ab, wenn sie einen Ast verfehlt hatte. Doch wie durch ein Wunder gelang es ihr, und sie glitt immer weiter den Stamm hinab, bis sie nur noch ungefähr drei Meter vom Zaun entfernt war.

Sie löste ihren Oberkörper vom Baum und drehte sich zu ihren Freunden, die gespannt zu ihr hochblickten. Gerade als sie ihre Hand hob und ihnen zuwinkte, überkam sie eine unheimliche Schwäche, ihre Beine begannen zu zittern, sie fühlte ihren Oberkörper zusammensacken, in ihrem Kopf begann sich alles zu drehen. Ihr Versuch, sich wieder an den Stamm zu klammern, scheiterte kläglich, sie bemerkte nur noch, wie ihre Hände sich langsam von den dünnen Ästen lösten. Zuerst rutschte sie nur ein kleines Stück den Stamm hinunter, jetzt war alle Kraft vollends aus ihren Armen verschwunden, und ihre Oberschenkel verkrampften sich so sehr, dass Eleni vor Schmerz aufschrie. Dann ging alles ganz schnell. Plump und schwer wie ein Kartoffelsack rutschte sie ohne Halt, nur hin und wieder von kleineren Ästen und

Zweigen abgebremst, nach unten. Erst als sie mit einem dumpfen Schlag am Boden angekommen war, der Staub des Sandweges neben ihr aufstob und sie das erschrockene Einatmen ihrer Freunde vernahm, spürte Eleni auch den Schmerz wie ein Blitz durch ihren gesamten Körper fahren. Sie begann zu wimmern und zu stöhnen, blieb auf dem Rücken liegen und konnte sich nicht mehr bewegen.

»Leni, bleib ganz ruhig, wir holen Hilfe!«

Während die anderen ins Haus rannten, hockte sich Pierre neben sie und nahm ihre Hand. Doch auch das tat unheimlich weh, Eleni schrie auf, bestürzt zog Pierre seine Hand wieder weg und legte sie dann ganz sanft auf ihre Stirn.

»Bleib hier«, flüsterte Eleni und sah Pierre mit Tränen in den Augen an.

»Keine Sorge, ich lass dich nicht allein.«

Etwa zwanzig Minuten später, die Eleni wie Stunden vorgekommen waren, traf der Krankenwagen ein. Ihre Mamie hatte sie längst in eine Decke gehüllt, ihr Wasser gebracht und ihr die ganze Zeit gut zugeredet. Die Gartenfest-Gesellschaft stand nun um den Schauplatz des Geschehenen herum und sah betroffen dabei zu, wie Eleni auf eine Trage und dann in den Krankenwagen gehievt wurde.

Ein paar gebrochene Rippen, ein verstauchtes Handgelenk und zahlreiche Schnitt- und Platzwunden waren das Ergebnis dieser Mutprobe, und Eleni musste ihrer Mamie versprechen, nie wieder höher als auf den kleinen Kirschbaum im Garten zu klettern. Was die Verletzungen betraf, hätte es schlimmer kommen können. Für Eleni war es trotzdem eine der bis dahin fürchterlichsten Zeiten ihres Lebens, denn wochenlang konnte sie nichts tun, als im Bett oder auf der Couch zu liegen. Der Sommer war für sie vorbei, kein Toben in der Bucht, kein Schwimmen, kein Versteckenspielen im Wald. Kein Gips half, das Einzige, was Eleni tun konnte, war zu warten und sich so wenig wie möglich zu bewegen, bis ihre Rippen wieder zusammengewachsen waren.

»Ich hab dir eine Powerblume mitgebracht«, sagte Pierre leise, als er ins Wohnzimmer kam. Der Unfall war einige Wochen her, und es war das erste Mal, dass Eleni Besuch empfangen durfte. Vorsichtig hob sie den Kopf und betrachtete den kleinen Topf mit der knallroten Ranunkel in Pierres Händen. Sie lächelte.

Pierre setzte sich neben das Sofa auf den Boden und stellte den Blumentopf auf den Couchtisch.

»Superheilkräfte«, sagte Eleni, und als sie lachte, stöhnte sie direkt auf und hielt sich den Oberkörper. Bei jedem noch so kleinen Kichern schmerzten ihre Rippen wie verrückt.

»Ich finde ja, sie sehen aus wie Kohlköpfe. Superkohlköpfe«, sagte Pierre und betrachtete nachdenklich die Ranunkeln.

»Hör auf, mich zum Lachen zu bringen. Du kannst dir gar nicht vorstellen, wie sehr das wehtut«, stöhnte sie mit einem gequälten Lächeln auf den Lippen.

Und dann blieb Pierre einfach neben ihr sitzen. Irgendwann begann er, ihr Geschichten zu erzählen. Keine aufregenden Abenteuergeschichten. Einfach nur kurze Berichte aus seinem Alltag, aus der Schule, welche Hausaufgaben er hatte, welche Note er in Sport bekommen hatte. Alles, um

Eleni bloß nicht zum Lachen zu bringen oder sie aufzuregen. Das war das erste Mal, dass sie ihn so ernst gesehen hatte. Seine Besuche, seine ereignislosen Geschichten waren die besten Momente ihres Sofadaseins gewesen.

Draußen

Wie selbstverständlich öffnete Eleni die Haustür und sah in den Vorgarten. Seit sie die Ranunkel gefunden hatte, war es das Erste, was sie am Morgen tat. Jedes Mal überkam sie eine kleine Aufregung, wenn sie den Schlüssel im Schloss herumdrehte, die Tür aufzog und vor das Haus spähte. War wieder eine neue Blume abgestellt worden? Welche würde es diesmal sein, und was für eine Nachricht würde sie überbringen? Sie freute sich darauf, die nächste Pflanze ins Beet zu setzen und einen neuen Briefumschlag zu öffnen. Längst war sie so sehr in dieses Rätsel verstrickt, dass sich ihre Gedanken beinahe ununterbrochen darum drehten.

Woher wusste der Verfasser von ihrer Lieblingsblume, der Anemone? Und wer außer ihrer Kindheitsclique kannte die Geschichte von den Powerblumen? Niemand von ihren früheren Freunden lebte noch im Ort. Seit sie sich das letzte Mal gesehen hatten, waren bestimmt zehn Jahre vergangen.

Es waren Dinge geschehen, die Eleni mit dieser Zeit verband und an die sie nie wieder zurückdenken wollte. Niemand wollte das, da war sie sich sicher.

An diesem Morgen ging Eleni den teilweise von Moos überwucherten Steinweg bis zum Gartentor und beugte sich darüber. Schon wieder nichts. Enttäuscht kehrte sie um und besah sich das Haus, dessen Wand von den vertrockneten Ranken eines Blauregens wie von Hunderten Adern überzogen war. Sie war so in sich selbst und ihre Trauer versunken gewesen, dass sie ihn in den letzten Monaten gar nicht wahrgenommen hatte. Diese Kletterpflanze mit den violetten Blütentrauben, die man im Frühling und Sommer überall im Ort über den Türen, rings um die Fenster und an Treppengeländern bewundern konnte, hatte in den vergangenen Sommern auch ihr Haus geschmückt und war Théos ganzer Stolz gewesen.

Es war das erste Pflänzchen, das er nach seinem Einzug in Elenis Haus eingesetzt hatte. Schon nach einem Jahr hatten die Triebe sich ihren Weg über die von Théo errichteten Holzgitter bis über die Eingangstür gebahnt. Jetzt nahm die Pflanze schon die halbe Hauswand ein und war bis unter das Dach geklettert. Eleni seufzte. Sie spürte einen Kloß in ihrem Hals bei dem Anblick dieser einst prächtigen Pflanze, die das Haus mit ihren üppigen Blüten in einen noch magischeren Ort verwandelt hatte und jetzt nur noch wie ein dunkler trauriger Schatten ihrer Vergangenheit wirkte.

• • •

»Sieht mickrig aus«, sagte Eleni stirnrunzelnd, als Théo das kleine Pflänzchen aus seinem Topf nahm und in das Loch in der Erde setzte.

»Gib ihr eine Chance«, bat er sie und schob etwas Erde in das Loch rund um die Wurzel. »Die stand in der hintersten Ecke der Gärtnerei. Hätte ich sie nicht mitgenommen, wäre sie wahrscheinlich heute Abend schon im Müll gelandet.«

Eleni betrachtete den winzigen holzigen Stamm der Wisteria, eher ein Stängel, aus dem zwei schwache Zweige und zwei grüne Blätter wuchsen, die aussahen, als würden sie bei der nächsten Brise davonflattern. Théo war davon überzeugt, dass er sie retten könne. Er hatte ihr den besten Platz vor dem Haus gegeben.

»Viel Sonne und Regenschutz unter dem Vordach, die perfekten Voraussetzungen. Und in ein paar Monaten wird das kleine Ding schon ganz anders aussehen, glaub mir.«

»Da bin ich gespannt«, lächelte Eleni.

»In einem Jahr haben wir eine wahre Blütenpracht an der Hauswand. Dieser Blauregen wird blühen und gedeihen, so wie unsere Liebe!«, sagte Théo mit einer übertrieben pathetischen Armbewegung und grinste Eleni an.

»Alles klar, Herr Shakespeare! Das heißt, wenn die Pflanze nicht gedeiht und blüht …«, grübelte Eleni.

»Sehr witzig.« Théo verdrehte die Augen.

»Aber jetzt hängt unsere Liebe von einer mickrigen Pflanze und ihrem Lebenswillen ab, das hast du gerade gesagt!«, neckte sie ihn weiter.

Théo stand auf und betrachtete zufrieden sein Werk.

»Wetten, dass ich sie wieder hinkriege?«

Eleni legte ihre Arme um ihn und schmiegte ihren Kopf an seinen Rücken.

»Worum wetten wir?«, fragte sie.

Er überlegte kurz. »Wenn sie überlebt, musst du mir versprechen, dass wir eines Tages zusammen ans Meer fahren.«

Eleni schwieg. »Egal, wann?«, fragte sie.

»Egal, wann«, antwortete Théo sanft. »Warte nur nicht zu lang, ich will nicht meinen Rollator durch den Sand schieben müssen.«

Eleni gab ihm einen Klaps auf den Rücken.

»Wette gilt!«

• • •

Eleni stand regungslos vor dem Haus und starrte auf die eingegangene Kletterpflanze. Er hatte die Wette gewonnen. Dass sie sich nach dem vergangenen Winter nicht wieder erholt hatte, dafür konnte er ja nichts. Und trotzdem hatte Eleni ihm seinen Wunsch nie erfüllt.

Sie fragte sich, ob sie die Pflanze noch einmal zu neuem Leben erwecken könnte. Sie näherte sich der Hauswand. Mit der Hand befühlte sie die Erde, die völlig ausgetrocknet war. Die vergangenen Monate, in denen Eleni keinen einzigen Gedanken an den Garten und die Pflanzen verschwendet hatte, waren abwechselnd von Hitzewellen und Stürmen geprägt gewesen, die der Natur ganz schön zugesetzt hatten.

Eleni kratzte mit ihrem Fingernagel ein wenig Rinde von dem dicken Hauptstrang, der sich schon nach wenigen Zentimetern in mehrere Nebenstränge aufteilte. Sie hoffte, unter der harten Rinde, die sich hier gebildet hatte, noch ein wenig frisches Grün vorzufinden.

»Beurteile eine Pflanze nicht sofort nach ihrem Äußeren.

Sie kann von außen völlig vertrocknet und verschrumpelt aussehen, aber tief im Inneren findest du vielleicht noch ein klein wenig frisches grünes Leben«, erinnerte sie sich an die Worte ihrer Mamie.

Eleni hockte neben dem Blauregen und kratzte die Rinde weiter herunter. Kein Grün. Sie wurde ungeduldig, führte ihre Hand etwas weiter nach oben an die dünneren Stränge. Immer weiter und hastiger tastete sie die Pflanzenarme ab, begann, die kleinen Zweige abzubrechen, doch es schien hoffnungslos.

Eleni fing an zu schluchzen, als ihr klar wurde, dass sie etwas getötet hatte, das sie zusammen mit Théo gepflanzt und aufgezogen hatte, ihr gemeinsames Projekt, das ihm so viel bedeutet hatte. Sie hatte es einfach sterben lassen. Ein Teil von ihm hätte hier weiterleben können, dachte sie. In dieser Pflanze steckten seine Liebe und Fürsorge, seine Wärme. Wenn er im Winter Stunden damit verbracht hatte, den Boden und die Pflanze mit Jutegewebe zu bedecken, um sie vor dem Frost zu schützen, hatte Eleni immer über seine große Sanftmut gestaunt.

Sie ging einen Schritt zurück und betrachtete unter Tränen ihr Versagen. Von einem auf den anderen Moment erwachte eine gewaltige Wut in ihr. Auf sich selbst und auf die Pflanze, die dort so braun und verdorrt hing und ihr ihre Nutzlosigkeit und ihren Egoismus veranschaulichte. Mit einem Aufschrei aus tiefster Kehle warf sie sich auf die brüchigen Äste und begann, sie von der Hauswand zu reißen. Immer wieder griff sie zu, zerrte das Gestrüpp herunter und warf es auf den Boden, bis sie irgendwann erschöpft niedersank.

Nach einer Weile hob sie den Kopf. Langsam kam sie wieder zu sich, realisierte, was sie in ihrer Verzweiflung und in ihrem Zorn angerichtet hatte. Sie erhob sich und begann, das Gestrüpp, das überall auf dem Boden verteilt lag, einzusammeln und auf einen Haufen zu legen. Dann ging sie auf das verkümmerte Pflänzchen zu, das jetzt nur noch aus einem dicken Stumpf bestand, dort, wo Théo den Blauregen in die Erde gesetzt hatte. Gerade wollte Eleni auch das letzte Überbleibsel der Pflanze aus dem Boden reißen, als sie innehielt. Sie konnte es nicht glauben, ging näher heran. Doch, jetzt erkannte sie es. Ein winzig kleiner Schimmer Grün in der Mitte des dicken Stamms. Eleni legte vorsichtig ihren Zeigefinger auf die zarte grüne Bruchstelle und streichelte sie.

»Nicht zu fassen«, flüsterte sie, »du bist doch stärker, als ich dachte!«

Sie stieß einen kleinen Jauchzer aus und sprang auf.

»Nicht zu fassen!«, rief sie jetzt laut. »Du lebst!«

Voller Freude rannte sie in den Garten hinter dem Haus, wickelte den Wasserschlauch von seinem Haken, drehte den Hahn auf und lief wieder zurück, den Schlauch hinter sich herziehend. Dann öffnete sie die Wasserspritze und ließ einen sanften Strahl auf die Pflanze und die Erde regnen.

Danach rannte sie zum Gartenhaus, in dem Théo Harken, Heckenscheren und alles, was man für die Gartenarbeit brauchte, verstaut hatte. Sie zog die Schubfächer auf, durchwühlte alle Kisten und sah in alle Ecken.

»Mist«, grummelte sie vor sich hin, »hier muss doch irgendwo …« Nachdem sie jeden Blumentopf, jede Schachtel von einer in die andere Ecke geschoben und ein kleines Chaos verursacht hatte, gab Eleni auf. Hustend vor Staub, trat sie vor das Gartenhäuschen und blieb ratlos stehen.

»Ohne Dünger wird das nie was«, sagte sie zu sich selbst.

Sie hätte schwören können, dass Théo irgendwo noch Pflanzendünger gelagert hatte. Doch wo?

Eleni hatte es sich nun zum Ziel gesetzt, den Blauregen wieder zu neuem Leben zu erwecken. Es bestand eine winzige Chance, und die wollte sie nicht verfliegen lassen.

Nachdem sie auch das restliche Gestrüpp auf den Komposthaufen geworfen hatte, vernahm sie plötzlich Stimmen. Sie lauschte in den Garten. Leise schlich Eleni zur Hauswand. Die Unterhaltungen kamen vom Weg vor dem Haus, aber es schien so, als wären die Leute stehen geblieben. Elenis Herz pochte. Etwas hielt sie davon ab, sich wie üblich gleich im Haus zu verkriechen und darauf zu hoffen, dass die Personen verschwinden würden. Die Neugier hatte sie gepackt.

An der Hausecke, von wo aus sie das Gartentor sehen konnte, spähte sie vorsichtig hinter der Wand hervor und erblickte zwei ältere Damen, die aufgeregt durcheinanderplapperten. Sie schienen sich mit etwas auf dem Boden vor dem Gartentor zu beschäftigen. Die eine begann immer wieder zu kichern, die andere schlug sich die Hände auf die Oberschenkel, und es wirkte so, als würde sie mit einem kleinen Kind reden. Eleni stutzte, beobachtete die Situation noch ein wenig länger, bis es ihr endlich dämmerte.

»Anemone!«, flüsterte sie erschrocken.

Sie hatte das Kaninchen seit über einer Stunde nicht

mehr gesehen. Die ganze Zeit war sie mit dem Blauregen beschäftigt gewesen und hatte darüber das Tier völlig vergessen.

»Vergessen, vergessen, wie konnte ich nur?«, schalt sie sich und überlegte, wie sie das Kaninchen zurückbekommen könnte. Sie wollte auf keinen Fall von den zwei Damen entdeckt und in ein Gespräch verwickelt werden. Eleni kannte sie, sie waren oft zu den Gartenfesten ihrer Großeltern gekommen. Héloise und Jeanne Gouard, die zwei Plappermäuler. So hatte ihre Mamie die beiden Schwestern immer liebevoll genannt. Sie konnten eine große Tafel von Gästen einen ganzen Abend lang gut unterhalten, allein mit ihren Geschichten aus einem bewegten Leben. Sie waren schon außergewöhnliche Erscheinungen gewesen, immer herausgeputzt mit ihren niedlichen Hüten, die gerade einmal auf ihre Haarpracht gepasst hatten und mit Bändern oder Spangen festgesteckt waren. Ihre kleinen Handtäschchen, oft aus glitzerndem Material, Schuhe mit recht hohen Absätzen und das Make-up makellos. Als junges Mädchen hatte Eleni nicht aufhören können, die extravaganten Schwestern anzustarren. Jedes Mal hatten sie ihr zum Abschied übers Haar gestrichen, sie mit ihren perfekt roten Mündern angelächelt und gesagt: »Vergiss nicht, dass zu einer gewissen Lieblichkeit auch immer eine große Portion Witz gehört. Vergiss das nicht, Maelle.« Eleni hatte sich immer gewundert, weshalb sie sie nicht mit ihrem richtigen Namen ansprachen. Maelle, dieser Name bedeutete *Prinzessin* auf Bretonisch, hatte ihre Mamie ihr erklärt.

Eleni erwachte jäh aus ihren Gedanken, als etwas neben

ihr geräuschvoll auf den Boden fiel. Sie blickte neben sich. Die Gartenschere, die sie noch in ihrer Hand gehalten hatte, war ihr aus den Fingern gerutscht.

Mist, dachte sie und drehte sich wieder in Richtung Gartentor, wo sie noch immer die Schwestern Gouard plappern hörte, die jedoch mit einem Mal verstummten.

»*Bonjour*, ist jemand zu Hause?«, rief die eine jetzt.

Eleni erstarrte. Natürlich hatten sie den Lärm gehört. Was sollte sie jetzt tun? Was sollte sie sagen? Sie hatte die Schwestern seit Jahren nicht gesehen.

»*Ma chère Maelle*«, rief nun die andere ein wenig unsicher. Eleni fühlte eine plötzliche Sehnsucht in sich aufsteigen, den Wunsch, wieder diese kleine Maelle zu sein, abenteuerlich und witzig. Doch sie suchte vergeblich nach dem Mut, den sie damals noch in sich getragen hatte, und blieb regungslos, an die Hauswand gepresst, stehen.

»Möchtest du dein lustiges Kaninchen nicht wieder hereinholen?«, rief jetzt wieder eine. Eleni schwieg weiter.

Sie vernahm ein Flüstern und Tuscheln, und langsam wurde sie ungeduldig. Warum gingen sie denn nicht einfach und ließen Anemone in Ruhe? Sie würde sie schon wieder zurück in den Garten holen, sobald die beiden verschwunden waren. Hatten sie nichts Besseres zu tun, als sie zu belagern?

»Wir vermissen dich im Dorf, Maelle«, hörte Eleni nun, und es klang, als entfernten sich ihre Stimmen. Sie zählte leise bis zehn, löste sich dann aus ihrer Starre und lugte hinter der Hauswand hervor. Nur die Rücken der beiden Damen waren noch zu sehen, die nun gemächlich ihren Spaziergang fortsetzten. Eleni schlich zum Gartentor, um Anemone einzusammeln, bevor sie sich womöglich noch entschied, den beiden hinterherzuhoppeln. Sie nahm das Kaninchen auf ihren Arm und sah den Schwestern Gouard noch einmal hinterher. Dann kehrte sie zum Haus zurück.

Mausschädel

Eleni versuchte sich zu konzentrieren. Doch immer wieder musste sie an die Gouard-Schwestern denken, wie sie am Gartenzaun gestanden und sie Maelle gerufen hatten.

Sie saß am Küchentisch und tippte, etwas zerstreut, auf der Tastatur ihres Laptops. Draußen dämmerte es. Sie hatte eigentlich Ideen für eine neue Reisereportage niederschreiben wollen, doch jetzt starrte sie auf den hellen Bildschirm und brachte keinen einzigen Satz zustande.

Nervös erhob sie sich vom Stuhl und lief durch den Raum, den Blick immer auf die Haustür gerichtet. Dann setzte sie sich wieder an den Tisch und legte ihre Finger erneut auf die Tastatur. Vergebens. Sie ließ die Hände auf ihren Schoß sinken und lauschte in die Stille. Außer dem Rauschen der Bäume vernahm sie kein Geräusch.

Vielleicht wurde sie jetzt ein wenig paranoid, aber sie spürte die Anwesenheit von jemandem. Eleni erhob sich abermals und ging langsam zum Eingang. Sie spähte durch den Spion. Es war schon so dunkel, dass sie nichts erkennen konnte. Vorsichtig öffnete sie die Tür einen Spalt und sah nach draußen. Alles war still. Sie zog die Tür weiter auf und trat hinaus. Ihr Blick lag auf dem Gartentor. Sie kniff die Augen zusammen, als wolle sie die Dunkelheit mit ihrem scharfen Blick zerschneiden.

Da war etwas. Sie ging ein paar Schritte auf das Gartentor zu. Ja, da lag etwas auf dem Torpfahl.

Eleni streckte ihre Hand aus und nahm es hoch. Ein kleiner Kiefernzweig, an dem ein eingerolltes weißes Papier befestigt war.

Sie hatte es gewusst! Der Blumenbote war hier gewesen. Ihr Herz machte einen Sprung. Sie blickte den Weg vor dem Gartentor hoch und runter, doch niemand war mehr zu sehen.

Eleni hatte sich zu Anemone auf das Sofa gesetzt, wo sie nun das Papier vom Zweig löste und es auseinanderrollte.

Sie las.

In diesem Zweig stecken Hunderte Jahre voller Geschichten.

• • •

Damals

»Nenn mich Maelle«, sagte sie und reckte ihre Nase gen Himmel.

Pierre sah Eleni verständnislos an.

»Warum denn Maelle?«

»Weil ich heute so heiße. Und vielleicht auch morgen«, antwortete Eleni mit gespitzten Lippen.

»Was ist denn mit dir los? Und wenn ich dich nicht so nennen will?« Pierre zog die Augenbrauen zusammen und beobachtete Eleni dabei, wie sie auf dem Sandweg auf und ab stolzierte.

»Maelle heißt Prinzessin«, erklärte sie, »aber nicht irgendeine Prinzessin. Eine mit Humor. Eine verrückte, aber liebliche Prinzessin. Eine abenteuerliche und schlaue Prinzessin, die immer rote Lippen und gepuderte Wangen hat.«

Sie blickte Pierre grinsend an.

»Komm, ich zeig dir was!«, rief sie und lief zum Haus.

Sie waren in Mamies Schlafzimmer gerannt, wo Eleni eine Kiste unter dem Bett hervorzog.

»Darfst du das denn?«, fragte Pierre besorgt.

»Klar!«, sagte Eleni überzeugt, fügte dann aber hinzu: »Meine Mamie ist sowieso im Dorf.«

Sie öffnete die Kiste und begann, durch die Kleidungsstücke und Schuhe zu wühlen, die sich darin befanden. Von ganz unten holte sie ein kleines Täschchen hervor. Sie griff sich einen pinkfarbenen Seidenschal und warf ihn sich um den Hals. Dann nahm sie das Täschchen und lief ins Badezimmer. Pierre folgte ihr wie ein bedröppelter Hund, blieb im Türrahmen stehen und beobachtete, wie Eleni einen Lippenstift hervorholte und sich vor dem Spiegel positionierte. Sie spitzte die Lippen und begann, die knallrote Farbe darauf zu verteilen. Dann drehte sie sich schwungvoll zu Pierre und strahlte ihn an.

»Du siehst komisch aus«, sagte er und begann zu lachen.

Als Eleni an ihm vorbeistolzierte, übertrieben mit den

Hüften wackelte und die Hände mit gespreizten Fingern neben sich herschwang, konnte er sich nicht mehr halten.

»Du siehst aus wie ein komischer Vogel!«, jauchzte er.

Eleni verschränkte die Arme vor der Brust und machte einen Schmollmund. Als sie sah, wie Pierre sich vor Lachen auf dem Boden krümmte, brach es plötzlich auch aus ihr heraus.

»Was für ein unhöflicher Kerl Sie sind!«, rief sie, stolzierte zum Sofa und nahm sich zwei große Kissen. Pierre lag noch immer auf dem Boden und hielt sich den Bauch, als Eleni auf ihn zugerannt kam und ihm die zwei dicken Kissen geradewegs ins Gesicht warf. Keuchend griff sich Pierre eines der Kissen und feuerte es zurück. Getroffen ging Eleni zu Boden.

»Was erlauben Sie sich, Sie Rüpel«, spielte Eleni ihre Rolle weiter. Doch Pierre dachte gar nicht daran, ihr eine Pause zu gönnen, und feuerte gleich das zweite Kissen.

»Ich dachte, Sie wären so abenteuerlustig, Prinzessin?«, rief er und kroch auf allen vieren auf Eleni zu. Diese lag schnaufend auf dem Boden, hatte ihre Hände auf die Brust gelegt und versuchte, wieder zu Kräften zu kommen. Pierre legte sich neben sie, und beide starrten eine Weile an die Decke.

»Was jetzt, Maelle?«, fragte Pierre und sah, wie sie lächelte. Dann rollte sie sich auf die Seite, stopfte sich eines der Kissen unter den Kopf und blieb so liegen. Forschend wanderte ihr Blick über sein Gesicht, sie schwieg. Er schaute sie eindringlich an. Eleni hatte immer geglaubt, Pierres Gedanken umherschwirren sehen zu können, wenn sie ihm nur lange genug in die Augen starrte. Manchmal war er wie ein offenes Buch, und dann ahnte sie schon vorher, was er gleich sagen würde. Diesmal war es aber anders. Sie hatte nicht eine Sekunde lang mit dem gerechnet, was jetzt passierte. Pierre rückte ein Stück näher und nahm ihre Hand. Eleni wusste nicht, was sie fühlen oder wie sie sich verhalten sollte. Ohne dass sie noch etwas sagen konnte, drückte Pierre ihr einen Kuss auf ihre rot verschmierten Lippen.

Pierre und Eleni verbrachten fast alle Nachmittage zusammen. Nach der Schule fuhren sie gemeinsam mit dem Fahrrad zum Strand, um ihre Freunde zu treffen. Doch nach dem Tag im Waldhaus, nach ihrer Kissenschlacht, verbrachten sie immer öfter Zeit nur zu zweit. Eleni hatte das Gefühl, dass die Luft zwischen ihnen anders geworden war, seit sie sich geküsst hatten. Ein bisschen dicker, undurchdringbar. Als müsste sie erst wieder durchbrochen werden. Sie wartete auf den Moment, in dem es passieren würde, sie sich noch einmal näherkommen würden. Sie wollte, dass alles wieder normal würde und gleichzeitig wollte sie das Gefühl spüren, das sich in ihrem ganzen Körper ausgebreitet hatte, als Pierre seine Lippen auf ihre gedrückt hatte.

»Wohin wollt Ihr heute, Prinzessin Maelle?«

»An einen Geheimort. Wo uns niemand findet und wir für immer bleiben können, wo wir uns von Beeren und ab und zu von einem frischen Fisch aus dem Fluss ernähren, Lagerfeuer machen, um das wir tanzen. Und wo wir so laut singen können, ohne dass es irgendjemanden stört.«

»Zu Befehl.«

Pierre reichte ihr die Hand und führte sie zu ihren Fahrrädern.

»Die Pferde stehen bereit.«

Sie stiegen auf und sausten davon, über den Sandweg, durch den Wald. Hinter ihnen stoben Staubwolken auf, über ihnen rauschten die Kronen der Kiefern, um sie herum summten eifrig die Insekten. Ein Hochsommertag wie im Film. Über eine Stunde fuhren sie den Uferweg entlang, Eleni konnte ihren Blick nur schwer vom türkisfarbenen Wasser, das unter der Sonne glitzerte, abwenden.

»Das ist der schönste Ozean, den ich je gesehen habe!«, rief sie Pierre zu, der vorneweg fuhr.

»Was?«

»Vergiss es!«, rief sie und trat kräftiger in die Pedale, um aufzuholen.

»Wo ist nun also dieser Geheimort?«, fragte Eleni, als sie auf gleicher Höhe mit Pierre angekommen war.

»Das werdet Ihr schon sehen, Maelle. Habt noch ein wenig Geduld.«

Auf ihrer linken Seite zogen jetzt abwechselnd blühende Wiesen und kleine Waldstücke vorbei. Rechts von ihnen lagen der Ozean und seine kleinen Buchten, in denen bunte Fischerboote ankerten und sachte hin- und herschaukelten. Seit einer ganzen Weile waren sie an keinem Dorf mehr vorbeigekommen. Ab und zu sah Eleni einen Leuchtturm auf einer Landzunge und breite Sandstrände, die sich halbmondförmig die Küste entlangzogen.

Plötzlich hielt Pierre an. Beinahe wäre Eleni ihm direkt ins Hinterrad gebrettert, doch sie konnte gerade noch abbremsen.

»Bist du verrückt?«, fuhr sie ihn an, während sie abstieg und ihr Fahrrad neben seines schob.

»Siehst du die alte Kiefer dahinten?«

Pierre zeigte über die Wiese. Eleni wandte ihren Blick in die Richtung, in die Pierre zeigte, und erkannte am Ende der Wiese einen riesigen Baum, mit einem Stamm so breit, wie sie es noch nie zuvor gesehen hatte.

»Was ist das denn für ein Monsterbaum?«, fragte sie beeindruckt.

»Das ist die Wächter-Kiefer, die älteste Kiefer der Region, vielleicht ganz Frankreichs«, erklärte Pierre.

Eleni sah ihn erstaunt an.

»Und woher kennst du die?«

»Mein Onkel ist hier oft mit uns hergekommen, als wir klein waren. Wenn meine Eltern am Wochenende zur Arbeit in die Stadt mussten, hat er mich und meine Cousins genommen und ist mit uns aufs Land gefahren. Das waren die besten Tage!«

Eleni sah ein Strahlen in Pierres Augen, während er sprach.

»Na komm, worauf warten wir!«, rief er und trat wieder in die Pedale. Eleni versuchte, Schritt zu halten, und fuhr ihm schnaufend hinterher. Sie nahmen einen kleinen holprigen Sandweg quer durch die Wiese, und Eleni hatte Mühe, ihren Lenker zu halten und geradeaus zu fahren. Doch Pierre dachte gar nicht daran, sein Tempo zu drosseln.

Als sie an der Kiefer ankam, hatte Pierre sein Rad schon ins Gras geworfen und stand nun direkt neben dem Stamm. Eleni blickte überwältigt zwischen Pierre und diesem Ungetüm von Baum hin und her.

»Der muss mindestens zehnmal so breit sein wie du!«,

rief sie und rannte zu ihm. Sie lehnte sich bäuchlings an den Stamm und breitete ihre Arme aus, als wolle sie den Baum umgreifen.

»Wir bräuchten zehn Elenis, um einmal ganz herum zu kommen«, lachte sie.

»Das Beste hast du noch gar nicht gesehen!«, rief Pierre jetzt und lief hinter den Baum.

»Was ist das?«

»Hier werden wir leben, Maelle. Unser Geheimort!«

Pierre stand stolz neben der Kiefer, deren dicke Wurzeln sich an einer Seite des Stammes so ineinander verschlungen hatten, dass sie eine kleine Höhle bildeten. Es sah aus, als hätte der Baum Arme wie ein Oktopus, die sich ineinander verheddert hatten und weit über Pierre und Eleni reichten. Man konnte tatsächlich durch eine Art Torbogen unter das Geflecht kriechen. Als Eleni neben Pierre in dieses Wurzelversteck krabbelte und sich aufsetzte, staunte sie nicht schlecht. Um sie herum lag ein kleiner Raum aus Gestrüpp und altem knorrigen Holz.

»Der Wahnsinn«, sagte sie.

»Warte, ich zeig dir noch was.« Pierre holte etwas aus einem Zwischenraum des Wurzelwerks hervor. Er legte sich eine kleine Metallkiste auf den Schoß und strich die Erde vom Deckel.

»Eine Schatzkiste?«, witzelte Eleni.

»Kann man so sagen.«

Pierre reichte sie Eleni, die sie irritiert an sich nahm. Er bedeutete ihr mit einem Kopfnicken, die Kiste zu öffnen.

Es befanden sich darin eine Schachtel mit Spielkarten,

vier Packungen Kaugummi, ein paar Plastikfiguren, eine Lupe, einige ausgeblichene Zettel und ein kleiner Stoffbeutel.

»Wir haben hier oft von morgens bis abends gesessen, bis mein Onkel uns wieder abgeholt hat. Meistens haben wir Karten gespielt und manchmal Forscher. Wir sind mit der Lupe durch die Gegend gerannt und haben uns alle möglichen wissenschaftlichen Notizen gemacht.«

Pierre grinste, und Eleni musste lachen.

»Nicht sehr nachhaltig«, sagte sie und deutete auf die Aufzeichnungen, die mit der Zeit so ausgeblichen waren, dass man sie nicht mehr entziffern konnte.

Pierre schüttelte den Kopf. Er griff in die Kiste und holte den Stoffbeutel hervor.

»Das hier war unser Heiligtum«, erklärte er, während er die Schnur, mit der der Beutel verschlossen war, behutsam öffnete. Eleni sah ihm gespannt dabei zu.

»Wir haben uns immer gestritten, wem es gehört, und am Ende haben wir uns geschworen, es für immer hier in der Kiste zu lassen, damit es uns allen gleich gehört.«

Vorsichtig zog er etwas aus dem Beutel, dann hielt er inne und sah zu Eleni.

»Mach die Augen zu und halt die Hand auf«, befahl er.

Eleni tat, was er sagte.

»Okay, jetzt aufpassen, nicht zudrücken. Kannst die Augen wieder aufmachen.«

Eleni brauchte einen Moment, bis sie erkannte, was dieses kleine Gebilde in ihrer Hand war.

»Wow!«, rief sie, nahm den winzigen Schädel zwischen

Zeigefinger und Daumen und betrachtete ihn von allen Seiten.

»Er ist so klein! Was meinst du, was das mal war?«, fragte sie fasziniert.

»Wahrscheinlich eine Feldmaus«, sagte Pierre.

»Wunderschön. Er sollte einen Ehrenplatz bekommen und nicht in dieser Kiste hier unterm Baum verfaulen.«

Nachdenklich legte sie den Schädel wieder in ihre Handfläche.

»Es ist eben ein Schwur«, erklärte Pierre.

»Ach, Quatsch, wann waren deine Cousins denn das letzte Mal hier? Die wissen bestimmt schon gar nichts mehr davon!«

Pierre nickte.

»Das ist Jahre her. Jetzt sind die alle zu alt für so einen Kinderkram«, Pierre grinste, »haben Freundinnen, mit denen sie am Wochenende in die Stadt fahren.«

»Siehst du«, bekräftigte Eleni, »denen ist das doch piepegal. Die halten dich wahrscheinlich für irre, dass du noch immer herkommst!«

»Als würd ich hier allein herkommen!«, rief er stolz. »Ich bin doch nur wegen dir hier.«

Pierre zuckte mit den Schultern und schob den winzigen Mausschädel zurück in den Beutel, verschloss ihn vorsichtig und legte ihn zurück in die Kiste.

»Trotzdem. Schwur ist Schwur.«

Enttäuscht sah Eleni ihm dabei zu, wie er die Kiste zurück unter das Wurzelgewirr schob.

Sie blieben den ganzen Tag, rannten durch die Wiese, pflückten Brombeeren und sammelten Holz, um Feuer vor ihrer Höhle zu machen. Als sie die Zweige auf einen Haufen geschichtet hatten, mussten sie aber feststellen, dass keiner der beiden wusste, wie man so etwas anstellte. Also überließen sie es einfach ihrer Fantasie und stellten sich vor, wie sie Stockbrot in die imaginären Flammen hielten. Eleni sammelte große Blätter und Gräser und legte den Boden des Wurzelverstecks damit aus, um ihn ein wenig gemütlicher zu gestalten. Aus einem Stück vermoderten Baumstumpfs, den sie mit Taschentüchern säuberte, errichtete sie einen kleinen Tisch in der Mitte des Raums.

Als der Abend dämmerte, waren beide so erschöpft, dass sie mitten in der Wiese liegen blieben und dem Himmel schweigend dabei zusahen, wie er sich langsam violett färbte.

»Habt Ihr Euch Euren Geheimort so vorgestellt, Maelle?«, unterbrach Pierre nach einer Weile die Stille.

»Nein«, antwortete Eleni, »das hier ist hundertmal besser als in meiner Vorstellung!«

Pierre atmete erleichtert aus, und Eleni begann zu lachen. Sie betrachtete ihn, bis er sich auch ihr zuwandte. Grinsend sahen sie sich an. Immer wieder verdrehten sie kichernd die Augen, mal hielt Pierre Elenis Blick nicht stand, dann wieder umgekehrt. Nach einer Weile hob Eleni ihren Arm und verpasste Pierre einen Klaps auf den Oberschenkel. Dann legte sie sich lachend ihre Hände vors Gesicht.

»Was?«, fragte Pierre amüsiert.

Doch Eleni schüttelte nur den Kopf.

»Sag schon«, forderte er trotzig. Eleni ließ ihre Hände sinken und sah ihm jetzt etwas ernster in die Augen.

»Manchmal hab ich keine Ahnung, was in deinem Kopf vorgeht«, sagte sie fast flüsternd.

»Vielleicht willst du das auch gar nicht wissen.«

»Jetzt will ich es schon wissen«, bekräftigte Eleni, ohne ihren Blick abzuwenden. Pierre wurde ein wenig ernster. Ein leichtes Lächeln lag auf seinen Lippen.

Dann beugte er sich unsicher zu ihr herab, und als ihre Gesichter nah beieinander waren, hielt er kurz inne. Doch Eleni legte ihm ihre Hand auf die Wange und zog ihn an sich. Als ihre Lippen sich berührten, begann sie, am ganzen Körper zu zittern, und sie drückte Pierre nur noch fester an sich. Dieser Kuss, dort, in den Gräsern, unter dem violetten Abendhimmel, fühlte sich anders an als der erste im Waldhaus nach der Kissenschlacht. In Eleni erwachte ein völlig neues, ihr bis dahin unbekanntes Gefühl, das ihr Angst machte und von dem sie gleichzeitig nicht genug kriegen konnte. Eine tiefe Verbundenheit, eine Wärme, ein Kribbeln, es war, als wäre sie Pierre und Pierre sie und als würde dieser Moment nicht in diese Zeit, nicht auf diese Welt gehören. Als würde er abgespalten von allem anderen existieren und keinen Anfang und kein Ende haben.

Dann aber löste sich Pierre aus ihrer Umarmung und blickte auf. Sie hatte nicht bemerkt, dass es inzwischen dunkel geworden war. Die Geräusche der emsigen Insekten und tanzenden Gräser in der leichten Sommerluft waren verstummt und von den seltsamen Gesängen der Nachtvögel abgelöst worden. Um sie herum knackten und knarrten plötzlich die Äste der Bäume, und das laute Rauschen des Ozeans drang ungefiltert zu ihnen herüber.

Eleni bemerkte Pierres besorgtes Gesicht.

»Wir sollten los«, sagte er ein wenig durcheinander und erhob sich.

»Ja«, stimmte sie ihm zu und stand auf.

»Mist«, sagte Pierre und blieb abrupt stehen, »mein Hausschlüssel. Er ist nicht mehr in meiner Hosentasche. Ich muss ihn in der Wiese verloren haben.«

Er ließ sein Fahrrad ins Gras fallen und lief zurück. »Warte hier, ich bin gleich wieder da!«

»Soll ich dir suchen helfen?«, rief Eleni ihm hinterher.

»Nein, bleib da, dauert nicht lang!«

Pierre verschwand im Dunkeln, und das Einzige, das Eleni nun vernahm, war das Rauschen der Bäume. Nur hin und wieder hörte sie auch das Rufen eines Kauzes.

»Hast du ihn gefunden?«, fragte sie, nachdem Pierre zurückgekommen war.

»Ja«, antwortete Pierre, hob sein Fahrrad hoch und stieg auf.

»Komm, ich bring dich nach Hause«, sagte er und fuhr los.

Eleni sah ihm kurz ein wenig perplex hinterher, stieg dann aber auch zügig auf ihr Rad und folgte ihm.

Als sie am Waldhaus ankamen, war es weit nach neun Uhr abends und stockdunkel.

Vorsichtig schob Eleni das Gartentor auf. Sie wollte nicht, dass ihre Großeltern sie hörten. Eleni war es eigentlich nicht erlaubt, sich im Dunkeln draußen herumzutreiben. Noch lag das Haus aber still. Vielleicht hatten sie noch gar nicht bemerkt, wie spät es war.

Sie drehte sich zu Pierre, der in seinem Rucksack kramte.

»Alles in Ordnung?«, fragte sie.

Den ganzen Heimweg über hatten sie nicht miteinander gesprochen.

»Hier«, sagte Pierre und hielt ihr etwas entgegen, das sie in der Dunkelheit zuerst nicht erkennen konnte.

»Ich bin nicht für meinen Schlüssel zurück«, erklärte er, als er ihr fragendes Gesicht sah, »sondern hierfür.«

Er legte ihr den kleinen Beutel in die Hand.

Erstaunt öffnete sie ihn und zog behutsam den winzigen Mausschädel hervor.

»Für mich?«

Pierre nickte. »Du musst ihm einen Ehrenplatz geben.«

Eleni sah ihn lächelnd an, dann umarmte sie ihn. Hinter sich hörte sie, wie die Haustür sich öffnete.

»Leni, bist du das?«, rief ihre Mamie mit besorgter Stimme.

Eleni kicherte und gab Pierre einen Kuss auf die Wange.

»Ich muss rein«, flüsterte sie, »danke für die Maus.«

Dann wandte sie sich um und rief ihrer Großmutter zu: »Ja, Mamie, ich bin's!«

Ein lange vergessener Ort

Das Schutzblech war schon etwas verrostet, doch die Reifen des alten Fahrrads musste Eleni nicht einmal aufpumpen. Sie schob es aus dem Gartenhaus und setzte sich auf den Sattel, dann schob sie sich mit einem Fuß an und fuhr ein paar wackelige Runden über den Rasen. Anemone saß auf der Wiese und schaute ihr interessiert dabei zu.

»Siehst du, ich hab's noch nicht verlernt«, rief sie fröhlich.

Die Nachricht am Kiefernzweig hatte sie nicht mehr losgelassen. So viele Gedanken waren ihr in der Nacht durch den Kopf gegangen, dass sie erst sehr spät in den Schlaf gefunden hatte. An diesem Morgen wachte sie mit dem festen Vorhaben auf, eine Fahrradtour zu unternehmen. Und sie wusste auch schon, wohin.

Als Eleni auf dem quietschenden Sattel ihres Fahrrads saß, kam sie sich schon ziemlich alt vor. Schon an der ersten Wegbiegung war sie aus der Puste. Aber so leicht ließ sie sich nicht von ihrem Plan abbringen. Sie fuhr über einen Umweg durch die Felder, einige Male musste sie anhalten und sich orientieren.

Schließlich kam Eleni tatsächlich an, ein wenig verblüfft,

dass sie den Weg beinahe sofort gefunden hatte. Vor ihr stand die alte Kiefer, die jetzt gar nicht mehr so mächtig wirkte. Mag sein, dass sie den Baum viel größer in ihrem Kopf abgespeichert hatte. Oder vielleicht hatte er in den vielen Stürmen der letzten Jahre einfach ein paar Äste einbüßen müssen. Sie ließ das Fahrrad ins Gras fallen und ging zu dem Baum, blieb davor stehen und breitete ihre Arme aus. Langsam sank sie nach vorne und lehnte sich an die aufgeheizte Rinde. Sie schloss die Augen und atmete tief ein, roch die Nadeln und Wiesenblumen und spürte eine Nervosität in sich aufsteigen. Aber es fühlte sich nicht mal schlecht an. Eleni löste sich von dem Stamm und ging bedächtig um den Baum herum. Als sie ihn einmal umrundet hatte, setzte sie sich in die Wiese.

Über eine Stunde hatte sie neben der Kiefer gesessen, ihre Augen geschlossen und den Sommergeräuschen um sie herum gelauscht.

Jetzt öffnete sie ihre Augen, zwinkerte sich zurück ins Hier und Jetzt. Es dämmerte. Eine frische Brise wehte ihr um die Schultern und durch die Haare. Noch für einen kurzen Moment blieb sie sitzen, spürte ihren Gedanken an eine lang zurückliegende Zeit nach. Zu flüchtig waren sie gewesen, um sie festhalten zu können. Sie rappelte sich auf, streckte sich und ging zu ihrem Fahrrad. Als sie den Lenker wieder in den Händen hielt, legte sich ein Lächeln auf ihre Lippen. Sie sog die frische Abendluft tief ein, dann schwang sie sich auf den Sattel.

Nach ihrem Ausflug ließ sich Eleni aufs Sofa fallen. Anemone sprang zu ihr hoch und rollte sich neben ihr zusammen.

»Du hast mich doch wohl nicht vermisst?«, fragte Eleni leise und streichelte dem Kaninchen über das weiche Fell.

Der Abend hatte sich längst über das Waldhaus gelegt, und die Stille tat Eleni gut. Sie brauchte für einen kurzen Moment eine Pause. Doch die Radtour und die Gedanken an früher ließen sie einfach nicht in Ruhe. Jedes Mal, wenn sie die Augen schloss, sah sie Pierres Gesicht vor sich, seine rotblonden Locken und seine von Sommersprossen übersäten Wangen. Eine Ewigkeit hatte sie nicht mehr an ihn gedacht. Sie hatte die Vergangenheit weggeschoben, denn sobald Eleni auch nur kurz in diese Zeit zurückreiste, war da wieder dieser eine Tag. Der Tag, an dem ihr Leben sich für immer verändert hatte.

Sie lag auf dem Rücken, starrte an die Zimmerdecke und wagte es nicht, ihre Augen zu schließen. Sie fürchtete sich vor dem Schmerz, den sie mit Pierre verband, doch gleichzeitig erweckte die Rückschau auf ihre Erlebnisse mit ihm ein Gefühl der Wärme. Sie vermisste ihn. Hatte ihn immer vermisst. Nur hatte sie dieses Gefühl oder auch nur den geringsten Gedanken daran jahrelang nicht mehr zugelassen.

Eleni drehte sich ruckartig zur Seite, wodurch sie Anemone aufschreckte. Das Kaninchen sprang vom Sofa und verkroch sich unter dem Couchtisch. Eleni schenkte ihm keine große Aufmerksamkeit. Sie versuchte krampfhaft, an etwas anderes zu denken. Warum konnte sie nicht einfach ihren Kopf ausschalten? Die Fahrradtour schien ihr eine gute Idee gewesen zu sein, sie hatte allen Mut zusammengenommen, um zu diesem lang vergessenen Ort zu fahren. Dort hatte sie sich wohlgefühlt, in ihr war ein Gefühl gewachsen, das sie lange nicht mehr gespürt hatte, das ihr Herz schneller schlagen und sie all die Trauer um Théo für einen Nachmittag hatte vergessen lassen.

Doch jetzt erwachte auch etwas anderes in ihr. In ihrem Kopf reiste sie weiter, das Tor zu ihrer Vergangenheit hatte sich plötzlich mehr geöffnet, als es ihr lieb gewesen war, und auch die dunklen Gedanken strömten nun zu ihr durch.

Irgendetwas musste sie doch tun können, um sich abzulenken. Sie stand eilig vom Sofa auf und lief in die Küche, wo sie die Schränke nacheinander aufriss und durchsuchte.

»Die müssen doch irgendwo sein …«, murmelte sie vor sich hin, lief in den Flur und zog die Kellertür mit einiger Kraft auf. Lange war Eleni nicht mehr dort unten gewesen.

Sie ging geradewegs zum hintersten Regal, das vollgestopft mit Kisten und Körben war. In einer Ecke fand sie zwei Weinflaschen.

»Na also!«

Als sie, die Beute in beiden Händen, gerade wieder hinaufgehen wollte, fiel Elenis Blick auf eine große Holztruhe unter der Treppe. Sie überlegte kurz, stellte dann die Flaschen auf die unterste Stufe und hockte sich vor die Truhe. Vorsichtig öffnete sie den schweren Deckel. Darin befanden sich viele alte Klamotten, unordentlich durcheinandergeworfen und sichtlich von Motten zerfressen. Ihre Mamie hatte alte Kleider nicht wegwerfen können und sie hier gelagert. Eleni wühlte ein wenig durch die bunten Stoffe, Mützen, Schals. An der Seite der Truhe stieß sie plötzlich auf etwas Kleines,

Hölzernes. Sie zog es hervor und sah erstaunt auf einen Bilderrahmen. Auf dem Foto waren sie, als etwa zwölfjähriges Mädchen, und ihr Pépé zu sehen. Eleni trug einen großen braunen Stoffhut, der ihr Gesicht beinahe im Schatten verschwinden ließ. Ihr breites Grinsen aber war noch gut zu erkennen.

• • •

Damals

»Du kannst nicht einfach so auf Entdeckungstour gehen, *mon bijou*«, sagte Pépé und hockte sich vor sie. Er sah ihr tief in die Augen, legte seine großen, schweren Hände auf ihre Schultern und setzte ein nachdenkliches Gesicht auf. Dann erhellte sich seine Miene, er stand mit einem Mal auf und lief ins Schlafzimmer. Von dort aus rief er ihr zu:

»Bleib schön, wo du bist, *mon bijou*!«

Als er wiederkam, hielt er einen braunen Hut mit einer breiten Krempe und einem dunklen Lederband in der Hand. Er setzte ihn auf Elenis Kopf und betrachtete sie. Eleni musste lachen.

»Der ist viel zu groß, Pépé!« Sie zog sich den Hut vom Kopf und betrachtete ihn argwöhnisch.

»*Quoi? Non, non, mon bijou*, das ist perfekt. Idealer Schutz vor der Sonne und sämtlichen Greifvögeln!«, rief Pépé zufrieden.

»Greifvögel?«, fragte Eleni erschrocken.

»*Rapaces*, Greifvögel, *oui, oui*. Die packen dich bei den

Schultern und fliegen mit dir davon, so.« Und mit seinen großen Händen griff Pépé ihre Schultern, hob sie in die Luft und rannte mit ihr durch das ganze Haus. Eleni quietschte und gackerte.

»Wuuuuusch«, imitierte Pépé den brausenden Wind.

»Lass mich runter, du gemeiner *rapace*!«, rief Eleni vergnügt, bis ihr Pépé sie endlich auf das Sofa setzte und sich außer Atem neben ihr niederließ.

»Aber weißt du, was?«

Eleni schüttelte den Kopf und sah ihren Großvater gespannt an.

»Mit meinem Abenteurerhut kann dir das gar nicht passieren.« Er hob den Hut vom Boden auf, dort, wo Eleni ihn hatte fallen lassen, und setzte ihn ihr wieder auf den Kopf.

»So erkennen die Greifvögel deinen kleinen Kopf nicht, denken, du wärst ein Jägersmann oder gar ein Cowboy! Und da trauen die sich ganz bestimmt nicht ran.«

Eleni grinste, zog sich den Hut zurecht und stand auf. Breitbeinig stellte sie sich vor den Spiegel und stemmte ihre Hände in die Hüften.

»Du hast recht, Pépé. Jetzt bin ich eine richtige Abenteurerin!«

• • •

Eleni strich über das Foto, wobei sich ein wenig Staub löste und sie zu husten begann. Mit einer Hand wedelte sie vor ihrem Gesicht herum. Sie musste sieben oder acht Jahre alt gewesen sein, als Pépé ihr den Hut geschenkt hatte. Es war ihr

Lieblingshut geworden, sie hatte ihn bei jeder Gelegenheit getragen, selbst noch als Teenager.

Sie schloss den Deckel der Truhe.

Anemone wartete geduldig am Kellereingang, als Eleni die Treppe wieder heraufkam. Sie setzte sich, das Foto noch immer in der Hand, wieder auf das Sofa. Die zwei Weinflaschen stellte sie vor sich auf den Couchtisch. Den Fotorahmen lehnte sie an eine kleine gläserne Schale, die in der Mitte des Tisches stand.

Während sie ihr kleines Mädchengesicht und die sanftmütigen Züge von ihrem Pépé betrachtete, wanderten ihre Gedanken unaufhaltsam zurück. Dorthin, wo sie nie wieder hatte sein wollen. Zu dem Tag, an dem ihre Angst begonnen hatte.

Der Abenteurerhut

Damals

»Bis heute Abend!«, rief Eleni ihren Großeltern zu, die auf der Terrasse saßen. Eilig schob sie ihr Fahrrad an ihnen vorbei und lief damit vors Haus. Einen Augenblick später kam sie zurückgerannt.

»Hut vergessen!«, sagte sie außer Atem, rannte ins Haus, und als sie wieder herauskam, hatte sie ihren Abenteurerhut auf dem Kopf. Ihre Großeltern grinsten.

»Du weißt, zum Abendbrot sollst du zu Hause sein«, mahnte ihre Mamie.

Eleni verdrehte die Augen.

»Die anderen essen im Dorf zusammen, Mamie! Ich bin schließlich fast siebzehn, da sollte ich nicht mehr mit meinen Großeltern Abendbrot essen müssen!«

Pépé sah ihre Großmutter beschwichtigend an.

»Es ist Freitagabend, lass sie doch mit ihren Freunden essen.«

»Schon gut, schon gut. Wenn ihr euch wieder gegen mich verschwört. Aber vor zehn bist du zu Hause.«

Eleni nickte und drückte ihrer Mamie einen dicken Kuss auf die Wange.

»Danke, danke, danke!«

In der weißen Bucht warteten schon die anderen auf sie. Pierre kam ihr entgegengerannt.

»Wo bleibst du denn? Wir sind schon seit Ewigkeiten hier!«

Eleni stieg vom Fahrrad und knuffte ihn in die Seite.

»Immer mit der Ruhe, ihr könnt wohl nicht ohne mich?«

»Weißt du doch, ohne dich läuft hier gar nichts!«

Pierre grinste sie an, und ihre Blicke blieben für einen Moment aneinander hängen.

»Hey, Schluss damit, ihr verliebten Idioten!«, rief Henri und zog Pierre mit sich. Dieser sah zurück zu Eleni und zuckte augenrollend mit den Schultern.

»Also, fahren wir raus?«, rief Eleni, als sie bei der Gruppe angekommen war. Ihre Freunde hatten längst drei kleine Fischerboote über den Strand ans Wasser gezogen. Im Inneren hatten sie zwei große Körbe mit Proviant, Handtüchern und Schnorchelausrüstung verstaut.

»Kann losgehen! Immer zwei pro Kahn«, rief Pierre und packte Elenis Hand. Er zog sie zu einem der Boote. »Darf ich bitten, Maelle?« Eleni stieg grinsend ein, und Pierre schob das Boot ins Wasser. Schaukelnd entfernte es sich vom Ufer, und mit einem gekonnten Sprung kam auch Pierre an Bord.

Es war ein sonniger Tag, nur kleine Wellen bewegten die Boote auf und ab, das Wasser klatschte an die Buge. Eleni liebte es hier draußen. Endlos hätte sie dem Ein- und Auftauchen der Ruder lauschen und in den Himmel schauen können.

»Prinzessin, so langsam könntet Ihr auch mal übernehmen.« Pierres mürrische Stimme riss Eleni aus ihren Träumereien. Sie setzte sich auf und schaute ihn blinzelnd an. Die Sonne schien schon recht stark, obwohl es noch nicht einmal Mittag war. Sie zog sich ihren Hut weiter in die Stirn.

»Und wenn wir uns einfach ein Stück treiben lassen?«, schlug Eleni vor.

»Die anderen sind schon da vorne, die holen wir nie ein!« Pierre ruderte unbeeindruckt weiter.

»Was ist so schlimm daran? So haben wir ein bisschen Ruhe. Komm, leg dich neben mich und genieß die Stille.«

Eleni nahm seine Hand und zog ihn zu sich. Pierre gab lächelnd nach und hakte die Ruder ein. Er legte sich neben Eleni auf den Boden des Bootes und schaute in den Himmel.

»Gar nicht mal so schlecht«, gab er zu.

»Siehst du. Man muss auch mal Pause machen vom Schuften.«

»Was weißt du denn vom Schuften, Prinzessin?«

Sie lagen eine ganze Weile nebeneinander, hörten dem Plätschern des Wassers zu und ließen sich die warme Sonne auf die Haut scheinen. Zärtlich strich Pierre über Elenis Arm. Sie richtete sich ein wenig auf und beugte sich über ihn. An ihrem Hals baumelte ein Lederband, an das sie den kleinen Mausschädel geknotet hatte. Pierre nahm ihn vorsichtig zwischen seine Finger und betrachtete ihn.

»Steht dir gut, die tote Maus«, sagte er grinsend.

»Ja, oder?«

Eleni näherte sich seinem Gesicht, doch gerade als sie ihn küssen wollte, riss ein Ruf sie aus der stillen Zweisamkeit.

»Hey! Wir warten auf euch, ihr Langweiler!«

Eleni setzte sich auf und blickte über das Wasser. Ein wenig entfernt näherte sich das Boot, in dem Henri und Julien saßen. Sie machten ungeduldige Handbewegungen, und Eleni stöhnte genervt auf.

»Camille und Mathilde sind schon in der Bucht«, riefen sie Eleni und Pierre zu.

»Lass uns weiter«, sagte Eleni, setzte sich auf die kleine Holzbank, nahm die Ruder und paddelte los.

Pierre musste lachen und hielt sich kopfschüttelnd die Hände vors Gesicht.

Die Boote hatten sie auf die Steine gezogen und ein wenig davon entfernt, auf einem großen flachen Fels, die Handtücher ausgebreitet und die Proviantkörbe aufgestellt. Die kleine felsige Bucht war etwa zwanzig Minuten mit dem Ruderboot von der crique blanche entfernt. Julien und Henri hatten sie wenige Wochen zuvor entdeckt, und seitdem waren die Freunde fast jedes Wochenende bei schönem Wetter hergekommen. Es war ein kleines Paradies. Niemand sonst schien diesen Ort zu kennen, der nur vom Wasser aus zu erreichen war. Auf dem Land umgaben dichte Büsche und Gräser die Bucht, es gab keine Pfade, die durch das Gestrüpp führten. Die Freunde waren hier völlig ungestört. Das Wasser war glasklar und leuchtend türkis, und am felsigen Ufer konnte man wunderbar schnorcheln. Während die anderen sich über das Essen hermachten, zog Eleni sich T-Shirt und Shorts aus, und ein blau-weiß gestreifter Bikini kam zum Vorschein.

Sie nahm ihren Hut vom Kopf und hängte ihn an den abgebrochenen Zweig eines kleinen Baums.

»Pass gut drauf auf und lass die zwei Deppen bloß nicht damit Cowboy spielen, hörst du?«

Sie sah Pierre ernst in die Augen, schaute dann zu Julien und Henri und lachte, als sie genervt zurückblickten.

Ohne ihr Sandwich anzurühren, schnappte sich Eleni sofort eine Taucherbrille und sprang ins Wasser. Sie tauchte bis zum Grund und ließ sich an den Steinen entlangtreiben, beobachtete die vielen bunten Fische und suchte nach Muscheln. Wer am Ende des Tages die schönste Muschel mit an die Oberfläche gebracht hatte, dem mussten die anderen einen Crêpe bei Bernadette spendieren. Und normalerweise war es Eleni, die die besten Schätze am Meeresgrund fand. Wie sehr sie es liebte, die Stimmen ihrer Freunde nur ganz dumpf und weit weg durch das Wasser über sich zu vernehmen. Es war, als gehörte alles unter der Oberfläche ihr ganz allein.

Sie verbrachten Stunden um Stunden mit Schwimmen, Tauchen und Felsenspringen. Sie kreischten, lachten und redeten laut durcheinander. Ihre Stimmen hallten zwischen den steilen Uferhängen, und es fühlte sich an, als wären sie auf einer einsamen Insel gestrandet und konnten nun tun und lassen, was sie wollten.

Als die Sonne allmählich schwächer wurde und eine frische Brise anhob, packten die Freunde ihre Sachen und brachten sie in die Boote.

Die anderen waren schon bereit loszufahren, doch Eleni saß noch auf den Steinen und blickte in den Himmel.

»Na komm, Leni, oder lässt du dir deinen kostenlosen Crêpe etwa entgehen?«, rief Mathilde.

Und Julien fügte hinzu: »Uns soll's recht sein!«

»Ich frage mich immer, wie die Bucht nach Sonnenuntergang aussieht«, sagte Eleni nachdenklich, ohne auf die Späße einzugehen.

»Das werden wir wohl nie erfahren«, entgegnete Henri. »Oder willst du im Dunkeln zurückfahren?«

Eleni sah ihn herausfordernd an.

»Warum nicht?«

Pierre drehte sich erstaunt zu ihr um.

»Das ist viel zu gefährlich«, sagte Camille und setzte sich zu Mathilde ins Boot, das sie gerade ins Wasser gelassen hatten.

»Der Sonnenuntergang von hier ist bestimmt der Hammer.«

Eleni stieß Pierre leicht an.

»Was hast du vor?«, fragte der, und Eleni konnte sehen, dass sie ein wenig Abenteuerlust in ihm geweckt hatte.

»Ich sage, wir bleiben noch hier und schauen es uns an. Wird schon nicht so schlimm sein, im Dunkeln zu fahren, ist doch nur geradeaus!«

Eleni blickte in die Runde.

»Wer ist dabei?«

Henri und Julien schauten sich besorgt an.

»Du immer mit deinen Mutproben. Also, ich fahr jetzt«, beschloss Julien und forderte Henri mit einer Handbewegung auf, ins Boot zu steigen.

»Er hat recht, Leni, und ihr solltet mitkommen. Außerdem zieht sich der Himmel dahinten schon zu, ihr wisst doch gar nicht, ob sich das Wetter noch ändert.«

»Na gut, die Angsthasen fahren also nach Hause. Was ist mit dir, Pierre? Bleibst du bei mir?«

Pierre dachte kurz nach, zuckte dann mit den Schultern und winkte den anderen zu.

»Warum nicht. Wir sehen uns bei Bernadette!«

»Ihr seid ja verrückt«, rief Mathilde und ruderte los.

Langsam entfernten sich die vier Freunde vom Ufer, und nur wenige Minuten später waren sie verschwunden. Pierre und Eleni blieben allein auf dem großen Stein zurück, um den herum die Wellen gluckten. Vergnügt legte sich Eleni auf den Rücken und verschränkte ihre Arme hinter dem Kopf.

»Die wissen ja nicht, was sie verpassen«, sagte sie grinsend.

Pierre legte sich neben sie. »Du weißt schon, dass sie recht haben …«

»Quatsch, das ist doch Kinderkram. Die Geschichten vom bösen Meer nach Sonnenuntergang erzählen ihre Eltern, damit sie pünktlich vor Einbruch der Dunkelheit zu Hause sind.«

»Ich sag ja nur.«

»Ja, *petite poule mouillée*«, neckte Eleni ihn und wuschelte ihm durch seine vom Schwimmen noch feuchten Haare.

Beide blickten sie aufs Meer, über dem sich der Himmel schon leicht orange verfärbte. Sie schwiegen und betrachteten wie gebannt das Schauspiel, das sich vor ihnen vollzog.

Einige Wolken waren aufgezogen, die ihre Farben von Zartrosa zu Violett, dann zu Pink wechselten.

Eine halbe Stunde später war die Sonne beinahe hinter dem Horizont verschwunden.

»Hat sich gelohnt«, flüsterte Pierre, nachdem sie beide die ganze Zeit kein Wort gesprochen hatten, als hätten sie einer heiligen Zeremonie beigewohnt.

»Absolut«, erwiderte Eleni, und auch ihre Stimme war sanfter als zuvor, trug etwas Demütiges in sich.

»Ist es nicht unfassbar, wie sich plötzlich alles verändert, wenn der Tag zu Ende ist?«

Pierre nickte, auch wenn er wusste, dass Eleni ihn nicht ansah.

»Wir verändern uns irgendwie auch, oder? Vorhin waren wir noch laut und lustig, jetzt fühle ich mich irgendwie …«, Eleni stoppte.

»Wie?«, hakte Pierre vorsichtig nach.

»Schwer. Aber kein schlimmes Schwer. Irgendwie geerdet.«

»Und trotzdem wie abgehoben«, fügte Pierre hinzu, »schwebend.«

Eleni sah ihn an und lächelte.

»Genau.«

Dann musste sie lachen.

Pierre sah sie fragend an.

»Was ist so lustig?«

»Zwei große Philosophen.«

»Du hast doch damit angefangen. Aber es stimmt doch, oder? Man fühlt sich eins mit allem um einen herum, geerdet, aber sobald ich nach da oben gucke, dreht sich mir alles, und ich fühl mich, als könnte ich gleich losfliegen.«

Eleni verlor ihr Lächeln und sah ihm nun tief in die Augen. Sie legte ihre Hand auf seine Wange. Pierre beugte sich vor, und als ihre Lippen sich berührten, war da wieder dieses Gefühl in ihr.

»Jetzt versteh ich, was du meinst«, sagte sie, als sie sich kurz aus seiner Umarmung löste. Dann zog Pierre sie wieder dicht an sich.

Ein dumpfes Donnern in der Ferne ließ sie aufschrecken. Pierre setzte sich auf und spähte über das Wasser in Richtung Horizont.

»Was war das?«, fragte Eleni.

»Gewitter«, antwortete Pierre, und sie hörte die Sorge in seiner Stimme.

»Wir müssen los.«

Pierre stand eilig auf und reichte Eleni seine Hand.

»Bist du sicher? Vielleicht war es nur eine Welle, die an die Felsen geschlagen ist«, versuchte sie, ihn zu beruhigen.

Doch dann hellte sich plötzlich für eine Millisekunde der Himmel auf, und kurz danach grummelte es wieder in der Ferne.

»Okay, du hast recht, lass uns zurückrudern.«

Die gesamte Rückfahrt über blickte Eleni immer wieder ängstlich zum Horizont und zu den dicken Wolken, die dort aufgezogen waren. Es grummelte und blitzte, doch noch war am Ufer alles ruhig.

»Keine Sorge«, sagte Pierre, nachdem er eine Weile kräftig

gerudert hatte, um sie so schnell wie möglich zur crique blanche zurückzubringen.

»Das Gewitter scheint an uns vorbeizuziehen, es wird leiser, hörst du?«

Eleni sah ihn lächelnd an und nickte.

»Lass mich mal.«

Sie setzte sich neben Pierre und griff nach den Rudern.

»Ist ja gut, hier hast du.«

»Wir sind gleich da, ich seh schon die Bucht!«, rief Eleni erleichtert und bewegte ihre Arme und ihren Oberkörper beständig im Rhythmus.

»Den Crêpe lass ich mir auf keinen Fall entgehen!«

Pierre lachte.

Nur wenige Minuten später waren sie am Strand angelandet, und Pierre zog das Boot schnaufend ans Ufer. Eleni blieb abrupt stehen, die Beine noch knöcheltief im Wasser sah sie wie erstarrt zu Pierre.

»Was ist denn mit dir los?«, fragte er verwundert.

»Mein Hut! Ich hab ihn in der Bucht vergessen!«

Sie hielt sich beide Hände vor die Augen und schüttelte verzweifelt den Kopf.

»Oh nein, nein, nein! Mein Abenteurerhut, was, wenn der weggespült wird?«

Pierre sah sie ratlos an. Er blickte zum Horizont, wo noch immer die dunklen Wolken hingen. Dann stakste er entschieden durch den Sand zurück zum Boot und begann, es ins Wasser zu schieben.

»Was machst du denn?«, fragte Eleni erschrocken.

»Keine Sorge, ich hol dir den Hut!«, sagte Pierre und sprang an Bord.

»Bist du verrückt? Du bleibst hier!«, rief Eleni und hielt das Boot fest. Doch Pierre löste die Ruder und ließ sie ins Wasser sinken.

»Ich bin gleich wieder zurück!«

»Aber das Gewitter, Pierre, das ist zu gefährlich!«

»Ach was, das ist vorbei. Und du willst doch deinen Hut wiederhaben, oder nicht?«

»Lass uns morgen fahren und nach ihm suchen, okay? Ich will nicht, dass du allein im Dunkeln zurückfährst.«

Eleni sah ihn flehend an, doch Pierre grinste nur.

»Du hast Angst um mich?«, fragte er mit einem zufriedenen Lächeln.

»Klar hab ich Angst um dich. Hör auf mit dem Scheiß und komm wieder ans Ufer.«

»Wirst schon sehen, Maelle, wie ich dir deinen wertvollen Hut wiederbringe!«

Und mit diesen Worten zog Pierre die Ruder kräftig durchs Wasser, sodass Eleni das Boot nicht mehr zurückhalten konnte.

»Verdammt noch mal, Pierre, du bist so ein Sturkopf!«, rief Eleni ihm hinterher.

»Warte mit den anderen bei Bernadette, ich bin sofort zurück!«

Zwanzig Minuten später begann es heftig zu donnern und zu blitzen, der Wind hatte sich gedreht und den Sturm in Richtung Küste gebracht. Eleni war nicht zu den anderen gegangen, sie hatte sich in den Sand gesetzt und besorgt auf die Felsen geblickt, hinter denen Pierre in seinem Boot verschwunden war. Jetzt sprang sie auf und lief nervös am Ufer auf und ab. Es regnete. Der Wind wurde immer stärker, und der Himmel hatte sich nun vollends verdunkelt.

»Verdammt«, murmelte Eleni.

Sie sah, wie die Wellen immer heftiger gegen die Felsen schlugen und den Ozean aufwühlten. Pierre würde es nicht schaffen in seiner kleinen Barke. Er würde von den Wellen erfasst und gegen die Klippen gestoßen werden.

Eleni rannte los, den Strand hinauf, in Richtung Dorf.

»Bernadette! Ich muss Pépé anrufen!«

Eleni kam völlig außer Atem in der Crêperie an, wo ihre Freunde noch an einem kleinen Tisch saßen, die Crêpes vor sich, und sie überrascht ansahen.

»Wo ist Pierre?«, fragte Julien.

»Was ist denn passiert?«

Bernadette kam aus der Küche und sah Eleni entgeistert an.

»Komm erst mal her und beruhige dich.«

»Nein, Bernadette, ich brauche dein Telefon, ich muss Pépé anrufen!«

Die alte Crêpe-Meisterin griff zum Hörer und reichte ihn Eleni, und während diese hektisch die Nummer wählte, musterte Bernadette sie besorgt.

»Pépé, bitte komm zur Bucht, Pierre ist da draußen … in seinem Ruderboot … er ist rausgefahren … er braucht Hilfe, Pépé, bitte komm schnell!«

Als Eleni den Hörer wieder auflegte, sahen ihre Freunde sie erschrocken an.

»Warum ist Pierre noch da draußen?«, rief Camille.

»*Ma chérie,* setz dich erst mal.«

Bernadette führte die völlig aufgelöste Eleni an den Tisch und setzte sie auf einen Stuhl. Eleni war den Tränen nahe, es fiel ihr noch immer schwer, normal zu atmen.

»Er ist zurück. Er ist wieder zurück. Wir waren schon in der Bucht«, stotterte sie.

»Idiot!«, rief Henri wütend. »Warum fährt der denn wieder raus? Was will er beweisen?«

»Mein Hut«, schluchzte Eleni. Die anderen sahen sie fragend an. »Ich hab meinen Hut vergessen. Ich hab versucht, ihn zurückzuhalten, aber er war so verdammt stur!«

Eleni sah auf die Wanduhr und stand auf.

»Ich muss zur Bucht, auf Pépé warten.«

»Wir kommen mit, Leni!«, rief Julien, und ihre Freunde standen auf und nahmen ihre Jacken.

»Seid vorsichtig, Kinder!«

Bernadette sah ihnen besorgt hinterher, als sie über den Dorfplatz in die Dunkelheit rannten.

Der Ozean hatte sich in wenigen Minuten in ein wütendes Ungetüm verwandelt. Als die fünf Freunde am Strand ankamen, hörten sie, wie der Motor eines Bootes gestartet wurde. Eleni rannte zu dem kleinen Anleger am Ende der Bucht und sah Pépé an Bord einen großen Scheinwerfer über die aufgewühlte Wasseroberfläche bewegen.

»Pépé!«

»Leni, bleibt auf den Dünen und wartet auf uns. Es ist zu gefährlich hier unten!«

»Er ist Richtung Westen hinter den Klippen!«, brüllte Eleni durch den tosenden Wind. Ihr Großvater nickte und winkte ihr zu. Dann legte er ab, und das Tuckern des Motors wurde schon nach wenigen Minuten von den tosenden Fluten verschluckt.

»Es dauert zu lange«, sagte Eleni. Unruhig lief sie auf dem kleinen Weg hin und her. Die anderen hatten sich in den Sand gesetzt und starrten auf den Ozean. Von hier oben konnten sie die ganze Bucht überblicken. Der Regen peitschte ihnen in die Gesichter, sie hielten sich ihre Jacken über die Köpfe.

»Wieso dauert das denn so lange?«

Eleni blieb stehen und spähte zu den Felsen. Noch immer donnerte und blitzte es im Minutentakt, die Wellen dachten gar nicht daran, sich zu beruhigen. Auch der Strand war nun beinahe völlig überflutet, und das Wasser war bis fast zu ihnen hinaufgestiegen.

Plötzlich vernahm Eleni hinter sich Schritte und ein Rufen. Sie schaute sich um und erkannte ihre Mamie, die völlig durchnässt angerannt kam.

»Leni! Kommt, Kinder, ihr könnt nicht hier im Regen bleiben, ihr seid doch nass bis auf die Knochen!«

»Ich bleib so lange, bis Pépé und Pierre zurück sind!«, rief Eleni verzweifelt. Die anderen waren aufgestanden und sahen sie flehend an.

»Leni, komm, deine Mamie hat recht, wir können genauso gut drinnen warten!«

Eleni schüttelte heftig den Kopf und verschränkte die Arme.

»*Mon bijou,* ich hab die Küstenwache informiert, sie sind schon unterwegs. Glaub mir, es wird schon gut.«

Weinend fiel Eleni ihrer Großmutter in die Arme. Jetzt kamen auch ihre Freunde zu ihr, stützten sie und streichelten ihr über den Rücken. Gemeinsam gingen sie über die Dünen zurück ins Dorf.

»Leni«, hörte sie eine sanfte Stimme neben sich. Sie spürte eine Berührung an ihrem Arm. Erschöpft öffnete sie ihre Augen und sah in das Gesicht ihrer Mamie.

»Pépé«, flüsterte Eleni.

Ihre Großmutter legte eine Hand auf ihre Stirn und strich ihr über den Kopf. »Schsch«, machte sie, um Eleni zu beruhigen.

»Wir müssen zur Bucht, Mamie, von hier aus können wir sie doch nicht sehen!«, rief Eleni jetzt aufgeregt.

Es war fast Mitternacht, und Eleni lag auf dem Sofa. Sie war mit ihrer Mamie von der Bucht nach Hause gegangen und sofort kraftlos zusammengesunken.

Mamies Hand lag noch immer auf Elenis Stirn, sie fuhr ihr nun über die Wangen, rückte näher an sie heran. Eleni zitterte am ganzen Körper.

»Es ist noch zu stürmisch, Leni, wir können jetzt nicht raus«, sagte sie sanft.

»Es tut mir leid, Mamie«, wimmerte sie. Und wieder: »Es tut mir so leid!«

»Schon gut, *chouchou*, schon gut. Es ist nicht deine Schuld. Niemand hat Schuld, hörst du?«

Am nächsten Morgen kam der Anruf. Eleni schreckte hoch, als das Telefon klingelte. Sie lauschte nervös, wie ihre Mamie nur wenige Wörter in den Hörer flüsterte.

Als sie auflegte und bemerkte, dass Eleni schon wach war, setzte sie sich zu ihr an die Couch und strich ihr sanft über das Haar.

»Sie haben Pierre. Es geht ihm gut, aber er muss noch im Krankenhaus bleiben.«

Eleni atmete erleichtert aus.

»Was ist mit Pépé, ist er okay?«

Ihre Mamie senkte den Blick.

»Was ist, Mamie? Geht es ihm gut?«

»Sie sagen, er hat Pierre das Leben gerettet. Er hat ihn aus den Fluten gezogen und ist dabei selbst hineingerissen worden. Ein Team ist noch immer draußen und sucht die ganze Zeit nach ihm.«

Eleni begann zu weinen. Ihre Mamie nahm sie in den Arm und drückte sie fest an sich, auch ihr liefen die Tränen über das Gesicht.

»Leni, wir geben die Hoffnung nicht auf, hörst du?«, versuchte sie, ihre Enkelin zu beruhigen. »Pépé ist der beste Schwimmer, den ich kenne, und niemand kennt den Ozean so gut wie er.«

An diesem Tag hatte die Küstenwache noch mehrmals angerufen. Elenis Großmutter hatte immer nur wortlos genickt, hin und wieder ein »Hmm« hervorgebracht. Nichts war sicher. Noch zwei Tage nach dem Unfall suchten sie nach ihrem Pépé.

Elefantenfels

Als Eleni erwachte, war es tiefste Nacht. Die kleine Leselampe neben dem Sofa war noch eingeschaltet und warf einen schwachen Schein in das Zimmer. Auf dem Couchtisch standen noch immer die zwei Weinflaschen, eine davon geöffnet und halb leer.

Sie hielt sich die Stirn und stöhnte auf. Der Wein hatte ihr scheinbar nicht gutgetan. Die Ereignisse an dem Tag in der kleinen Bucht hatten sie eingeholt und mit voller Wucht aus der Bahn geworfen. Sie hatte versucht, all die Bilder, die sie plötzlich ereilt hatten, wegzuschieben, doch es war ihr nicht gelungen. Erst als sie das dritte Glas Wein in zwei Zügen geleert hatte, war es ein wenig besser geworden, alles um sie herum war verschwommen und die lauten Gedanken verstummt. Der Wein hatte sie in eine weiche Decke gehüllt, in der sie an nichts mehr hatte denken müssen.

Jetzt hämmerte ihr Kopf, und ihr Magen rumorte. Auf wackeligen Beinen taumelte sie zum Badezimmer, riss die Schränke über dem Waschbecken auf, durchwühlte alle Fächer, bis sie eine Packung Schmerztabletten fand. Mit einem großen Schluck Wasser würgte sie zwei davon herunter.

Dann taumelte sie zurück aufs Sofa.

Ein nervöses Tippeln und Kratzen direkt neben ihr weckte Eleni auf. Es war hell, die Sonne schien durchs Fenster, und neben ihr hockte Anemone und starrte sie an. Eleni musste wieder auf dem Sofa eingeschlafen sein.

Es war bereits nach zwölf und das Kaninchen sichtlich verärgert darüber, dass das Frühstück ausgefallen war. Eleni fühlte sich noch immer etwas flau im Magen, und in ihrem Kopf drehte sich alles. Die heftigen Schmerzen waren aber glücklicherweise verschwunden.

Langsam erhob sie sich vom Sofa.

Nachdem Anemone eine Karotte und mehr Salatblätter als üblich bekommen hatte, schlurfte Eleni zur Haustür und öffnete sie. Draußen lag der Garten still, es war ein sonniger Tag. Eleni schaute sich um, doch keine neue Pflanzenlieferung war zu sehen. Sie trat ein Stück heraus, und ihr Blick fiel auf das winzige Blauregenpflänzchen, das sie gestern zu neuem Leben erweckt hatte. Sie spürte ein Stechen in ihrem Bauch, eine Schwere in ihrer Brust. Allmählich glitten ihre Gedanken wieder zum vergangenen Tag, zum Blauregen, zu Théo. Gleichzeitig schossen ihr immer wieder Pierre und ihr Pépé in den Kopf. Sie versuchte, sich zu sammeln, blickte in die Baumkronen, die ganz ruhig über sie und den Garten wachten.

»Jetzt ist Schluss«, sagte sie laut zu sich selbst. Sie wusste, dass, wenn sie jetzt nicht von diesen Gedanken loskam, die schrecklichen Szenen der Vergangenheit ohne Erbarmen auf sie einprasseln würden. Sie würden sie zerreißen, sie völlig zerstören. In den letzten Tagen hatte sie sich gerade wieder ein wenig fassen können, beinahe glücklich hatte sie sich gefühlt, während sie die Blumen in den Garten gepflanzt hatte.

Sie nahm die Gießkanne, die sie am Vortag neben dem Beet hatte stehen lassen, und wollte gerade ein wenig Wasser auf das Pflänzchen gießen, als ihr Blick auf etwas leuchtend Grünes fiel, das hinter der Regenrinne hervorblitzte. Eleni stellte die Gießkanne ab und nahm es etwas gründlicher in Augenschein. Sie zog eine Plastikflasche hervor und las überrascht das Etikett: *Blauregendünger.* Eilig richtete sie sich auf und sah sich um. Mit einem Mal wurde ihr etwas mulmig zumute. Mehr als zuvor fühlte sie sich in ihrem eigenen Garten beobachtet. Wer auch immer ihr die Blumen gebracht hatte, wusste genau, was in ihrem Garten vor sich ging, und auch die Rettungsaktion des Blauregens war nicht an ihm oder ihr vorübergegangen. Warum sonst stand jetzt, einen Tag später, der passende Dünger hier im Beet? Andererseits kam diese neue geheimnisvolle Lieferung genau im richtigen Moment, um sie von allem anderen abzulenken. Sie strich mit den Fingern über das Etikett der Düngerflasche, das sich unter ihrer Berührung leicht ablöste. Darunter kam ein winziger Zettel zum Vorschein. Elenis Herzschlag beschleunigte sich.

Eine weitere Nachricht.

Für einen Moment behielt sie den gefalteten Zettel zwischen ihren Fingern, drehte und wendete ihn. Auch Anemone schien an seinem Inhalt interessiert zu sein. Das Kaninchen hatte sich auf beide Hinterpfoten neben Eleni gestellt, reckte die Nase und schnupperte neugierig an dem Papier.

Eleni schloss die Augen und entfaltete den Zettel. Als sie die Augen wieder öffnete, sah sie nur ein einziges Wort:

Elefantenfels

Sie taumelte zurück, wodurch sie auch Anemone aus dem Gleichgewicht brachte und das Kaninchen eilig davonsprang.

• • •

»Ein Babyelefant!«, sagte Eleni und zeigte Théo das Foto, das sie im Internet gefunden hatte.

»*Rocher de l'éléphant*«, las Théo die Bildunterschrift, »Elefantenfels.«

»Der ist auf einer kleinen Insel vor der Küste«, erklärte Eleni mit einem breiten Lächeln im Gesicht.

»Und wo genau ist diese Insel?«

Théo klickte durch die Fotogalerie, die Eleni im Browser geöffnet hatte.

»Man erreicht sie mit der Fähre von Beauval.«

»Beauval? Das ist gar nicht weit von hier«, bemerkte Théo und sah Eleni erstaunt an.

»Genau!«

»Also … du willst dahin?«, fragte er und legte die Stirn in Falten.

»Irgendwann … vielleicht«, lächelte Eleni und richtete ihren Blick wieder auf das Bild.

Sie schwiegen einen Moment lang, dann sagte Eleni etwas unsicher: »Ich könnte es versuchen.«

Théo nickte, legte ihr den Arm um die Schulter und drückte ihr einen Kuss auf die Wange.

»Du hast recht, das wäre unser nächstes kleines Abenteuer.«

»Großes Abenteuer«, berichtigte Eleni.

»Elefanten-Abenteuer«, grinste er.

• • •

Eleni erinnerte sich, dass sie noch öfter darüber gesprochen hatten. Und zu ihrem Geburtstag hatte Théo ihr dann das Büchlein geschenkt. Er hatte die Fotos aus der Bildergalerie, die sie ihm gezeigt hatte, ausgedruckt, sie in das Buch geklebt und einige Seiten nach jedem Foto frei gelassen.

»Dein Reisejournal«, hatte er gesagt, »da schreibst du rein, was wir auf den Inseln erleben, jeden Abend. Oder Morgen, wie du willst.«

Eleni hatte das Buch fest an ihre Brust gedrückt und gelächelt.

»Das werde ich, ganz bestimmt«, hatte sie mit fester Stimme gesagt und Théo umarmt.

Wie in Trance ging Eleni zurück ins Schlafzimmer und stand nun regungslos vor dem großen Einbauschrank. Nach einer Weile löste sie sich aus ihrer Starre und öffnete die Tür, hinter der sich auf der linken Seite mehrere Schubladen befanden. Die oberste zog sie mit zittriger Hand auf. Sie griff hinein und holte ein kleines Büchlein hervor. Ohne es anzusehen, ging sie zurück in die Küche. Wie benebelt zog sie sich einen Stuhl vom Tisch, blieb einen Moment lang daneben stehen, umklammerte die Lehne mit ihrer Hand.

Sie öffnete das Büchlein und betrachtete das erste Foto. Es war eine unscheinbare Abbildung einer alten Steinkirche, umgeben von einer unter der Sonne vertrockneten gelben Wiese, dahinter ein strahlend blauer Himmel. Auf der nächsten Seite eine Bucht, viele kleine Boote auf dem Trockenen, das türkisblaue Wasser hatte sich hinter die großen von Algen bedeckten Steine zurückgezogen.

Eleni schob die Seiten behutsam weiter.

Da war er. Ein grauer Stein, der über all den anderen Steinen thronte. Hinter ihm das blaue Meer. Die eine Seite geformt wie ein kleiner Rüssel, und gleich daneben war der Fels so abgespaltet, dass er die Form eines großen flatterigen Ohres angenommen hatte. Der Rest der Steinformation war eher plump und unförmig.

Doch natürlich musste man bei diesem Anblick unwillkürlich daran denken.

Eleni blätterte weiter. Die Seite dahinter war weiß, wie auch alle anderen. Keine einzige war beschrieben worden. Keine einzige trug ein Abenteuer.

Sie waren nicht mehr dazu gekommen.

Einige Wochen nach Elenis Geburtstag war Théo in seinem Café einfach umgekippt und später im Krankenhaus gestorben. Der Elefantenfels war in unerreichbare Ferne gerückt. Das Buch hatte jeden Tag auf dem Küchentisch gelegen, sie hatten oft darin geblättert und Pläne geschmiedet.

Eleni hatte es nicht erwarten können, endlich die leeren Seiten zu füllen. Eine Woche nach Théos Tod war ihr Blick auf das Buch gefallen, das noch immer neben der Obstschale, aufgeschlagen, mit dem Rücken nach oben, auf dem Tisch lag. Eleni hatte es, in Tränen aufgelöst, gegriffen, zugeklappt und es in die Schublade im Schlafzimmerschrank gepfeffert.

Sie hatten nie irgendjemandem vom Elefantenfels erzählt.

»Es muss ein Geheimnis bleiben, ich will nicht, dass irgendwelche Erwartungen daran geknüpft werden. Es soll keinen festen Termin geben, keine Dauer, überhaupt keinen Plan. Irgendwann brechen wir einfach auf, ohne dass es jemand weiß. Okay?«

Elenis Plan

Sie hatte den ganzen Morgen mit Gartenarbeit verbracht, hatte alle Beete von altem Laub befreit, es zu großen Haufen zusammengeharkt, in Plastiksäcke gefüllt und diese an den hinteren Gartenzaun verfrachtet. Nachdem sie den Blauregen gedüngt, alle neuen und zu neuem Leben erwachten Blumen überprüft hatte, waren ihr nun die Aufgaben ausgegangen, und sie saß neben den Beeten und blickte über die Wiese.

Sie dachte an die letzte Nachricht, die sie erhalten hatte. Der Elefantenfels hatte sich seitdem immer wieder in ihre Gedanken gedrängt. Sie fragte sich, ob sie den Mut aufbringen konnte, dieses Abenteuer allein zu unternehmen.

Immer wieder wanderte Elenis Blick zu dem kleinen Zettel, den sie vor sich ins Gras gelegt hatte. Und dann fasste sie einen Plan.

Zügig lief sie ins Haus, setzte sich an den Tisch und zog entschlossen die kleine Schublade unter der Tischplatte auf. Sie begann, darin herumzuwühlen.

»Hier muss doch irgendwo …«, murmelte sie vor sich hin.

Dann fischte sie einen kleinen Block mit Post-its und einen Kugelschreiber hervor.

Wer bist du?

Eleni nahm den Zettel vom Block.

Kurz hielt sie inne. Hatte es überhaupt einen Sinn, diese Frage zu stellen? Jetzt kam sie sich ein wenig albern vor. Sie konnte sich nicht vorstellen, dass jemand, der so offensichtlich unbehelligt bleiben wollte, sich ihr so ganz plötzlich zu erkennen geben würde. Aber hier sitzen und darauf warten, dass die nächste Blume kam, das wollte sie auch nicht. Zu lange war sie schon passiv gewesen, hatte sich eingeigelt und einfach alles geschehen lassen. Die letzten Tage hatten ihr gezeigt, wie sehr sie es vermisst hatte hinauszugehen, etwas Neues zu schaffen und Teil von etwas zu sein. Der Garten war vielleicht nur der Anfang. Nur eine Woche war es her, seit sie es nicht einmal gewagt hatte, nur einen Schritt auf die Terrasse zu setzen, und jetzt lief sie ohne Probleme vors Haus und bis zum Gartentor, sogar eine Fahrradtour hatte sie unternommen.

Sie wollte mehr. Sie wusste, dass sie es noch in sich hatte, irgendwo. Und jetzt ahnte sie, dass sie ihre Ängste nur vollends überwinden konnte, wenn sie dieses Rätsel lösen würde.

Energisch öffnete sie die Tür. Den Zettel befestigte sie mit dickem Klebeband am Gartentor, sodass der Blumenbote ihn nicht übersehen konnte.

Mitten in der Nacht schreckte Eleni hoch. Etwas hatte sie aus dem Schlaf gerissen. Ein Geräusch im Haus? Sie brauchte einen Moment, um ganz wach zu werden und die Schwere der Nacht aus ihrem Kopf zu vertreiben. Blinzelnd sah sie an das Fußende, tastete nach Anemone, doch das Kaninchen lag nicht wie üblich an ihre Füße gekuschelt im Bett. Eleni lauschte ein weiteres Mal ins Haus. Ein leises Kratzen. Es musste aus dem Flur kommen. Sie stand auf und schob ihre Füße im Dunkeln über den Boden, bis sie die Schlafzimmertür erreichte. Sie spähte in den Korridor. Wieder das zarte Kratzen. Eleni tastete an der Wand entlang und fand schließlich den Lichtschalter. Kurz summte die Deckenlampe, dann fiel ihr warmer Schein in den Flur und auf Anemone, die direkt vor der Haustür saß.

»Was suchst du denn da?«, fragte Eleni erstaunt.

Das Kaninchen begann abermals, an der Tür zu kratzen und hektisch an dem Holz zu schnüffeln.

»Was willst du denn da draußen, so tief in der Nacht?«

Eleni hockte sich neben das Tier und streichelte ihm sanft den Rücken. Anemone aber blickte unbeirrt geradeaus.

Eleni mochte neuen Mut gefasst haben, seit sie die Blumen bekam, doch um Mitternacht vors Haus zu gehen, das kam ihr ziemlich riskant vor. Kurz entschlossen nahm sie das Kaninchen auf den Arm und trug es in die Küche. Sie war nun hellwach, zog sich einen Stuhl vom Tisch und setzte sich. Anemone hielt sie mit beiden Händen auf ihrem Schoß, doch sie merkte, dass das Tier unruhig war.

Nur einen kurzen Moment später befreite es sich aus ihrem Griff, hüpfte von ihrem Schoß und hoppelte eilig zurück zur Haustür. Und wieder ertönte das Kratzen. Eleni seufzte ein wenig genervt. Es sah nicht so aus, als würde Anemone von der Tür ablassen.

»Wie du willst, aber du wirst mir nicht einfach davonhoppeln«, sagte Eleni bestimmt und nahm Anemone wieder auf den Arm.

»Nur ein kurzer Blick nach draußen.«

Sie drehte den Schlüssel herum und öffnete zögerlich die Haustür. Sie spähte ins Dunkel. Mitten auf dem Weg, der zum Gartentor führte, erkannte sie die Umrisse einer großen Holzkiste. Elenis Herz klopfte wie verrückt. Sie bewegte sich kein Stück von der Stelle, lauschte und konzentrierte sich auf jedes einzelne Geräusch. Sie wollte sichergehen, dass niemand dort draußen auf sie wartete, sie beobachtete oder womöglich ganz plötzlich aus dem Hinterhalt sprang, sobald sie an der Kiste angelangt war.

Der Wind ließ die Bäume und Büsche um das Haus herum rauschen. Das Gartentor quietschte und schwang leise klopfend auf und zu. Wer auch immer die Kiste in ihren Vorgarten gebracht hatte, musste vergessen haben, den Riegel fest zu verschließen, und nun schlug es ununterbrochen an seinen Rahmen. Vielleicht war es dieses Geräusch, das Anemone verrückt gemacht hatte. Oder war der Bote gerade erst hier gewesen, und als er Eleni an der Tür gehört hatte, war er so schnell geflohen, dass er das Tor einfach hatte offen stehen lassen?

Sie zählte bis zehn und setzte einen Schritt vor die Tür. Alles blieb still. Noch einen Schritt. Stille. Außer dem Rauschen und dem klappernden Gartentor war nichts zu hören.

Eleni ging den Steinweg entlang und blieb dicht vor der neuen Lieferung stehen. Der Inhalt war mit einem Stofftuch bedeckt. Eleni beugte sich herab und hob die Kiste an einer Seite an. Sie war nicht sehr schwer. Noch einmal blickte Eleni sich um, dann ging sie zum Haus, setzte Anemone in den Flur, lehnte die Haustür an und lief zügig zurück zur Kiste. Sie hob sie mit beiden Armen hoch und trug sie hastig ins Haus.

Sofort breitete sich ein intensiver Geruch im Wohnzimmer aus. Eleni hatte die Kiste auf den Boden gestellt. Es duftete nach Kräutern, nach den Wiesen, die dicht am Meer blühten und auf denen sie früher so gern große Sträuße gesammelt und Mamie mitgebracht hatte. Eleni zog das Tuch weg und erblickte mindestens zwanzig kleine Töpfchen gefüllt mit Minze, Zitronenverbene, Thymian, Estragon und einige kleine Lavendelpflanzen. Ihr wurde beinahe schwindelig von der Duftwolke, die ihr jetzt entgegenschlug.

Anemone setzte sich dicht neben die Kiste und begann, aufgeregt an den Sträuchern zu schnüffeln.

»Wehe«, warnte Eleni das Kaninchen und hob den Finger, »dass du mir die nicht einfach alle wegknabberst.«

Nachdem sich die Aufregung gelegt hatte, spürte sie eine leise Freude in sich aufsteigen. Die Kräuter könnte sie direkt am nächsten Tag zwischen die anderen Blumen in ihr Beet setzen, und der Lavendel würde eine schöne Randbepflanzung hergeben. Doch etwas anderes weckte nun ihre Aufmerksamkeit. Unter den vielen dicht gestellten Töpfchen sah sie es weiß hervorblitzen.

Eifrig nahm sie einen Kräutertopf nach dem anderen aus

der Kiste und platzierte sie daneben auf dem Boden, bis ein neuer Briefumschlag zum Vorschein kam.

Diesmal konnte Eleni es kaum erwarten, kurzum riss sie den Umschlag auf, zog das Papier heraus und faltete es auseinander. Sie begann zu lesen.

Ich bin die Sommeranemone und die Ranunkel,
ich bin das Lachen in den Gassen Pokoùs,
das Kreischen der Möwen,
das Flüstern der Dünengräser.
Ich bin hier, neben dir,
und ich bin weit weg.
Ich bin eine Hortensienblüte in deinem Haar
und die frische Minze in deinem Tee.
Ich bin der gruselige Ozean und die warme
Bettdecke nach einem verregneten Tag in der
crique blanche.
Ich bin neue Abenteuer und alte Erinnerungen.
Ich bin dir nah, wenn du die Erde in deinem Beet
festdrückst und die Farben deines Gartens bestaunst.
Hab keine Angst, Eleni.

Teil II

Aufblühen

Auf der anderen Seite des Waldes

Damals

Es war einer dieser Tage, an denen Eleni am liebsten im Bett geblieben wäre. Schon am Abend hatte sie sich unwohl gefühlt, keinen Appetit gehabt, und selbst ihr Lieblingsessen, das Théo ihr gekocht hatte in der Hoffnung, sie aufheitern zu können, hatte sie verschmäht.

Manchmal brachen diese Stimmungen und Gefühle einfach über sie herein, und sie konnte nichts dagegen tun.

Sie versteckte sich unter ihrer Decke und wagte sich nicht darunter hervor, denn sie wusste, dass dieses Ungetüm in ihr noch immer da war und es nur darauf wartete, jemanden anzuknurren. In diesen Phasen verwandelte sie sich in eine Person, die ihr zuwider war, deren Handlungen sie nicht begreifen konnte und die sie am liebsten hochkant aus dem Haus geworfen hätte, wäre sie nicht fest mit ihr verbunden gewesen.

Aus der Küche hörte Eleni es scheppern, Schranktüren, die geöffnet und geschlossen wurden. Sie wusste, dass Théo bald das Haus verlassen würde, um ins Café zu fahren. Einerseits war sie erleichtert, dass er sie in diesem Moment nicht aushalten musste, aber gleichzeitig hätte sie sich am liebsten an ihn gekuschelt und ihn nicht gehen lassen.

Nach einer Weile hörte Eleni nichts mehr, es war still im Haus geworden. Dann ein leises Klopfen, das vorsichtige Aufschieben der Schlafzimmertür und mit einem Mal ein intensiver Duft nach frischer Minze und ein leichter Hauch von Zitrus. Sofort ließ das mulmige Gefühl, das sie seit dem Abend begleitet hatte, nach, und sie merkte, wie die Anspannung in ihr nachließ. Neben sich spürte sie die Wärme von Théos Körper, der sich aufs Bett gesetzt hatte und ihr nun sanft über den Kopf strich. Sie zog sich die Decke langsam vom Gesicht und lächelte ihn an.

»Der Wiesentrunk«, sagte sie leise und nahm Théos Hand.

»Ich dachte, den könntest du heute gebrauchen«, flüsterte er und drückte ihr einen Kuss auf die Stirn. »Ich muss jetzt los.«

Eleni setzte sich auf und nahm die Tasse, die Théo auf den Nachttisch gestellt hatte, in beide Hände. Genüsslich sog sie den Duft ein, der mit dem Dampf des heißen Tees in ihre Nase stieg.

»Bis dann, Kräuterhexe«, sagte Théo und grinste. Dann verließ er das Zimmer.

Den Wiesentrunk hatte Eleni seit ihrer Kindheit immer dann mit ihrer Mamie gemixt, wenn jemand krank oder traurig gewesen war. Eleni war oft zu den Kräuterwiesen gewandert, hatte Minze, Zitronenverbene und andere Pflanzen in Sträußen gesammelt und sie ihrer Mamie gebracht. Diese hängte die kleinen Sträuße zum Trocknen in den Keller und machte daraus Gewürzteemischungen. Aus einigen Büscheln frischer Blätter brauten sie aber immer sofort einen Tee, und den hatte Eleni besonders geliebt.

Sie erinnerte sich noch genau an den Duft und die Wärme, wie sie gemeinsam auf dem Sofa saßen und geräuschvoll geschlürft hatten, während Eleni ihrer Mamie von den traurigen Ereignissen ihres Tages berichtet hatte. Sie hatte sich eng an ihre Großmutter geschmiegt und sich schon bald besser gefühlt.

Jahre später, als Mamie nicht mehr da war, brauchte es nur den Duft dieses Tees, und Eleni fühlte sich besser. Théo wusste das, wusste von dem Wiesentrunk und wann er zum Einsatz kommen musste. Sie hatte ihm davon erzählt, als er gerade bei ihr eingezogen war und sich den Fuß auf einer seiner Laufrunden verstaucht hatte. Er hatte eine Woche nicht ins Café gehen können und nur auf dem Sofa gelegen, seine Stimmung hatte sich von Tag zu Tag verschlechtert. Bis Eleni ihm einen Tee zubereitet und ihm ihre Geschichten vom Wiesentrunk erzählt hatte.

• • •

Eleni setzte das letzte Lavendelpflänzchen in die Erde, die Kräuter hatte sie schon am Vormittag zwischen die anderen Blumen gepflanzt. Das Beet begann, Form anzunehmen. Es lag ein betörender Duft über dem Garten, und sie konnte nicht aufhören, immer wieder tief ein- und auszuatmen.

Was für ein Rausch der Sinne, dachte Eleni und lächelte.

Jetzt würde sie so viel Wiesentrunk zubereiten können, jedes Mal, wenn ihre Trauer sie überwältigte.

Sie setzte sich zurück in die Wiese. Die Sonne hatte das Gras aufgewärmt, einige Gänseblümchen wuchsen hier und da um Eleni herum, sie pflückte eines und drehte es zwischen Daumen und Zeigefinger. Erst jetzt wurde ihr bewusst, wie sehr sie den Garten vermisst hatte. Es hatte ihr gefehlt, den ganzen Tag draußen zu verbringen, ihre Hände und Füße dreckig zu machen, ihre Haare vom Wind durchwuscheln zu lassen und all das neue Leben auf der Wiese und den Beeten zu bestaunen. So viele Ecken wollte Eleni noch bepflanzen, ihr Garten sollte wieder dieses farbenfrohe Blütenmeer werden, das sie gemeinsam mit Théo erschaffen hatte.

Eleni steckte ihre Hand in die Hosentasche und holte das Blatt Papier heraus, das sie diesmal in dem Umschlag gefunden hatte. Der Text war so viel länger als die wenigen Zeilen, die sie sonst bekommen hatte. Und er sagte ihr so viel und dann wieder nichts. Diese Worte hatten von einem auf den anderen Moment intensive Gefühle in ihr geweckt, hatten sie gleichzeitig zurück in ihre Kindheit, in ihre Teenagerzeit und die Zeit mit Théo versetzt.

Nur wer hatte sie geschrieben?

Eleni hielt es kaum aus, so im Dunkeln zu tappen. Was sollte diese Geheimniskrämerei? Würde sich der Bote jemals zu erkennen geben?

Sie wollte nicht mehr warten.

Eilig erhob sie sich und ging ins Haus. Sie nahm Stift und Zettel zur Hand und schrieb:

Warum schickst du mir Blumen?

Diesmal klebte Eleni den Zettel nicht ans Gartentor. So leicht wollte sie es ihrem mysteriösen Fremden nicht machen. Sie steckte ihre Nachricht in einen Umschlag und legte ihn auf den Treppenabsatz vor die Haustür.

Im Haus holte sie sich alle Decken und Kissen, die sie finden konnte, und baute sich ein kleines Lager im Flur, direkt neben der Eingangstür. Anemone schien dieses neue Spiel zu gefallen, das Kaninchen hüpfte auf die weiche Bettung und begann, durch die Kissen zu wühlen. Eleni setzte sich zu ihm und nahm es auf ihren Schoß.

»Wir müssen jetzt ganz leise und geduldig sein, hörst du? Kein Kratzen oder Schaben.«

Sie lehnte sich mit dem Rücken an die Wand und strich sanft über Anemones Fell.

Immer wieder stand Eleni auf und lugte durch den Türspion. Doch nichts tat sich. Der Umschlag lag weiterhin unangetastet auf dem Treppenabsatz.

»Er wird schon kommen, das habe ich im Gefühl. Und wenn wir den ganzen Tag und die ganze Nacht hier sitzen müssen.«

Es wurde Nachmittag, dann früher Abend. Die blaue Stunde begann, sich langsam über den Garten zu legen, und Eleni fiel es schwer, ihre Augen offen zu halten.

Auch Anemone wurde ruhiger und kuschelte sich dichter an Eleni. Doch plötzlich rappelte sich das Kaninchen auf, hoppelte zur Terrassentür und schabte aufgeregt an der Scheibe.

»Was hast du denn auf einmal?«, fragte Eleni, erhob sich und folgte Anemone ins Wohnzimmer.

Ungläubig blickte sie auf die Wiese, holte tief Luft und öffnete ein wenig zögerlich die Tür. Die Abendsonne bestrahlte eine fast ein Meter hohe Staude, die dort in einem großen Topf mitten auf der Wiese stand. Anemone hoppelte sofort nach draußen ins Gras. Eleni blieb für einen kurzen Moment still auf dem kühlen Stein stehen und lauschte. Nichts.

Auf der Wiese war Anemone schon eifrig dabei, den neuen Blumentopf zu beschnuppern. Eine Hortensie mit fünf dicken pinkfarbenen Blütennestern. Als Eleni sich den Topf von allen Seiten besah, fiel ihr ein neuer Umschlag zwischen den kräftigen grünen Stängeln auf. Sie zog ihn heraus und öffnete ihn sofort.

Erinnerst du dich an die Hortensienbeete vor der alten Dorfkirche? Wie du jedes Mal minutenlang dort stehen bliebst, die Blütennester zähltest und dich immer so sehr gefreut hast, wenn ein oder zwei neue dazugekommen waren?
Du wolltest eine Mauer aus Hortensienbüschen um das Haus errichten. Eine Fahrradtour mit dir musste immer an den Hortensiengärten vorbeiführen, auf dem Hin- und Rückweg. Und jedes Mal strahltest du, als sähest du sie zum ersten Mal.

»Théo«, flüsterte Eleni mit Tränen in den Augen und ließ ihre Hand, in der sie die Nachricht hielt, niedersinken.

Dann schüttelte sie sachte den Kopf und schloss die Augen. Das konnte nicht sein, nein. Théo war nicht mehr hier. Doch diese Geschichten, alle waren sie wahr. Sie waren ihr so vertraut. Bei vielen dieser kurzen Anekdoten war doch immer nur eine Person an ihrer Seite gewesen. Théo.

Während Eleni über die Nachricht nachdachte, ließ sie ihren Blick durch den Garten streifen, über die Wiese, die Hecken, die Beete. Doch etwas fehlte. Wo war Anemone?

Sie sah zum Haus, wo die Terrassentür noch einen Spaltbreit offen stand. Das Kaninchen musste wieder hineingehoppelt sein. Eleni ging zurück, doch auch im Wohnzimmer fand sie Anemone nicht. Sie ging in jedes Zimmer, schaute unter jedes Möbelstück und hinter die Vorhänge.

Nichts.

Eleni wurde nervös, rannte hastig wieder hinaus in den Garten, suchte alles ab. Doch das Kaninchen blieb verschwunden.

»Anemone!«, rief Eleni und lauschte. Absolute Stille.

Ratlos setzte sie sich auf den Treppenabsatz vor der Haustür und starrte in das Waldstück auf der anderen Seite des Sandwegs. Sie erschrak. Das Gartentor stand einen Spaltbreit offen. Dann erinnerte sie sich an den Briefumschlag, den sie vor die Tür gelegt hatte.

Er war verschwunden.

»So ein Mistkerl!«, rief Eleni. Jetzt wurde ihr alles klar. Der Bote musste unbemerkt in den Garten gekommen sein, als sie im Flur vor der Haustür gehockt und gewartet hatte, um ihn auf frischer Tat zu ertappen. Und als sie dann hinten im

Garten seine neue Lieferung entdeckte, musste er den Umschlag vor der Tür stibitzt haben.

Eleni sprang auf und rannte auf den Sandweg. Sah nach links und nach rechts. Nichts.

Ein wenig entfernt hörte sie plötzlich ein leises Rascheln. Sie ging dem Geräusch hinterher und sah zwischen zwei Büschen ein kleines weißes Puschelschwänzchen blitzschnell verschwinden.

»Anemone!«, rief Eleni aufgebracht und rannte eilig zu den Sträuchern. Schon wieder knisterte und knackte es, und jetzt erkannte sie es ganz deutlich im Gestrüpp. Das Kaninchen hoppelte fröhlich durchs Unterholz. Doch immer, wenn sie einen Satz nach vorn machte, um es einzufangen, hüpfte es schnell wie der Blitz davon. Eleni war nicht klar gewesen, wie flink dieses dicke Tier doch war. Mit jedem Satz, den sie machte, scheuchte sie es nur noch mehr auf. Anemone dachte gar nicht daran, die neu gewonnene Freiheit wieder abzugeben. Sie wirkte ganz so, als wolle sie auf große Entdeckungsreise gehen.

»Na warte«, sagte Eleni nun entschlossen und hastete dem Kaninchen hinterher. Sie stolperte in die Büsche, sprang über Äste und Zweige, die quer auf dem Boden lagen, mehrere Male verlor sie fast das Gleichgewicht. Nachdem sie eine ganze Weile durch den Wald gerannt war, bemerkte sie, wie es langsam dunkler wurde. Bald würde die Sonne untergehen und das wenige Licht zwischen den hohen Kiefern vollends verschwinden.

Erschöpft blieb sie stehen, beugte sich vornüber und

stützte sich auf ihren Oberschenkeln ab. Dann richtete sie sich auf und blickte um sich. Keine Spur von Anemone.

Wie tief war sie in den Wald gerannt? Eleni kniff die Augen zusammen. Sie hatte keine Ahnung, wo sie war und wie lange sie schon durch das Unterholz irrte.

Sie hatte Anemone verloren, den einzigen Halt in all ihrer Einsamkeit. Das Wichtigste, das sie noch von Théo besaß, war ihr nun auch abhandengekommen. Ihr stiegen die Tränen in die Augen, und sie ließ sich auf den Boden sinken.

»Mademoiselle?« Eleni schrak auf, ein feuchter Schleier lag über ihren Augen und ließ alles verschwimmen. Einige Meter entfernt erkannte sie eine kleine dickliche Gestalt, die sich langsam auf sie zubewegte. Sie wischte sich mit den Handrücken über die Augen und blinzelte. Ein älterer Herr stand nun vor ihr. In seinen Händen hielt er etwas, das Eleni nicht sofort erkannte. Doch dann bewegte es sich ruckartig, woraufhin der alte Mann ein beruhigendes »Schschsch« von sich gab und dem Knäuel in seinem Arm das Köpfchen tätschelte. Es war Anemone.

»Ist alles in Ordnung, Mademoiselle?«, fragte er mit sanfter, freundlicher Stimme.

Eleni nickte. Allmählich klärte sich ihr Blick, und nun sah sie das Gesicht des alten Mannes ganz deutlich. Er lächelte und schaute sie mit seinen kleinen, von Falten eingefassten Augen an. Eleni stand auf.

»Das ist mein Kaninchen«, war das Einzige, das sie hervorbrachte.

Der Mann sah überrascht auf Anemone und dann wieder zu Eleni.

»Das ist Ihres? Ich habe es dort hinten neben dem Weg gefunden, es hat sich wohl ein Füßchen verletzt. Armes Ding.«

»Ja, sie ist mir davongelaufen, und ich habe sie nicht mehr finden können«, antwortete Eleni, während sie Anemone über den Rücken streichelte. Ihr Näschen bewegte sich aufgeregt auf und ab.

»Was machen wir denn jetzt mit dir, hm?«, sagte sie leise zu Anemone.

»Wir können sie zum Tierarzt bei uns im Dorf bringen«, schlug der alte Mann nun vor, »das muss sicher geschient werden.«

Eleni sah ihn erstaunt an und nickte dann.

»Danke.«

Der Mann winkte ab. Er legte Anemone nun behutsam in Elenis Arme und ging zurück in die Richtung, aus der er gekommen war. Eleni folgte ihm, während sich das Kaninchen ein wenig zitternd an sie schmiegte.

Nach etwa zehn Minuten kamen sie an eine kleine kopfsteingepflasterte Straße. Der alte Herr zeigte auf ein kleines Häuschen, direkt am Waldrand.

»Da ist es schon.«

Der Vorgarten der Tierarztpraxis war sehr gepflegt, aber nicht spießig, fand Eleni. Es gab viele blühende Stauden, kleine Obstbäume, Salat- und Gemüsebeete. Das Haus war aus Stein, weiß gestrichen mit dunkelblauen Holzläden und kleinen Blumenkästen vor jedem Fenster.

Eleni sah ein Schild am Gartenzaun, golden mit schwarzer eingravierter Schrift.

Dr. méd. Vét. Girard las sie.

Als sie an der Haustür angekommen waren, drückte der alte Mann die Klinke herunter, doch es schien abgeschlossen zu sein.

»Mein Neffe ist der Tierarzt«, sagte der alte Mann. »Eigentlich sollte die Praxis heute Abend geöffnet sein. Er scheint unterwegs zu sein, aber keine Sorge, ich bin sozusagen der Arztgehilfe. So einen Hasenfuß krieg ich auch noch verbunden«, lachte er.

Er kramte einen Schlüssel aus seiner Hosentasche und schloss auf.

Eleni sah sich um, die Straße hinunter, die anderen Häuser. Nichts hier kam ihr bekannt vor. Wie konnte es sein, dass sie diesen Teil des Dorfs noch nie gesehen hatte?

»Was ist das für eine Straße?«, fragte sie, und der alte Mann schaute sie verwundert an.

»Die kleine Waldstraße. Wir sind etwas außerhalb von Sivi, aber alles zu Fuß erreichbar. Selbst für einen alten Kerl wie mich!«

»Sivi?«, fragte Eleni. Der alte Mann blickte sie forschend an.

»Sie sind wohl nicht von hier?«

Eleni schüttelte den Kopf.

»Ich wohne in Pokoù«, sagte sie unsicher.

Der Mann nickte und lächelte. »Das ist auf der anderen Waldseite oder, wie wir hier sagen, nur eine kleine Weltreise entfernt.« Er lachte wieder.

»Da haben Sie sich aber ganz schön tief in den Wald gewagt«, fügte er hinzu.

Er ging ins Haus und winkte Eleni herein.

»Ich bringe Sie ins Wartezimmer, da können Sie einen Moment verschnaufen.«

Er nahm ihr Anemone vorsichtig ab und setzte das Kaninchen in einen kleinen Käfig, der mit Decken ausgelegt war.

Erschöpft setzte sich Eleni auf einen der Stühle, die an der Wand aufgereiht standen.

»Ich heiße übrigens Iven.« Der alte Herr kam mit einem kleinen Tablett aus der Praxis, auf dem Mullbinden, Pflaster und einiges Arztbesteck lagen.

Als er alles auf den flachen Tisch in der Mitte des Wartezimmers gestellt hatte, zog er sich einen Stuhl heran und setzte sich Eleni gegenüber. Er reichte ihr die Hand.

»Eleni«, erwiderte sie.

Kurz meinte sie, einen fragenden Blick in Ivens Augen erkannt zu haben. Er musterte sie für einen Moment und schüttelte ihre Hand ein wenig zu lange. Vorsichtig zog Eleni sie weg und räusperte sich. Dann lächelte Iven und schaute auf Anemone, die still und reglos im Käfig saß.

»Das war wohl ein großes Abenteuer für das kleine Ding.«

Eleni lächelte und nickte. Die Sorge um Anemone fiel langsam von ihr ab.

»Das kriegen wir schon wieder hin. Ich werde ihm eine Schiene anlegen und das Füßchen gut verbinden. Es wird einige Zeit nicht mehr wild herumhoppeln können, aber das wird es verkraften. Wenn Sie das Tier kurz halten würden.«

Eleni stand auf und öffnete den Käfig. »Normalerweise liegt es sowieso nur in der Sonne und schläft, das wird kein großes Problem sein.«

Während Iven den Fuß des ruhigen Kaninchens verband, blickte Eleni sich im Zimmer um. Das Wartezimmer wirkte nicht besonders ordentlich, aber gemütlich. An den Wänden hingen Landschaftsaufnahmen. Auf einigen erkannte Eleni auch die weiße Bucht und Kinder, die dort am Strand spielten und Sandburgen bauten.

»Das ist die crique blanche, richtig?«, fragte Eleni und deutete auf eines der Fotos.

»Ja genau«, erwiderte Iven, »wir sind oft dort gewesen als Kinder. Dann mit meinen eigenen Kindern und Neffen. Ich war allerdings schon lange nicht mehr dort.«

»Und wo sind Ihre Kinder jetzt?«, fragte Eleni.

»Weggezogen«, antwortete er mit einem Schulterzucken, »wie alle jungen Leute. Nur mein Neffe ist zurückgekommen. Sonst will doch niemand mehr auf dem Dorf leben, die interessanten Jobs sind alle in der Stadt. Wie halten Sie es hier nur aus, Sie scheinen mir sehr jung, nicht?«

Eleni schwieg für einen Moment.

»Ich kann mir nichts anderes vorstellen«, sagte sie dann.

Iven sah sie erstaunt an. »Hatten Sie nie den Wunsch wegzugehen? Die Welt zu sehen?«

Natürlich, dachte Eleni, antwortete aber nicht. Sie zuckte nur mit den Schultern.

Ivens Blick ruhte auf ihr, als wartete er auf eine Reaktion. Sie lächelte verlegen.

»Ich war immer voller Abenteuerlust«, begann er dann zu

erzählen, »hatte den Drang, irgendwann abzuhauen, schon als Junge. Ich konnte es kaum erwarten wegzukommen.«

Eleni sah ihn fragend an.

»Und wieso sind Sie nicht weggegangen?«

»Ich habe meine Frau kennengelernt. Wir haben sehr jung Kinder bekommen. Dann ging das irgendwie nicht mehr.«

Iven hielt kurz inne. Dann schüttelte er fast unmerklich den Kopf und wickelte weiter den Verband um die Hasenpfote.

»Irgendwann hab ich es einfach vergessen, glaube ich. Und jetzt bin ich zu alt.«

Eleni sah ihm dabei zu, wie er behutsam die Mullbinde anlegte.

»Fertig.«

Iven tätschelte dem Kaninchen das Köpfchen.

»Danke«, sagte Eleni leise und besah sich den Verband.

»Hören Sie, ich fahre Sie natürlich nach Hause, und auf dem Weg können wir bei der Apotheke vorbeifahren. Das Pfötchen könnte eine Salbe vertragen, damit es schneller heilt. Die haben wir leider nicht hier.«

Iven stand auf und räumte das Werkzeug weg. Er ließ Eleni keine Gelegenheit zu antworten. Aber was sollte sie auch sagen? Sie sah ein, dass sie allein nicht nach Hause kommen würde. Sie hatte ja keine Ahnung, wo sie war. Und allein zur Apotheke würde sie auch nicht gehen wollen. Iven wirkte freundlich, und sie fühlte sich nicht unwohl in seiner Gegenwart. Also nahm sie sein Angebot einfach schweigend hin.

Als die beiden gerade aus dem Haus gehen wollten, öffnete jemand von außen die Tür.

»Wo warst du denn unterwegs?«, fragte Iven verwundert, als ein junger Mann hereinkam.

»Ich hab heut früher zugemacht. Ich muss nur kurz ein paar Unterlagen …«, er stockte, als er Eleni erblickte.

»Leni …«, sagte er leise. Erst jetzt erkannte auch sie, wer da vor ihr stand. Ihr Herz begann, heftig zu schlagen.

»Pierre?«

Bilder der Vergangenheit

»Ich wusste doch, dass du mir bekannt vorkommst«, sagte Iven und sah zwischen den beiden hin und her. »Du bist also die berühmte Eleni!«, fuhr er fort, als weder Eleni noch Pierre etwas sagten. Sein Neffe warf ihm einen eindringlichen Blick zu, als wolle er *Halt den Mund* sagen.

»*Du* bist der Tierarzt?«, fragte Eleni noch immer fassungslos.

Pierre nickte und hängte seinen Mantel an den Haken.

»Wollen wir uns nicht erst einmal setzen, um den Schock zu verdauen?«, schlug Iven witzelnd vor.

Pierre deutete auf eine Tür im hinteren Teil des Flurs. Eleni war das kleine goldene Schild, das daran angebracht war, vorher nicht aufgefallen. *Dr. méd. Vét. Pierre Soubry* war in dunklen Buchstaben darauf eingraviert.

»Dr. Girard war der alte Tierarzt, mein Neffe hat die Praxis im letzten Jahr übernommen. Das Schild am Zaun solltest du bald mal ändern, oder, Pierre?«, erklärte Iven, als er Elenis überraschten Blick sah.

Iven bedeutete Eleni, sich auf die dunkelgrüne Samtcouch zu setzen, die an einer Wand des Büros stand. Er nahm neben ihr Platz und beobachtete seinen Neffen, der, etwas unbeholfen, den Schreibtischstuhl vor die Couch rollte und sich ihnen gegenüber hinsetzte.

Pierre schob seine Finger ineinander und legte seine Hände auf den Schoß. Dann sah er vor sich auf den Boden und atmete ein, als wolle er etwas sagen. Eleni sah erwartungsvoll auf, aber Pierre verharrte doch in seinem Schweigen.

Schließlich sprang Iven wieder auf und ging zu einem Regal am Fenster.

»Möchte jemand ein Wasser oder einen Kaffee?«, fragte er ein wenig zu laut.

»Für mich ein Glas Wasser, bitte«, sagte Eleni.

»Cidre«, sagte Pierre.

Eleni und Iven sahen ihn erstaunt an. Er zuckte mit den Schultern, ging hinter seinen Schreibtisch und schloss eine Schublade auf. Daraus hervor holte er eine halb volle Flasche Apfelwein.

»Wenn's mal spät wird mit der Schreibtischarbeit«, rechtfertigte er sich.

Eleni unterdrückte ein Grinsen.

»Dann nehme ich auch einen«, sagte sie.

Pierre lächelte sie schüchtern an.

»Na, dann sind wir zu dritt!«, rief Iven und holte drei Keramiktassen aus dem Regal. Er stellte sie auf den Couchtisch, und Pierre schenkte ein.

»Tierarzt …«, murmelte Eleni, nachdem sie ihren ersten Schluck getrunken hatte. »Das wäre mir im Leben nicht eingefallen«, fuhr sie nun etwas lauter fort und sah zu Pierre.

»Was soll das denn heißen?«, fragte dieser verwundert.

Eleni zuckte mit den Schultern. »Nur, dass ich mir dich nie als Tierarzt vorgestellt habe.«

Pierre sah auf die Tasse, die er in seinen Händen hin und her drehte. »Es verändert sich eben viel nach so langer Zeit.«

Sein Blick fiel auf Anemone.

»Was ist passiert?«, fragte er und zog die Augenbrauen hoch.

»Das kleine Kaninchen hier ist ein Draufgänger«, sagte Iven und legte seine Hand auf Anemones Köpfchen.

»Wäre ich nicht zufällig in der Nähe gewesen, würde deine alte Freundin wahrscheinlich jetzt noch im Wald herumirren und ihr Kaninchen suchen.«

Eleni sah verlegen zu Boden.

»Im Wald?«, fragte Pierre.

»Ach«, antwortete Eleni, »nicht der Rede wert.«

»Also, für mich hört sich das nach einer ziemlich außergewöhnlichen Story an«, bemerkte Pierre mit einem schelmischen Lächeln. »Und so, wie ich dich kenne, ist sie sicher besser als alles, was man sonst so in diesem Dorf hier erlebt.«

Iven schlürfte den letzten Schluck Cidre aus seiner Tasse und stellte sie schwungvoll auf den Couchtisch.

»Oh ja, ein wenig Abenteuer würde uns allen ganz guttun, was?«

Pierre und Eleni sahen sich belustigt an.

Als sich ihre Blicke trafen, spürte sie ein leichtes Ziehen in ihrer Brust. Es war absurd, dass sie nun hier zusammensaßen und Cidre tranken, nachdem sie zehn Jahre lang kein einziges Wort miteinander gewechselt hatten. Eleni hatte nicht damit gerechnet, ihren einst besten Freund und erste Liebe jemals wiederzusehen. Es war ihre Schuld gewesen, dass sie keinen Kontakt mehr gehabt hatten. Es hatte ihr das Herz gebrochen, doch damals war sie zu schwach und wahrscheinlich auch zu feige gewesen, es wiedergutzumachen.

»Ich glaube, ich muss dann mal wieder nach Hause«, sagte sie eilig und sah zu Iven, der sofort verstand und sich vom Sofa erhob.

Pierre stand ebenfalls auf und ging etwas zu eilig zur Tür. Als hätte er nur darauf gewartet, sie wieder loszuwerden.

Als sie zu ihm trat, reichte er ihr ihre Jacke.

»Seltsam«, sagte sie.

»Ja«, antwortete Pierre.

»Dann sind wir wohl fast Nachbarn. Zwischen uns liegt nur noch ein Wald«, fügte Eleni hinzu, und Pierre nickte.

Als Iven und Eleni auf dem Weg zum Auto waren, rief Pierre ihr etwas durcheinander zu:

»Warte. Ich fahre dich.«

Eleni sah ihn überrascht an.

Iven grinste. »Na, Gott sei Dank«, rief er, »ist doch offensichtlich, dass ihr euch noch viel mehr zu erzählen habt!«

Die ersten Minuten saßen sie schweigend nebeneinander, Pierre drehte immer wieder am Radioknopf herum, bis er das Radio schließlich wieder ausstellte.

Eleni wurde immer nervöser, hielt Anemone fest in ihrem Arm und saß steif in ihrem Sitz. Sie spürte jeden einzelnen Huckel, in ihr rumorte es. Ohne Iven zwischen sich und Pierre fühlte sie sich verloren. Das Wiedertreffen in der

Praxis kam ihr wie ein skurriles Schauspiel vor. Die kleinen Scherze, die Blicke, die sie sich zugeworfen hatten. Als wäre nie etwas geschehen. Oder alles vergessen. Doch so war es nicht. Ganz und gar nicht.

»Alles in Ordnung?«, fragte Pierre unsicher, seinen Blick weiter nach vorn gerichtet.

»Ja«, Eleni hielt kurz inne, »Nein. Findest du nicht, dass das hier alles vollkommen verrückt ist?«

Pierre kaute auf seiner Lippe herum.

»Du meinst …«

»Unser Wiedersehen! Einfach so, bäm, und jetzt sitze ich neben dir im Auto«, erklärte Eleni aufgebracht.

»Ja, es fühlt sich seltsam an, dich nach so langer Zeit wiederzusehen.«

Eleni sah Pierre ungläubig an.

»Das ist alles? Alles, was du dazu sagst?«

Das Gespräch fühlte sich unterkühlt an, Pierre wagte es nicht einmal, sie anzusehen, und es war nicht so, als müsste er sich großartig auf die Fahrbahn konzentrieren. Sie lebten schließlich in der Pampa, wo vielleicht mal alle halbe Stunde ein anderes Auto vorbeikam.

»Ich weiß nicht, Eleni, ich muss das vielleicht erst mal … verarbeiten.«

Eleni schüttelte den Kopf. Sie hätte mehr erwartet. Ein Gefühl, irgendeine Regung. Pierre war immer so voller Emotionen gewesen, die Worte waren ihm nur so aus dem Mund geschossen. Natürlich musste sie auch erst mal mit all dem fertigwerden. Aber jetzt fühlte sie sich mit dieser Situation allein, obwohl er direkt neben ihr saß. Es tat ihr weh, ihn so unterkühlt und gefasst zu erleben.

Als er vor ihrem Haus hielt, löste Eleni eilig den Gurt und öffnete die Tür.

»Danke«, sagte sie leise.

»Gern, Leni.«

Langsam ging sie durchs Gartentor zum Haus.

Hinter sich hörte sie, wie sich die Fahrertür öffnete, dann Pierres Schritte. Sie drehte sich um und sah ihn vor dem Tor stehen.

»Sehen wir uns wieder?«, fragte er und blickte sie entschlossen an.

»Ich weiß nicht«, sagte sie noch immer ein wenig enttäuscht, »Lass mir etwas Zeit, okay?«

Pierre blieb stehen und nickte.

Ein wenig vor den Kopf gestoßen, drehte er sich um.

Während Eleni auf die Türschwelle trat, hörte sie hinter sich den Motor starten und das Auto langsam davonfahren. Ihre Anspannung löste sich allmählich. Doch es gelang ihr nicht, sein Gesicht aus ihren Gedanken zu verbannen. Und mit seinem Gesicht kamen die Erinnerungen und der Schmerz. Jetzt schaffte sie es nicht mehr, sie zurückzudrängen.

Die erste Angst

Damals

Eleni würde den Moment nie vergessen, in dem sie ihre Mamie mit ihr zugewandtem Rücken auf der Terrasse stehen sah. Mamies Schultern zuckten, die Hände hielt sie sich vors Gesicht. Der Rest ihres Körpers war starr, so als würde sie sich nur die kleine Bewegung ihrer Schultern erlauben.

Eleni war gerade aufgewacht, es war früh am Morgen. Sie hatten eine kurze Nacht gehabt, in der sie bis spät schweigend auf dem Sofa gesessen und auf einen weiteren Anruf gewartet hatten.

Leise öffnete Eleni die Terrassentür. Jetzt hörte sie es. Das Schluchzen ihrer Mamie. Auch das würde sie nie mehr vergessen können. Sie rannte zu ihr und umarmte sie fest. In diesem Moment sackte ihre Großmutter zusammen, nie hatte Eleni sie so verzweifelt und gebrochen erlebt. Sie musste sich auf die Schultern ihrer Enkelin stützen, ihre Hände und Arme zitterten. Eleni hatte Angst, sie würde einfach umkippen und auf den harten Terrassenboden fallen. Vorsichtig führte Eleni sie wieder ins Haus, setzte sie auf das Sofa. Ihre Mamie vergrub ihr Gesicht in den Händen und weinte leise weiter. Eleni strich ihr sanft über den Rücken.

»Mamie …«, flüsterte sie. Sie wusste nicht genau, was geschehen war und ob sie ihre Mamie danach fragen sollte. Doch sie fürchtete, die Antwort darauf schon zu kennen, und wollte sie nicht hören. Noch nicht. Sie wollte ein wenig länger in diesem Zwischenmoment bleiben, in dem noch alles wieder so unbeschwert wie früher werden könnte, der aber kurz davor war, in etwas Unbekanntes zu kippen. Etwas fürchterlich Unbekanntes.

Schweigend nahm Eleni ihre Mamie in den Arm, und so blieben sie sitzen.

Pépé wurde noch am selben Abend an Land gebracht, und einige Tage später war seine Beerdigung. Elenis Mamie trug ein Kleid mit breitem Rock und schmaler Taille, auf das farbenfrohe Blüten gestickt waren. Sie hatte es an den zwei schönsten Tagen ihres Lebens getragen, erzählte sie Eleni auf dem Weg zum Friedhof. »Am Tag, an dem wir uns kennenlernten, und an dem, an dem wir entschieden, für immer zusammenzubleiben.« Mit zittriger Stimme sprach sie von dem Sommertag, an dem Noé ihr den Heiratsantrag unten in der Bucht gemacht hatte.

»Unsere Liebe ist gewachsen, mit jedem neuen Tag«, erzählte sie Eleni, »niemals hätte sich daran etwas geändert, das weiß ich genau.«

Ihre Mamie und ihr Pépé waren die einzigen alten Menschen gewesen, die Eleni kannte, die sich noch immer jeden Tag umarmt hatten, sich ganz verliebt in die Augen gesehen hatten. Wann immer sie einander im Haus begegnet waren, hatten sie sich innige Küsse auf die Lippen gedrückt. Eleni war das unangenehm gewesen, besonders, wenn sie es in der Öffentlichkeit getan hatten. Sie war eben ein Teenager gewesen und fand so ziemlich jede öffentliche Zuneigung eklig.

Ihre Mamie wurde ernsthafter, als Pépé nicht mehr da war. Sie wurde stiller, nachdenklicher, und sie lachte nicht mehr so oft. Eleni probierte es hin und wieder mit einem blöden Witz oder einer Grimasse, einer Albernheit während des Kochens. Wenn sie ihrer Mamie mit der Bratpfanne einen Klaps auf den Po gab und dann sagte: »Oh, entschuldigen Sie, junge Dame, die muss mir ausgerutscht sein!«, so, wie es Pépé oft getan hatte, dann verlor sie für einen Moment ihre Ernsthaftigkeit, begann zu kichern und drückte Eleni einen dicken Schmatzer auf die Stirn. Doch kurz darauf starrte sie schon wieder wie benommen auf das sprudelnde Wasser im Kochtopf und wirkte, als hätte sie Elenis Anwesenheit vergessen.

Was Eleni in dieser Zeit gefühlt hatte, daran konnte sie sich nicht mehr erinnern. Sie war verzweifelt gewesen, am Boden zerstört, hilflos. Aber all das waren nur Wörter, die ein Gefühl beschrieben. Ein Gefühl, das sie so sehr verdrängt hatte, dass es ihr vorkam, als schaute sie einen Film. Sie wusste, wie es den Protagonisten gehen musste, konnte es sich vorstellen. Aber es wirklich nachspüren, das gelang ihr nicht. Jetzt, nach so vielen Jahren, war da nur eine schreckliche Leere, wenn sie an die Zeit nach Pépés Tod dachte.

Zu der tiefen Trauer und Verzweiflung kam bald etwas Neues. Mit siebzehn Jahren spürte Eleni es zum ersten Mal: Angst. Nicht die Angst, die sie hatte, wenn sie abends allein im Dunkeln durch den Wald nach Hause fahren musste. Es war eine tiefere, existenzielle, unbeschreibliche Angst, die sie für einen Moment die Kontrolle verlieren ließ. Die ihr die Kehle zuschnürte, ihr die Luft nahm und sie taumeln ließ. Zuerst traten die Anfälle nur alle paar Wochen, manchmal monatelang gar nicht auf. Sie kamen plötzlich, ohne Vorankündigung. In einem Moment konnte Eleni durch den Garten rennen, im nächsten zitternd und nach Atem ringend im Gras liegen. Ihre Mamie begann, sich Sorgen zu machen, und brachte sie zu mehreren Ärzten. Doch damals war Angst als Krankheit noch nicht wirklich bekannt. Alles, was ihr verschrieben wurde, waren Kräuter- und Beruhigungstees und weniger Stress.

Pierre hatte sie nach dem Sturm wochenlang gar nicht gesehen. Sie wusste, dass es ihm den Umständen entsprechend gut ging und auch er zu Hause bei seiner Familie war.

Eleni wollte ihn nicht treffen. Jeden Tag aufs Neue ging sie die Geschehnisse in ihrem Kopf durch, fragte sich, wie es so weit hatte kommen können. Wieso war Pierre noch einmal rausgefahren, wieso hatte er nicht auf sie hören wollen? Wieso hatte es so lange gedauert, bis Pépé ihn gerettet hatte? Und vor allem: Wieso hatte Pierre seinen verdammten Willen durchsetzen müssen?

Sie trafen sich zwei Monate nach dem Unglück zufällig im Dorf. Eleni war nicht mehr in der crique blanche gewesen, hatte den Strand und den Ozean gemieden. Ihre Albträume und Ängste waren immer schlimmer geworden. Jedes Mal, wenn es auch nur leicht anfing zu regnen, begann sich alles in ihr zusammenzuziehen, sie zitterte am ganzen Körper und konnte sich minutenlang nicht bewegen.

Ihre Mamie hatte sie überredet, mit ihr zum Einkaufen zu kommen. Als sie aus der Épicerie auf den kleinen Dorfplatz traten, sah sie ihn. Gegenüber, am Eisladen, Mathilde und Julien waren auch dabei. Pierre stand locker an die Hauswand gelehnt, leckte an seinem Eis und lachte mit den anderen. Eleni hatte nicht geahnt, wie stark ihre Wut auf ihn geworden war. Bis zu diesem Moment war es ihr gar nicht in den Sinn gekommen, doch jetzt, wo sie Pierre so lässig dort stehen sah, konnte sie nur noch einen einzigen Gedanken fassen: Es ist alles seine Schuld.

Völlig außer sich rannte sie über den Dorfplatz, hörte gar nicht auf die Rufe ihrer Mamie, sah, wie Pierre sich zu ihr umdrehte und das Lachen schlagartig aus seinem Gesicht verschwand. Er ging einige Schritte auf Eleni zu. Sie blieb kurz stehen, sah ihn mit finsterem Blick an und zischte: »Wie kannst du nur?«

Dann hob sie ihre Faust und verpasste ihm einen heftigen Schlag mitten ins Gesicht. Pierre schrie auf, taumelte zurück und hielt sich seine Nase. Sofort kamen Mathilde und Julien angerannt und stützten ihn. Eleni drehte sich wortlos um und lief zurück zu ihrer Mamie. Mittlerweile hatte sich eine Traube von Dorfbewohnern um sie herum versammelt, einige halfen Pierre, gaben ihm Taschentücher und brachten ihm einen Stuhl. Als Eleni sich aus der Umarmung ihrer Großmutter löste und ihr Blick auf Pierre fiel, sah sie in seine erschrockenen und gleichzeitig tieftraurigen Augen. Tränen rollten ihm über die Wangen, aber Eleni wusste, dass er nicht vor Schmerz weinte. Ihm war klar, dass er das, was geschehen war, nie wiedergutmachen konnte.

Komm, Flut

Mit einem Schrei erwachte sie und fuhr schweißgebadet hoch. Ihr Herz raste, die Bettdecke triefte und klebte ihr am Körper, ihr Atem war schnell und flach. Nach einer Weile fasste sich Eleni wieder, ertastete den Lichtschalter der kleinen Nachttischlampe. Auf dem Boden hockte Anemone, die sie aus großen Augen ansah. Eleni fuhr sich durch die Haare, dann legte sie ihre Hand auf ihre Brust und versuchte, sich zu beruhigen. Schon lange hatte sie diesen Albtraum nicht mehr gehabt.

Sie hatte vom schwarzen Nachthimmel geträumt, der immer näher kam. Die Dunkelheit legte sich unaufhaltsam um sie, schloss sie ein, hielt sie fest. Um sie herum der dröhnende Ozean, das laute erbarmungslose Schlagen an den Bug, das Salzwasser, das ihr immer wieder ins Gesicht peitschte und ihr das Atmen erschwerte. Sie zog sich mit letzter Kraft am Rand des Bootes hinauf und sah in die schäumende Flut. Die Wellen wurden größer, mächtiger, bäumten sich über ihr zu monsterhaften Gestalten auf und rasten dann herab, zerschellten über ihrem Boot, warfen es hin und her. Plötzlich spürte sie eine Hand nach ihrer greifen, draußen klammerte sich mit letzter Kraft Pépé an den Rand des Bootes. Sie sah in seine weit aufgerissenen Augen, und zum ersten Mal in ihrem Leben erkannte sie Angst in seinem Blick. Entsetzliche, verzweifelte Angst. Sein Mund war geöffnet, als wollte er schreien, doch sie vernahm nur ein schreckliches Röcheln und Husten. Sie hielt seine Hand, so fest sie konnte, doch eine Welle, so groß wie ein Meeresungeheuer, riss ihn mit einem Mal davon. Das Letzte, was sie erkannte, waren seine Hände, die er nach ihr ausstreckte. Das Letzte, was sie hörte, war sein angsterfülltes Rufen. Er schrie. Schrie ihren Namen. *Leni!!*

Ihr Albtraum war mit voller Wucht zurückgekehrt. Pépés Augen, sein Brüllen, seine Furcht waren so real, dass sie sich zurück in diese schreckliche Zeit versetzt fühlte. Ihr kamen die Tränen, zitternd zog sie sich die Decke um die Schultern und blieb in Embryostellung liegen. In dieser Nacht gelang es ihr nicht mehr, zurück in den Schlaf zu finden.

Es war noch stockdunkel, als sie schließlich entschied aufzustehen.

Sie lief ziellos durchs Haus, wusste nicht, wohin mit sich. Pierre hatte etwas in ihr angestoßen, das sie nicht mehr hatte zurückhalten können.

Mitten im Wohnzimmer blieb sie stehen, sah zu Anemone, der sie ein kleines Körbchen mit Decken und einigen gestückelten Karotten hergerichtet hatte.

Schließlich ging sie ins Wohnzimmer und schaltete den Fernseher an. Sie suchte etwas zur Beruhigung, blieb an einem Verkaufsprogramm hängen. Der Moderator hielt einen elektrischen Handmixer in die Kamera. Eleni setzte sich im Schneidersitz nah vor den Bildschirm und folgte den hektischen Bewegungen des Moderators, der sie aufgeregt anschrie. »Die letzte Chance! Greifen Sie zu! So ein Angebot bekommen Sie nie wieder! Jetzt oder nie!«

Je länger Eleni auf den Fernsehmoderator starrte, desto mehr hallten seine Worte in ihrem Kopf nach. Doch nach einer Weile hörte sie nur noch:

»Das ist die letzte Chance, jetzt oder nie!«

Als sie wieder auf die Uhr blickte, war es acht. Der Moderator verabschiedete sich gerade und bedankte sich bei den Zuschauern, die nun diesen wunderbaren Mixer ihr Eigen nennen konnten. Dann setzte eine nervige Musik ein, und das Logo einer Produktionsfirma wurde eingeblendet. Eleni drückte auf den Knopf der Fernbedienung, und der Bildschirm wurde mit einem erneuten Knacken schwarz und still. Draußen hatte ein leichter Nieselregen eingesetzt.

Der Albtraum, den sie seit so vielen Jahren nicht mehr gehabt hatte, war in dieser Nacht wiedergekommen. Die Angst war zurück. Diese Angst, die sie zerrissen hatte, nicht hatte schlafen lassen, nichts anderes mehr hatte fühlen lassen. Bis Eleni sie endlich verdrängt und sich zurückgezogen hatte.

Sie begriff, dass sie dieses Gefühl nicht loswerden würde. Nicht, indem sie einfach so weitermachte wie zuvor.

Sie stand auf und ging zu der Wand, an der das Foto von Théo und ihr in ihren Regenjacken hing.

Théo hatte recht gehabt. Sie musste sich alldem endlich stellen, sonst würden die fürchterlichen Träume nur immer und immer wiederkommen.

Die Kapuze ihres Regenmantels tief ins Gesicht gezogen, verließ sie das Haus. Mit ihren schweren Gummistiefeln stapfte sie den Sandweg entlang in Richtung Wald. Ihr Kopf dröhnte, und ihre Knie fühlten sich weich an.

Jetzt oder nie, dachte sie. Wenn sie ihre Angst vor dem Ozean überwinden wollte, musste sie sich ihr stellen.

Mit einem Mal hob der Wind an und ließ die hohen Kiefern rauschen. Der Regen wurde heftiger und prasselte auf ihren Regenmantel. Um sie herum wurde es immer lauter, der Wind hatte zugenommen, Eleni hielt mit einer Hand ihre Kapuze fest, die andere Hand legte sie schützend vor ihre Augen. Die winzigen Tropfen schmerzten auf ihrer Haut. Sie versank mit jedem Schritt tiefer im Matsch, der sich auf dem Sandweg gebildet hatte, ihre Beine wurden schwerer. Ganz unvermittelt schossen ihr wieder die Szenen ihres Traums in den Kopf, Pépés Gesicht, seine Augen, die Wellen, die ihn mitrissen, ihn von ihr wegtrieben.

Eleni blieb stehen und hielt sich die Hände an den Kopf. Doch die Eindrücke wurden nur klarer, schmerzhafter. Jetzt hörte sie wieder das Schlagen der Wellen gegen den Bug, Pépé, wie er nach ihr rief, ihr eigenes verzweifeltes Schreien.

Ihr Hals schnürte sich zu, die Tränen liefen über ihr Gesicht.

Plötzlich fühlte sie etwas auf ihrer Schulter und fuhr zusammen. Sie drehte sich um und blickte in Pierres Augen.

»Alles okay?«, fragte er und sah sie besorgt an.

»Es hat aufgehört«, sagte sie leise, während sie ihre Kapuze zurückzog.

»Was hat aufgehört?«

»Der Sturm.«

Pierre schaute sich verwundert um, dann nahm er Elenis Arm. »Es nieselt doch nur ein bisschen, keine Sorge. Ich glaube, der Sturm zieht an uns vorbei«, beruhigte Pierre sie.

Eleni betrachtete irritiert ihre Gummistiefel, die sauber waren und nur ein wenig feucht. Auf dem Weg hatten sich kleine Pfützen gebildet, doch Schlamm war da nirgends.

Sie schüttelte verwundert den Kopf und wischte sich über ihr feuchtes Gesicht.

»Wo wolltest du denn hin?«, fragte Pierre.

Eleni sah ihn nachdenklich an. Seine Haare trug er kürzer als früher, das war ihr am Tag zuvor gar nicht aufgefallen. Seine kleinen Locken fielen ihm nicht mehr so wild ins Gesicht wie als Jugendlicher, sie lagen ordentlich gestutzt auf seinem Kopf. Ein paar Sommersprossen waren ihm geblieben. Eleni hatte sie immer so gemocht.

»Zur crique blanche.«

Sie löste sich aus Pierres Griff und lief weiter in Richtung Wald. Pierre folgte ihr.

»Was willst du in der Bucht?«, rief er verwirrt.

Er holte sie ein und versuchte, mit ihr Schritt zu halten. »Warum hast du es denn so eilig?«

Eleni sah auf den Boden vor sich und lief stur geradeaus.

»Wieso bist du überhaupt hier?«, fragte sie jetzt abweisend.

»Ich wollte …«, begann Pierre und stockte, »mit dir reden. Ich konnte unser Treffen gestern nicht einfach so stehen lassen. Ich bin viel zu früh aufgewacht und konnte dann an nichts anderes mehr denken.«

Eleni beschleunigte weiter ihren Schritt, Pierre blieb, etwas außer Atem, neben ihr.

»So habe ich mir das allerdings nicht vorgestellt«, sagte er und begann allmählich zu joggen. »Vielleicht wäre es gemütlicher bei einem Tee. Meinst du nicht?«

Eleni antwortete nicht.

»Okay, ich komme einfach mit dir mit, wenn das in Ordnung ist? Du hast etwas verloren ausgesehen, da eben auf dem Weg. Ich hab mir Sorgen gemacht.«

»Du musst dir keine Sorgen machen«, sagte Eleni jetzt.

In der Ferne war schon das Rauschen des Ozeans zu hören. Eleni musste sich zusammenreißen, um nicht noch einmal von ihren Emotionen überwältigt zu werden. Sie wollte allein sein. Sie wollte niemandem etwas erklären müssen.

Und doch spürte sie ein wenig Erleichterung, dass Pierre neben ihr herlief. Sie fühlte sich sicherer, obwohl er ihr auf die Nerven ging.

Der Ozean war unruhig, das Wasser hatte beinahe den gesamten Strand eingenommen.

»Flut«, sagte Pierre, »wir sollten nicht zu nah heran.«

Doch Eleni stapfte weiter durch den Sand in Richtung Ufer. In ihrem Kopf war nur noch Rauschen. Sie dachte an nichts mehr, ließ Pierre zurück, fühlte sich ganz allein. Allein mit dem Ozean. Eleni hielt inne. Dann sackte sie zusammen und blieb in der Hocke sitzen, das Wasser spülte ihr schon um die Füße.

»Leni!«, hörte sie Pierres Stimme hinter sich.

»Hau ab«, brach es mit einem Mal aus ihr heraus, sie vergrub ihren Kopf zwischen ihren Knien.

»Leni, die Flut, du musst aufstehen!«

Eleni schmeckte Salz auf ihren Lippen und wusste nicht, ob es von ihren Tränen oder dem Meerwasser kam. All ihre Trauer, ihr Schmerz und ihre Wut schüttelten sie, sie hörte Pierres Stimme nur noch dumpf und wie aus weiter Ferne. In diesem Moment stellte sie sich vor, wie das Wasser sie mitnehmen, der Ozean sie verschlucken würde. Ihr Verlangen, Théo, ihren Pépé und ihre Mamie wiederzusehen, wurde mit einem Mal unheimlich stark. Sie wusste nicht mehr, ob sie sich ihrer Angst stellen oder sich einfach mitreißen lassen wollte, um nie wieder etwas spüren zu müssen. Es könnte einfach alles aufhören, dachte sie, jetzt sofort. Sie müsste sich nie wieder schwer fühlen. Doch gleichzeitig war da diese starke Kraft, der Wille, der sie zurückhielt. Sie wollte nicht sterben.

Gerade als sie sich aufrichtete, um umzukehren, erfasste sie eine größere Welle und brachte sie zu Fall. Jetzt war das Wasser überall, sie spürte, wie sie von der Strömung mitgezogen wurde, wusste nicht mehr, wo oben noch unten war, sie bekam keine Luft, um sie herum war nur noch Wasser.

Als sie schließlich Pierres Hände an ihren Schultern spürte, verließ sie alle Kraft. Mit einem Ruck hob er sie hoch, hielt sie umschlungen und zog sie mit sich, weg von der Flut.

Elenis Atmung stolperte, sie wandte ihren Blick zurück zur Bucht und wollte sich aus Pierres Griff lösen. Doch er ließ sie erst los, als sie zurück auf dem Uferweg waren. Am Wegrand lag ein Baumstamm, zu dem Pierre sie jetzt zog.

Eine Weile saßen sie nebeneinander und starrten auf den Ozean, der unter ihnen tobte.

»Du hättest ertrinken können«, sagte Pierre und sah sie an.

»Es tut mir leid«, sagte sie fast flüsternd.

Pierre legte ihr seinen Arm um die Schulter. Sie schwiegen für einen Moment.

»Danke«, sagte Eleni, »Ich wollte das nicht. Ich wollte nicht …«, sie sah kurz zu Pierre. Auf seinem Gesicht lag noch immer der Schock, seine Lippen bebten, seine Augen starrten geradeaus. »Du hast mir gerade das Leben gerettet«, flüsterte Eleni und nahm Pierres Hand.

Er schüttelte den Kopf.

»Das war das Mindeste.«

Eleni sah ihn fragend an.

»Leni, ich weiß, es kommt viel zu spät, und vielleicht bedeutet es jetzt nicht mehr viel, aber … es tut mir so schrecklich leid.«

Er schüttelte den Kopf und wischte sich mit der Hand schniefend über die Augen.

Weinte er?

»Pierre …«, setzte Eleni an und stockte. Sie wusste nicht, was sie sagen sollte. Plötzlich wurde ihr unheimlich kalt. Bis jetzt hatte sie nichts gespürt, sie war wie erstarrt gewesen von dem Schrecken, doch langsam machte sich die Kälte bemerkbar, ihre nasse Kleidung klebte an ihrem Körper, ihre Haare trieften. Sie begann zu zittern. Pierre drückte sie fester an sich.

»Du musst ins Warme«, sagte Pierre, »Ich bring dich nach Hause.«

Eleni nickte zaghaft.

Nachdem Pierre das Wasser vom Herd genommen und es in zwei Tassen mit Teebeuteln gegossen hatte, setzte er sich neben Eleni aufs Sofa. Er reichte ihr den Tee. Sie saß, in eine dicke Decke eingewickelt, und nahm die Tasse in beide Hände.

Pierre sah ihr in die Augen.

»Es tut mir so schrecklich leid, Leni.«

»Schon gut«, sagte sie.

»Nein, es ist nicht gut. Es tut mir leid. Alles, was passiert ist. Und dass ich nicht für dich da war. All die Jahre habe ich mich gefragt, wieso ich nicht einfach für dich da war.«

Eleni blickte ihn an. Da war er, der Pierre, den sie von früher kannte.

»Ich wollte dich ja nicht dahaben«, sagte sie.

Pierre schüttelte den Kopf.

»Ich hätte mehr kämpfen müssen.«

»Das hätte nichts gebracht, Pierre. Ich war verloren. Niemand hätte mir helfen können. Ich hatte nichts mehr. Mein Horizont war schwarz. Das hättest du auch nicht geändert, glaub mir.«

Pierre seufzte.

»Und was ist jetzt?«, fragte er dann.

Eleni sah ihn überrascht an.

»Was meinst du?«

Er zuckte mit den Schultern.

»Wir leben so nah beieinander, vielleicht sehen wir uns

auch ab und zu mal. Und ehrlich gesagt …«, er stockte kurz und sah auf seine Hände, »ehrlich gesagt vermisse ich dich.«

Eleni lächelte.

»Wieso bist du eigentlich wieder hier?«, setzte sie jetzt unvermittelt an und blieb Pierre ihre Antwort schuldig. »Ich dachte, du wärst in Südfrankreich?«

Pierre sah sie forschend an.

»Ich bin schon seit zwei Jahren wieder hier. Im Süden habe ich studiert. Danach hat mich einfach nichts mehr dort gehalten. Ich wollte wieder zurück, eine kleine Praxis in meiner Heimat eröffnen. Jedenfalls war das der Plan. Hat nicht gleich geklappt. Mein Leben war irgendwie … ziemlich durcheinander.«

Seit zwei Jahren, dachte Eleni. Sie hätte nicht erwartet, dass er sich melden würde, und trotzdem versetzte es ihr einen Stich. Sie hatte keine Ahnung gehabt, dass er ihr die ganze Zeit so nah gewesen war.

»Am Anfang habe ich nach dir gefragt, im Dorf. Du warst in einer Beziehung und hast zurückgezogen gelebt. Ich habe mehrmals darüber nachgedacht, dich zu besuchen. Doch was hätte ich sagen sollen?«

Was hätte sie getan, hätte vor zwei Jahren plötzlich Pierre vor ihrer Tür gestanden? Eleni wusste es selbst nicht. Sie war glücklich gewesen damals, lebte seit einiger Zeit mit Théo zusammen. Ihr Leben hatte eine neue Richtung eingeschlagen, und sicher hätte sie es gar nicht ertragen, durch Pierre mit ihrer Vergangenheit konfrontiert zu werden. Eleni legte ihre Hand auf Pierres. Er sah sie überrascht an, machte aber keine Anstalten, seine Hand wegzuziehen.

»Vielleicht hattest du recht«, sagte Eleni und nahm dann den ersten vorsichtigen Schluck aus ihrer Tasse.

»Was meinst du?«

»Damit, dass du nicht gekommen bist vor zwei Jahren. Vielleicht hätte ich es nicht verkraftet. Oder ich hätte dich einfach zurückgewiesen. Ich wollte nie wieder zurückdenken.«

»Ich weiß.« Sie schwiegen für eine Weile und starrten auf ihre Teetassen. »Wahnsinn, dass du noch immer in diesem Haus wohnst«, sagte Pierre plötzlich, »es weckt so viele Erinnerungen.«

Eleni sah ihn forschend an.

»Schöne Erinnerungen«, fügte er hinzu.

»Ich wünschte, ich könnte die schönen zurückbekommen«, seufzte Eleni.

»Du findest also, dass ich wahnsinnig bin, hm?«

Pierre schüttelte den Kopf. Doch dann betrachtete er sie mit zusammengekniffenen Augen.

»Ehrlich gesagt, ja. Du warst schon immer etwas wahnsinniger als alle anderen.«

»Kann sein. Und jetzt lebe ich mit einem Kaninchen zusammen, das sich wie ein Hund benimmt.«

Pierre musste lachten.

»Wie geht es dir jetzt?«, fragte er wieder etwas ernster.

Eleni blickte in ihre Tasse, die sie beinahe ausgetrunken hatte.

»Alles in Ordnung«, sagte sie, doch dann schüttelte sie den Kopf. »Das ist gelogen.«

Sie blickte auf und sah in Pierres Augen, die sanft auf ihr ruhten.

»Mal besser, mal furchtbar.«

»Verzeih mir, Leni. Dass ich mich nicht gemeldet habe, als …«

Eleni sah von ihrer Tasse auf.

»Letztes Jahr.« Er stockte. »Ich wäre gern für dich da gewesen, als dein Freund …« Er suchte nach Worten. »Du musst dich so einsam gefühlt haben.«

Er stellte seine Tasse auf den Couchtisch und legte seine Hände in den Schoß.

Eleni nickte.

»Ich hatte mich schon an die Einsamkeit gewöhnt, vor Théo, es war irgendwie okay. Aber jetzt …« Sie schüttelte sachte den Kopf. »Ich will einfach nicht mehr traurig sein, verstehst du. Ich wollte mir nichts antun am Ozean. Ich wollte mich stellen, wollte das endlich alles hinter mir lassen. Diese Schwere, jeden Tag dieser schmerzhafte Kloß im Hals. Es ist so anstrengend.«

Pierre nickte.

Eleni seufzte, stand auf und ging in die Küche, um die Teekanne zu holen, die Pierre vorbereitet hatte. Sie nahm die Kanne mit zum Sofa und füllte die Tassen noch einmal auf.

»Du hast noch nicht zu Ende erzählt«, lenkte Eleni jetzt vom Thema ab und versuchte ein Lächeln, »Was hast du denn in Südfrankreich getrieben?«

Pierre sah aus, als würde er nachdenken. Dann lächelte auch er, wurde aber im nächsten Moment schon wieder ernster.

»Als ich in den Süden gegangen bin, dachte ich, ich sehe dich nie wieder. Ich war überzeugt davon, dass ich dich verloren hatte. In Toulouse habe ich mich nie so richtig angekommen gefühlt. Ich war oft allein, ein wenig verloren. Ich habe hin und wieder Kommilitonen getroffen, doch etwas hielt mich immer zurück, tiefere Freundschaften zu schließen. Meistens saß ich in meinem kleinen Studio und habe Medizinbücher gewälzt.«

Eleni lächelte. »Dann bist du jetzt wenigstens ein wahnsinnig guter Tierarzt, oder?«

Pierre zuckte mit den Schultern. »Das hoffe ich. Für irgendetwas muss die ganze Einsamkeit ja gut gewesen sein.«

Eleni bemerkte eine Traurigkeit in seinen Augen, die sie früher nie bei ihm gesehen hatte. Sie ahnte, dass auch er eine schwere Zeit in den vergangenen Jahren gehabt haben musste.

»Ich bin froh, dass wir uns jetzt getroffen haben«, war das Einzige, das Eleni hervorbrachte.

»Ich auch«, erwiderte Pierre.

Eleni begleitete Pierre ans Gartentor.

Kurz bevor er sich verabschiedete, wandte er sich ihr zu und sah sie an.

»Also, wenn du mal wieder, äh, Zeit hast …«, begann Pierre. Eleni sah ihn abwartend an.

»Ich meine, ich könnte zum Beispiel was kochen.« Dann fasste er sich an die Stirn und schüttelte den Kopf. »Oder lieber etwas bestellen …«

Er zog eine Grimasse. Eleni musste kichern.

»Bestellen hört sich gut an«, stimmte sie zu.

Mit einem Mal fühlte sie sich leichter. Vor ihr stand niemand Unbekanntes. Vor ihr stand ihr bester Kindheitsfreund, den sie so lange vermisst hatte.

»Wie wäre es morgen?«, fragte sie ihn spontan und wunderte sich dabei über sich selbst.

»Gern«, antwortete Pierre überrascht.

»Dann bestellen wir Pizza, das habe ich schon lange nicht mehr gemacht.«

»Klingt gut!«

»Gute Nacht, Pierre.«

»Bis morgen, Leni.«

Eleni lächelte und schloss das Tor.

Annäherung

In dieser Nacht schlief Eleni tief und stellte am nächsten Morgen fest, dass sie sich an keinen einzigen Albtraum erinnern konnte. Sie zog die Vorhänge auf. Regen und Wind hatten sich verzogen, und der Garten lag nun in einem sanften Sonnenlicht.

Sie ging zur Haustür, drehte den Schlüssel herum und öffnete sie. Draußen war außer dem Zwitschern der Vögel und leisem Grillenzirpen nichts zu hören.

Sie suchte mit ihrem Blick den Vorgarten ab in der Hoffnung, einen neuen Blumentopf zu entdecken. Doch alles war unverändert. Langsam bewegte sie sich in Richtung Gartentor. Unter ihren nackten Füßen spürte sie den warmen Sand und die kleinen Grasbüschel, die hier aus der Erde wuchsen. Am Tor streckte sie ihre Arme in die Höhe, schloss für einen Moment die Augen und ließ ihren Körper von den warmen Sonnenstrahlen streicheln. Als sie die Augen wieder öffnete und den Weg vor dem Gartenzaun inspizierte, entdeckte sie einen kleinen Zettel, der mit einer Reißzwecke an den Zaunpfahl geheftet worden war. Darauf stand in gedruckten Buchstaben: *Für Eleni*. Ihr Herz machte einen kleinen Sprung. Und als sie an dem Zaunpfahl hinabsah, fand sie dort zwei kleine Töpfchen. In einem ein winziges hölzernes Gewächs, an einigen kleinen Zweigen zarte weiße Blüten. In dem anderen eine kleine grüne Pflanze, die nur eine einzige, noch geschlossene Knospe trug. Eleni setzte sich auf einen Stein vor dem Gartentor und faltete das Blatt Papier auseinander.

Warum ich dir Blumen schicke, Eleni? Weil sie dich glücklich machen.
Erinnerst du dich an den Tag, an dem du stundenlang im Rosenbeet von Bernadette gesessen und völlig die Zeit vergessen hast?

Eleni erinnerte sich noch sehr genau an diesen Tag in Bernadettes Rosenbeet. Sie sah den alten Garten hinter der Crêperie wieder vor sich und hatte den intensiven Blütenduft in der Nase. Bernadette hatte Tausende pinkfarbene, rote, gelbe und weiße Rosen, die an Holzzäunen in die Höhe rankten.

• • •

Eleni muss sechs oder sieben Jahre alt gewesen sein. Es war ein wunderschöner Sommertag. Doch sie konnte weder die warme Sonne auf ihren Armen noch die sanfte Brise vom Ozean oder den Duft nach Kiefern, Blüten und Kräutern genießen. Sie hatte Streit mit ihrer Mamie gehabt, war wutentbrannt aus dem Haus gerannt und einfach nicht mehr stehen geblieben, bis sie im Dorf angekommen war. Manchmal half ihr das. Die Wut wegrennen. Als sie sich ein wenig beruhigt hatte, sah sie sich um. Sie war am kleinen Hafen angekommen und konnte am Anleger Bernadettes Crêperie erkennen. Es war ein reges Treiben auf der kleinen Terrasse, Besucher hatten alle Tische eingenommen, tranken Cidre und aßen die süßen Eierkuchen. Doch Eleni fühlte sich nicht danach, unter Leute zu gehen oder Bernadette zu treffen. Sie musste sich abreagieren, wollte allein sein. Also schlich sie sich zum Gartenzaun, der an die Crêperie grenzte, und zwängte sich durch die Holzstreben. Sie duckte sich unter den Fenstern des alten Steinhauses vorbei, hinter denen die kleine Caféküche lag. Ein verführerischer Duft nach frisch zubereiteter warmer Karamellcreme kroch in Elenis Nase. Doch sie riss sich zusammen, krabbelte weiter entlang der Hauswand, bis sie in Bernadettes wunderschönem Rosengarten angekommen war. Sie blieb inmitten der Sträucher sitzen, und nun spielte ihr ein anderer, ebenso betörender Duft um die Nase. Sie liebte Rosen, und Bernadette hatte die schönsten im ganzen Dorf. Müde von ihrem Sprint, legte sie sich zurück ins Gras und blickte in den hellblauen Himmel. Sie nahm ein paar tiefe Atemzüge, dann schloss sie die Augen.

»Das ist ja eine Überraschung! Was machst du denn hier?«

Eleni musste in den Beeten eingenickt sein, denn jetzt riss die Stimme von Bernadette sie aus ihrem Schlaf.

»Weiß deine Mamie, dass du hier bist?«

Eleni schüttelte den Kopf, rieb sich noch etwas verwirrt die Augen.

»Also, wieso sitzt du denn hier so ganz allein im Rosenbeet?«, fragte Bernadette weiter.

»Ich mag meine Mamie heute nicht.« Eleni verschränkte ihre Arme vor der Brust und machte einen Schmollmund.

»Na, so was, was ist denn passiert?«

»Sie hat mich nicht in den Garten gelassen, dabei ist doch so ein schöner Tag!«

»Das kann ich mir gar nicht vorstellen, bist du sicher?«

»Ja, sie hat gesagt, ich darf erst raus, wenn meine Hausaufgaben fertig sind.«

Bernadette lächelte und streichelte Eleni über den Kopf. »Das ist ja eigentlich ganz vernünftig. Hast du deine Schularbeiten denn jetzt erledigt?«

Eleni schüttelte den Kopf. »Nach Hause geh ich aber trotzdem nicht.«

Bernadette überlegte kurz. »In Ordnung, bleib du hier sitzen, ich komme gleich wieder«, sagte sie und ging davon.

Als sie zurückkam, hatte sie einen großen Korb voller Äpfel in der Hand.

»Du kannst hier zwischen den Rosen bleiben, aber im Gegenzug hilfst du mir, die Äpfel für meinen Cidre zu schälen, einverstanden?«, schlug Bernadette vor, stellte den Korb vor Eleni ab und gab ihr einen Schäler.

»Einverstanden«, lächelte Eleni. Sie liebte es, die Schale der Äpfel in kleinen Löckchen von der Frucht zu schneiden.

»Die Schalen darfst du behalten und Apfelchips im Backofen daraus machen. Und wenn du fertig bist, läufst du wieder nach Hause und nimmst deine Mamie fest in den Arm, hörst du?«

Bernadette tätschelte Eleni die Wange und ging wieder zurück ins Haus.

Am Abend lief Eleni fröhlich und noch völlig vom Rosenduft eingelullt nachhause, präsentierte ihrer Mamie stolz den Korb voller Apfelschalen und nahm sie fest in den Arm.

»Ich war so wütend, aber dann habe ich zwischen Bernadettes Rosen gesessen und bin ganz glücklich geworden. Es tut mir leid, dass ich weggerannt bin, Mamie«, sagte sie während ihre Mamie sie fester an sich drückte.

»Schon gut, ich bin froh, dass wir uns wieder vertragen. Und die Schulaufgaben können wir morgen noch erledigen, da soll es regnen.«

An diesem Abend roch das ganze Waldhaus ganz wunderbar nach gebackenen Apfelschalen und später, vorm Fernseher, knabberten Eleni, ihre Mamie und ihr Pépé die knusprigen Chips bis nichts mehr übrig war.

• • •

Eleni stand auf und hob die zwei Töpfchen, die vor dem Garten standen, herauf. Ein kleiner Apfelbaum und eine Rose, dachte sie, und ein Lächeln legte sich auf ihre Lippen.

Diese Geschichte kannten nur ihre Mamie und Bernadette. War also die alte Crêpe-Meisterin ihr geheimer Blumenbote? Eleni wischte sich mit den Handflächen über das Gesicht und seufzte. Das ergab alles keinen Sinn. Woher sollte Bernadette ihre Erlebnisse mit Théo kennen? Ihre Zettel an den geheimnisvollen Verfasser führten ins Leere. Es schien, als wollte er sich nicht zu erkennen geben. Sollte sie sich einfach darauf einlassen und sich nicht zu sehr auf ihre

Detektivarbeit konzentrieren? Sich einfach an den kurzen Texten und den Blumen erfreuen?

Doch hier zu sitzen, sich berieseln zu lassen und Gartenarbeit zu verrichten, das wollte sie auch nicht mehr. Vielleicht hatte es sich lange nicht so angefühlt, aber nun war der Spieltrieb in ihr erwacht.

Am Abend stand Pierre mit zwei großen Pizzaschachteln vor der Tür. Eleni war gerade dabei, eine Flasche Wein zu öffnen.

»Ich hab gehört, die Pizza in Pokoù soll großartig sein«, sagte Pierre mit einem ironischen Unterton und setzte sich neben Eleni auf das Sofa.

»Ich glaube nicht, dass ich noch zwischen guter und schlechter Pizza unterscheiden kann. Es ist Jahre her, dass ich eine hatte!«, gab Eleni zu und öffnete ihre Schachtel. Eine mit Tomaten, Basilikum und Unmengen Mozzarella belegte dampfende Pizza kam zum Vorschein.

»Na, wenigstens ist sie noch warm«, sagte Pierre und verzog sein Gesicht.

»Du scheinst nicht sehr überzeugt«, stellte Eleni fest, griff sich ein labbriges Stück und versuchte, so elegant wie möglich hineinzubeißen. Es gelang ihr natürlich nicht, und die Hälfte des Belags landete auf ihrem Schoß.

Pierre begann zu lachen.

»Ich bin wirklich entsetzt, wie wenig du dich verändert hast!«

»Ich will erst mal sehen, wie grazil du dein Stück in den Mund bekommst!«, sagte Eleni, während sie ihre Lippen und ihre Hose mit einer Serviette sauber wischte.

»Immerhin besitze ich jetzt Servietten«, scherzte sie.

»Stimmt, ich nehme alles zurück. Du hast dich in eine wahre Lady verwandelt.«

Allmählich wurde es Abend. Die beiden hatten, ohne auf die Uhr zu sehen, auf der Couch gesessen und über alte Zeiten geredet. Eleni hatte mehr von Pierres Leben in Toulouse erfahren wollen und warum er sich entschlossen hatte, Tierarzt zu werden. Er erzählte ihr von einer älteren Dame, die er über ein Zeitungsgesuch kennengelernt hatte.

»Sie brauchte jemanden, der ihr ab und zu auf ihrem Hof und mit ihren Tieren helfen konnte. Ich hatte damals noch keine Ahnung, was ich mit meinem Leben anstellen sollte, also habe ich mich bei ihr gemeldet. Irgendwann einmal fragte sie mich, ob ich nicht etwas mit Tieren machen wollte, ich hätte ein Talent dafür.«

Pierre schwieg für einen Moment.

»So ist das gekommen. Ich habe das Studium angefangen, weil ich nichts Besseres wusste. Und dann blieb ich dabei.«

Eleni erkannte den gleichen Anflug von Melancholie in seinen Augen, den sie schon am Abend zuvor gesehen hatte.

»Es hätte keinen Sinn gehabt, alles abzubrechen und zurückzukommen. Obwohl der Gedanke an Pokoù immer da war, und an …«, er suchte Elenis Blick, dann sah er wieder zu Boden. »Aber ich wusste, dass nichts hier auf mich wartete, also versuchte ich, wenigstens etwas zu lernen, um nicht ganz ohne Plan dazustehen.«

Eleni wusste nicht, was sie sagen sollte. Sie dachte darüber nach, wie anders ihrer beider Leben hätten verlaufen sollen. Und dass dieser eine schreckliche Tag nicht nur für sie eine viel zu tiefe Wunde verursacht hatte.

»Der Hof hätte dir gefallen«, erzählte Pierre weiter, und sein Blick hellte sich auf. »Ein riesiges Anwesen, mit Wiesen und kleinen Hütten für die Tiere. Und überall alte Kletterbäume. Ich hab dort gern gearbeitet, habe neben dem Studium so viel Zeit wie möglich dort verbracht.«

Eleni winkte ab. »Kletterbäume versuche ich zu meiden, seit … na, du weißt schon.«

Pierre schmunzelte. »Du warst so mutig! Alle haben dich immer bewundert.«

Eleni sah ihn schweigend an, zuckte mit den Schultern und nahm dann einen Schluck aus ihrem Weinglas. »Es ist schon so lange her. Ich kann mich nur noch vage an die Eleni von damals erinnern«, sagte sie nachdenklich.

Jetzt musterte Pierre sie.

»Und heute?«

»Was meinst du?«, fragte Eleni.

»Was machst du den lieben langen Tag, außer dein Kaninchen zu füttern?«

Sie überlegte kurz. Seit Monaten hatte sie nichts mehr fertig geschrieben, und der Kontakt mit der Redaktion war nur noch ein sporadisches Nachfragen, ob denn bald mal wieder ein Reisebericht fertig sein würde. Trotzdem holte sie jetzt zwei Magazine unter dem Couchtisch hervor. Sie schlug sie auf und legte sie vor Pierre hin. Der blickte auf die Überschriften und den darunter stehenden Namen.

»Die hast du geschrieben?«

Eleni nickte.

»Das sind Reisereportagen«, stellte Pierre irritiert fest. »Du warst auf Reisen?«

»In meinem Kopf, ja.«

Pierre sah sie mit großen Augen an, sie lächelte. Dann begann er zu lachen.

»Nicht zu fassen!«

Er begann zu lesen, und nach einer Weile sah er wieder auf.

»Die sind echt gut!«

»Findest du?«, fragte Eleni überrascht.

»Du bist irre, aber ja, die sind richtig gut.«

Eleni grinste. »Danke.«

Pierre strich mit seiner Hand gedankenversunken über die Magazinseiten, über den Titel und ihren Namen.

»Seit Théo nicht mehr hier ist, habe ich nicht viel zu Papier gebracht. Diese Texte fühlen sich irgendwie an wie aus einem anderen Leben.«

Sie sah auf die Magazine und ahnte, dass Pierre nach tröstenden Worten suchte.

»Leni …«, flüsterte er.

Doch Eleni sprang schlagartig auf und hielt ihm ihre Hand hin.

»Komm, ich muss dir was zeigen!«

Überrascht folgte Pierre ihr zum Küchentisch. Eleni öffnete die Schublade unter der Tischplatte und zog einen Stapel Briefumschläge heraus.

»Was ist das?«, fragte Pierre.

»Das ist mein aktuelles Abenteuer. Ich weiß, ich fange klein an, aber immerhin hält es mich bei Laune.«

Sie zog die erste Nachricht des mysteriösen Blumenboten aus ihrem Umschlag und hielt ihm das Blatt vors Gesicht.

»Und was soll das bedeuten?«, fragte Pierre stirnrunzelnd.

»Letztes Jahr …«, sie stockte, suchte nach Worten, »Théo, als er gestorben ist, brach meine ganze Welt zusammen. Er war alles …« Eleni schluckte und versuchte, ihre Tränen zurückzuhalten. Pierre legte seine Hand auf ihre.

»Es muss schrecklich gewesen sein, so allein da durchzumüssen.«

Eleni nickte.

»Als er bei mir eingezogen ist«, begann sie zu erzählen, »verschwand all die Einsamkeit, die ich die Jahre vorher immer mit mir herumgetragen hatte. Es fühlte sich an, als könnte ich endlich mein Leben beginnen. Ich war ja noch fast ein Kind, als Pépé und Mamie … irgendwie hatte es sich immer so angefühlt, als wäre mir dieser Übergang ins Erwachsenenleben genommen worden. Plötzlich lebte ich, als wäre ich achtzig Jahre alt, als wäre mein Leben vorbei. Dabei gab es noch so viel, das ich nicht erlebt hatte. Und mit Théo konnte ich endlich all die verloren geglaubten Erfahrungen machen. Er zog ein, und alles begann zu blühen.«

Während Pierre Elenis Erzählung interessiert lauschte, ruhten seine sanften Augen auf ihr, hin und wieder senkte er seinen Blick.

»Er hatte mir versprochen, den Garten wieder in das kleine Paradies zu verwandeln, das er war, als meine Großeltern noch lebten. Und er hatte meine Erwartungen übertroffen. Das Haus, der Garten, alles lebte auf, und ich war zum ersten Mal seit langer, langer Zeit wieder glücklich.«

Eleni hielt inne. Ihr Lächeln verschwand.

»Nach Théos Tod konnte ich mich einfach nicht mehr überwinden, das Haus zu verlassen. Ich hatte keine Kraft mehr, und ich ertrug all die Erinnerungen nicht, die dort über der Wiese und zwischen den Bäumen lagen. Ich zog mich wieder zurück, ich konnte nicht glauben, dass ich wieder allein war. Dass alles, was ich mir ausgemalt hatte, was ich mit Théo erleben wollte, dass das alles für immer verloren war. Und dann, vor einem Monat ungefähr, kam der erste Blumentopf. Daran befestigt ein Umschlag. Als würde Théo aus dem Jenseits zu mir Kontakt aufnehmen.«

Sie verdrehte die Augen.

»Ich weiß, es klingt bekloppt. Zuerst war ich auch gar nicht sicher, was das zu bedeuten hatte, ich befürchtete, dass jemand ein Spiel mit mir treiben wollte, um vielleicht ins Haus zu kommen.«

»Wie viele hast du denn bekommen?«, fragte Pierre.

»Sechs Blumen, zwanzig Kräuter und eine Flasche Dünger. Ich habe alle Blumen und Kräuter ins Beet hinterm Haus gepflanzt. Sie machen mich glücklich, und sie sind wie kleine Reisen. Neue Kopfreisen.«

Sie dachte kurz nach.

»Vielleicht ist das der Sinn dahinter.«

Dann holte sie den letzten Zettel hervor.

»Den hier habe ich heute früh am Gartentor gefunden.« Sie reichte ihm das Papier.

»Der Verfasser scheint dich ja gut zu kennen«, sagte er überrascht.

»Es ist seltsam. Zuerst waren es nur kurze Sätze oder einzelne Wörter. Aber immer lassen sie mich zurück in meine Kindheit oder Jugend reisen. Oder zu Théo. Als hätte mich jemand auf Schritt und Tritt verfolgt. Ist das nicht gruselig?«

Pierre nickte fast unmerkbar, schwieg aber und blickte weiter auf das Papier, das er noch immer in der Hand hielt.

»Seit ich die Briefe und Blumen bekomme, fühle ich mich irgendwie …«, Eleni suchte nach Worten, »leichter. Weniger allein.«

Auf Pierres Lippen legte sich ein leichtes Lächeln.

Sie stand vom Tisch auf und ging zur Küchenzeile. Dort holte sie zwei Gläser und füllte sie mit Wasser. Sie nahm einen großen Schluck.

»Noch vor wenigen Wochen hätte ich mich nicht einmal in den Garten getraut, und gestern bin ich wie eine Verrückte durch den Wald gerannt!«, rief sie aufgeregt.

Pierre wischte sich mit der Hand über die Augen. Eleni sah ihn forschend an.

»Müde?«, fragte sie.

»Ich bin so viel Wein nicht mehr gewöhnt, denke ich«, antwortete er lächelnd.

»Denkst du etwa, ich?«, lachte sie.

»Vielleicht sollte ich gehen. Es ist schon spät, und ich muss morgen Hundebeine verbinden und Hamstern Blut abnehmen.«

Eleni grinste.

»Na, da will ich auf keinen Fall schuld sein, wenn du die beiden aus Versehen verwechselst!«

Pierre verdrehte die Augen.

Im Flur zog Pierre leicht schwankend seine Schuhe an, und Eleni stand neben ihm und amüsierte sich.

»Was ist?«, fragte er ein wenig genervt, weil er die Schnürsenkel seines zweiten Schuhs nicht geknotet bekam.

»Irgendwie hab ich das Gefühl, dass du seit zehn Jahren dasselbe Schuhmodell trägst!«

Pierre schnaufte abweisend, während es ihm endlich gelang, eine Schleife zu binden.

»Die sind bequem, und warum sollte ich mich damit herumschlagen, ewig Schuhe auszusuchen. Ich geh ins Geschäft und weiß genau, was ich will!«

»Schon gut, schon gut, es kann ja nicht jeder so stilsicher durch die Welt gehen …«

Während Pierre sich etwas schwerfällig erhob, führte er Elenis Satz zu Ende:

» … wie du?«

Eleni zuckte mit den Schultern und lächelte.

Pierre sah Eleni einen Moment lang an.

»Ich hab dich vermisst, *dure à cuire.*«

Eleni lächelte.

»Ich dich auch, *petite poule mouillée.*«

Im Morgengrauen

Damals

Es war ein Tag, an dem die Blumen in ihrem Garten so betörend dufteten, als wollten sie etwas verkünden und ihre Nachricht in alle Himmelsrichtungen verschicken. Nach dem Aufstehen war Eleni gleich in den Garten gerannt, barfuß über die noch kalten Terrassensteine auf den Rasen getapst, um die frische Morgenluft einzuatmen. Es war der erste Tag seit Monaten, an dem sie nicht mit einer Schwere in ihrem Herzen und düsteren Gedanken aufgewacht war. Es war Frühling, und die ersten Farben zeigten sich überall. Etwas Neues würde beginnen, dachte sie, als sie dort stand, sie würde den Schmerz aushalten lernen, ihre Mamie würde neue Kraft schöpfen können. Pépé war nun seit sechs Monaten nicht mehr da, und die Leere, die er zurückgelassen hatte, hatte sich in alle Ecken des Hauses gelegt. Eleni war oft draußen, um den zähen Stunden im Haus zu entfliehen. Wochenlang hatte ihre Mamie auf dem Sofa gelegen, war nur aufgestanden, um sich einen Tee zu kochen, ab und zu bereitete sie das Abendessen vor. Doch größtenteils hatte Eleni die Hausarbeit übernommen, denn ihre Mamie hatte all ihre Energie verloren, und Eleni gelang es nur selten, sie aus ihrer Trauer zu holen. Sie lernte schnell, einige einfache Gerichte zuzubereiten, Spaghetti, Kartoffeln und Gemüse oder Brokkoli-Auflauf zum Mittag, Brot und Aufstrich zum Abendbrot. Sobald ihre Mamie sich wieder auf das Sofa legte, verließ Eleni das Haus, nahm ihr Rad und fuhr in die Wälder oder einfach ziellos durch die Dorfstraßen. Ihre Freunde hatte sie seit dem Unglück nicht mehr getroffen. Ein paarmal hatten sie an ihrer Tür geklingelt, doch jedes Mal hatte sie so getan, als sei sie nicht zu Hause.

An diesem Tag beschloss Eleni, bei ihrer Mamie zu bleiben. Vielleicht würde sie sie zu einem Spaziergang überreden können. Ihre Mamie hatte es geliebt, zusammen mit ihrer Enkelin kleine Abenteuertouren zu unternehmen. Sie hatten sich Geschichten erzählt, kleine Schätze gesammelt, schön gemusterte Steine und Treibholz, die sie in die Beete im Garten legten. Doch nachdem Pépé verunglückt war, hatte Eleni sie nicht mehr aus dem Haus locken können.

Eleni vermisste diese Ausflüge sehr, sie vermisste die Geschichten ihrer Mamie, die sie sich aus dem Stand ausdachte und aus denen sich ganze Romane an einem Nachmittag entsponnen. Ihr fehlte die kleine Welt, die sie und ihre Mamie sich erschaffen hatten und in die sonst niemand Zutritt gehabt hatte, nicht einmal Pépé. Sie wollte diesen Ort wiederhaben, die Sicherheit, die er ihr gab. Gerade jetzt, da die Angst Elenis stetiger Begleiter geworden war, brauchte sie diesen Rückzugsort mit ihrer Mamie mehr denn je.

»Pass auf, dass dir die Füße nicht zu kalt werden.«

Eleni drehte sich um und sah in das lächelnde Gesicht ihrer Mamie, die mit zwei Tassen Tee in ihren Händen in der Terrassentür stand. Überrascht streckte Eleni ihre Arme aus.

»*Bonjour*, Mamie!«

Sie lief zu ihr, nahm ihr eine Tasse aus der Hand und drückte ihr einen Kuss auf die Wange.

»Du bist aber besonders stürmisch heute«, stellte ihre Mamie fest und setzte sich an den Tisch. Eleni konnte es nicht fassen. So lange hatte sie ihre Großmutter nicht mehr draußen auf der Terrasse gesehen, und jetzt saß sie hier, als wäre nichts gewesen.

»Es ist so ein schöner Tag, jetzt gibt sich die Sonne so richtig Mühe!«, sagte Eleni fröhlich.

»Wir sollten einen Ausflug machen«, schlug Mamie ganz unvermittelt vor. »In die Dünen. Wir haben den Ozean lang nicht mehr besucht.«

Eleni sah ihre Mamie irritiert an. Hatte sie tatsächlich vorgeschlagen, ans Meer zu fahren? Vielleicht hatte sie ihre Lethargie endlich abgelegt und würde wieder die alte Mamie werden, dachte Eleni, und ein Funke Hoffnung entflammte in ihr.

Der Gedanke daran, am Ozean zu sein, machte Eleni Angst, aber noch viel mehr fürchtete sie sich davor, dass ihre Mamie wieder melancholisch würde und sich zurück auf die Couch verzog. Sie musste es versuchen. Heute würden die Wellen sanft plätschern und die Sonne den Sand wärmen. Und zusammen mit ihrer Mamie traute Eleni es sich zu, die Bucht zu besuchen. Sie vermisste den Strand schon ein wenig.

Jetzt erhob sich Mamie unvermittelt von ihrem Stuhl und

lief auf die Wiese. Sie blieb mit ausgestreckten Armen stehen und reckte ihr Gesicht in die Sonne.

»Komm schon, Leni, lass uns den Frühling anfeuern!«

Sie hüpfte von einem zum nächsten Beet und grüßte all die kleinen Blüten, die sich ihr entgegenstreckten. Dann lief sie zu Eleni, nahm sie an der Hand und zog sie von ihrem Stuhl. Ein wenig zögernd folgte sie ihrer Mamie auf die Wiese und ließ sich auf einen kleinen Tanz ein. Mamie nahm Elenis Hände und begann, sie mit sich im Kreis zu drehen. Beide begannen nun, ausgelassen zu lachen und zu jauchzen. Irgendwann drehten sie sich so heftig, dass sie das Gleichgewicht verloren und rücklings ins Gras fielen. Schnaufend und gackernd blieben sie eine Weile in dieser Position liegen, der klare hellblaue Himmel über ihnen.

»Na los, ziehen wir uns an!«, rief Mamie plötzlich, rollte sich auf die Seite und stand auf. Überrascht sah Eleni ihr nach, wie sie zurück ins Haus lief.

»Kommst du?« Ihre Mamie hatte sich zu ihr umgedreht und sah sie erwartungsvoll an.

Sie hatten ihre Fahrräder genommen, die etwas platten Reifen mit Luft befüllt und waren den Sandweg in Richtung Bucht geradelt. Mamie war ein völlig anderer Mensch, als wäre sie über Nacht ausgewechselt worden, von der stummen, bewegungslosen Einsiedlerin zur fröhlich singenden Abenteurerin. Sie trat kräftig in die Pedale, sodass kleine Staubwolken hinter ihr aufstoben, immer wieder überholte sie Eleni und wartete an der nächsten Wegbiegung auf sie.

Eleni konnte es nicht fassen, unverwandt betrachtete sie

ihre Mamie und wartete darauf, ein wenig Melancholie in ihrem Blick zu entdecken. Nichts. Beinahe fürchtete sich Eleni davor, dass all die Freude und Leichtigkeit bald wieder vorübergehen würde. Sie riss sich zusammen, wollte nicht daran denken und diesen Tag einfach genießen.

Am Strand ließ ihre Mamie ihr Fahrrad in den Sand fallen, zog sich die Schuhe und Socken von den Füßen und sprang wie ein kleines Kind aufgeregt durch den Sand. Eleni tat es ihr gleich. Sie rannten zum Ufer, staksten auf Zehenspitzen durch die sanften Wellen des Atlantiks, der durch die kalten Stürme in den vorangegangenen Wochen eisig war. Dann ließ ihre Mamie sich rücklings in den Sand fallen. Eleni legte sich neben ihre Großmutter und kuschelte sich an sie. Ihre Mamie hatte die Augen geschlossen und lächelte.

»Es riecht nach Sonne und Meer, es riecht nach … nach den schönsten Tagen«, flüsterte sie.

Eleni erkannte ihre sanfte Stimme wieder, die ihr in den letzten Monaten so gefehlt hatte. Sie lauschte.

»Habe ich dir schon einmal von meinem ersten Ausflug mit Pépé in diese Bucht erzählt?«, fragte ihre Mamie jetzt.

»Ich glaub nicht«, antwortete Eleni und legte ihren Kopf auf die Schulter ihrer Großmutter.

»Pépé und ich kannten uns erst ein paar Wochen. Damals lebte er noch in der Stadt, ging zur Universität, und ich wohnte ein paar Dörfer weiter mit meiner Familie. Wir waren so jung! Eines Tages lud er mich auf einen Ausflug ein. Ich dachte, er würde mich mit dem Auto abholen und wir würden ins Kino oder zu einem Restaurant fahren. So hatte ich es mir immer mit einem Städter vorgestellt, und diese Vorstellung hatte mir auch gefallen. Ich wollte raus aus meinem Dorf, Stadtabenteuer erleben. Und an diesem Tag dann, der Tag unserer Verabredung, rate mal, wie er da vor meiner Tür stand?«

»Wie denn?«, fragte Eleni amüsiert.

»Mit zwei klapprigen Fahrrädern, die er sich im Dorf geliehen hatte, einen Picknickkorb in der einen Hand und ein paar Wiesenblumen in der anderen. Ich war so enttäuscht!« Mamie lachte und klatschte leicht in die Hände. »Hatte extra mein schönstes Kleid und hohe Schuhe angezogen!«

Eleni erinnerte sich an das Kleid, das Mamie bei Pépés Beerdigung getragen hatte.

»Die Schuhe wechselte ich, aber das Kleid behielt ich an. Aus Prinzip. Ich hatte mich so darauf gefreut, es tragen zu können, tagelang hatte ich es immer wieder vor dem Spiegel anprobiert, bin durchs Haus stolziert. Meine ganze Familie hatte sich schon darüber lustig gemacht. Natürlich war es nicht die richtige Kleidung für eine Fahrradtour, aber das war mir egal. Ich weiß noch, wie trotzig ich war, als er mir das Fahrrad reichte, wie wütend ich wurde, als es mir nicht gleich gelang aufzusteigen, und er begann, Witze zu machen. Aber dann, dann zeigte ich es ihm. Ich war schließlich auf dem Land groß geworden, wusste sogar, wie man einen Traktor bediente. Ich sauste an ihm vorbei und rief ihm freche Sprüche zu. Aber das mochte er, er nahm die Verfolgung auf, und wir lieferten uns ein echtes Duell durch die Felder. Bis wir hinter den Dünen ankamen und das laute Rauschen des Ozeans und die salzige Luft uns entgegenschlugen. Er hatte mich zu dieser Bucht gebracht. Zur crique blanche. Ich war vorher noch nie dort gewesen, sie wirkte wie ein kleiner Paradiesstrand, ein Geheimort, von dem niemand außer uns wusste. Wir waren an diesem Tag tatsächlich die Einzigen. Ich verliebte mich sofort in das strahlend türkisblaue Wasser, die rotbraunen Felsen, den weißen weichen Sand. Und die Gräser auf den Dünen, die uns ihre Geschichten ins Ohr flüsterten. Manchmal, wenn ich lange genug hinhörte, glaubte ich, sie zu verstehen. Und Pépé hielt mich für verrückt!«

Mamie hielt kurz inne. Eleni hatte die Augen geschlossen und ihrer Erzählung gelauscht. Die Sonne hatte sie längst wieder aufgewärmt, und eine leichte Brise wehte ihr sanft einige Strähnen in die Stirn, die sie an der Nase kitzelten.

»Wir blieben bis spät in den Abend. Den ganzen Tag hatten wir in der Bucht verbracht, hatten auf unserer Picknickdecke gelegen und uns voneinander erzählt. Nach diesem Tag hatte ich das Gefühl, ihn ewig zu kennen. Als hätte ich schon mein ganzes Leben mit ihm verbracht. Er war mein erster Freund, ich hatte keinen Vergleich und dachte, genau so musste es sein. Aber dein Pépé, der war besonders. Wir waren besonders. Das merkte ich, sobald meine Freundinnen von ihren ersten Verabredungen mit Männern erzählten. Ich wunderte mich, wie anders diese verlaufen waren und wie wenig sie von diesen Männern erzählen konnten. Wenn ich beispielsweise fragte, was ihre Lieblingslieder waren, Bücher, die sie lasen, oder ob sie ihnen von ihren besten Abenteuern erzählt hatten. Meine Freundinnen sahen mich dann mit großen Augen an und schüttelten den Kopf. Sie wussten nur, was die Eltern dieser Männer arbeiteten und wann sie diese Arbeit übernehmen würden, wie viele Kinder sie zu bekommen planten und wo sie sich gern ein Haus kaufen wollten. Dinge, die mich nicht interessierten, die mich langweilten. Da erkannte ich, dass das, was ich mit Noé hatte, nicht alltäglich war. Dass ich einen Glückstreffer gelandet hatte.«

Eleni spürte, wie Mamie kurz schauderte. Sie legte ihren Arm um sie und drückte sie ein wenig an sich.

»Es wird langsam kühl, nicht?«, sagte ihre Großmutter leise und zog ihre Strickjacke über die Schultern.

Eleni wollte mehr hören, sie wollte alles über ihre Mamie und ihren Pépé wissen, konnte gar nicht genug davon bekommen. Sie hätte sich am liebsten weggeträumt in diese Zeit, als ihre Großeltern noch zusammen und glücklich gewesen waren. Als sie noch ihr Leben hatten, so wie sie es sich gewünscht hatten.

Aber auch sie spürte, wie die kalte Luft allmählich ihre Arme und ihren Rücken heraufkroch und sie zittern ließ.

»Was hältst du von einem Crêpe?«

Durchgefroren, aber voller Energie betraten sie Bernadettes Crêperie, um sich eine heiße Schokolade mit Sahne und einen der berühmten *Crêpes caramel au beurre salé* zu genehmigen. Bernadette sah erstaunt zur Tür, als die beiden heiter plappernd hereinkamen, die Beine und Arme voll Sand, wie zwei panierte Schnitzel.

»Was habt ihr denn getrieben?«, fragte sie und nahm erst Eleni, dann Mamie fest in den Arm. Seit Pépés Beerdigung hatten sie Bernadette nicht mehr gesehen, und Eleni freute sich, wie normal und geborgen sich plötzlich alles anfühlte.

»Sind durchs Eiswasser gestakst, haben Sandstreusel gesammelt und uns zwei ordentliche Sonnenbrände geholt«, antwortete Mamie mit ihrer Hasardeurinnenstimme.

»Na, dann habt ihr euch jetzt aber was Leckeres verdient, setzt euch, setzt euch!«

• • •

Gedankenversunken hockte Eleni vor der großen Truhe. In ihren Händen hielt sie das Sommerkleid, das über und über mit roten, blauen und gelben Blumen bestickt war, mit einem breiten Faltenrock, wie es in den Fünfzigerjahren Mode gewesen war. Es roch muffig, doch Eleni versuchte sich vorzustellen, wie es nach diesem Tag in der Bucht geduftet, wie sein Stoff sich mit dem frischen salzigen Wind und der Sommerluft vollgesogen haben musste. Und welches Parfüm an ihm gehaftet hatte. War es ein liebliches, blumiges Duftwässerchen, das Mamie extra für dieses erste Date aufgetragen hatte? Hatte sie vielleicht sogar Pépés Eau de Toilette erschnuppern können, am Abend, als sie längst wieder zu Hause gewesen war, in ihrem Zimmer, ihr Kleid auf dem Schoß, und sich nach diesem wunderbaren Mann sehnte, der stundenlang neben ihr gelegen hatte?

Der Kellerboden war kühl. Eleni wusste nicht, wie lange sie schon hier gesessen hatte. Der Tag mit ihrer Mamie in der Bucht hatte plötzlich wieder so klar vor ihr gestanden, dass sie alles andere vergaß. Sie hatte nicht damit gerechnet, ihr Kleid zu finden, hatte verdrängt, dass sie es vor Jahren in die Truhe verbannt hatte, um nicht mehr an ihre Mamie denken zu müssen.

Abschiede

Damals

Am Tag nach dem Ausflug mit ihrer Großmutter wachte Eleni früher auf als sonst. Das Haus lag still und dunkel da, die Nacht hatte ihre Pflicht noch nicht gänzlich getan. Eleni hüpfte aus ihrem Bett und tapste schlaftrunken in die Küche.

»Mamie?«, fragte sie flüsternd in den Raum hinein. Doch niemand antwortete. Eleni ging zum Herd und legte eine Hand prüfend an den Wasserkessel. Noch warm. Regungslos lauschte sie ins Haus. Kein Mucks. Lediglich das monotone, beruhigende Brummen des Kühlschranks war zu hören.

Auf Zehenspitzen ging sie den Flur entlang, bis sie an der Schlafzimmertür ihrer Mamie angekommen war. Sie drückte die Klinke herunter und spähte durch einen kleinen Spalt in das Zimmer. Die Vorhänge waren noch zugezogen, es war dunkel im Raum, doch etwas stimmte nicht. Eleni lauschte konzentriert. Kein Atmen, kein leises Schnarchen. Eine unheimliche Stille schlug ihr entgegen.

»Mamie?«, sagte Eleni noch einmal flüsternd. Keine Antwort. Nervös betrat sie das Zimmer, öffnete die Vorhänge und blickte auf ein leeres Bett. Dann sah sie die offen stehende Schranktür, die Kleiderbügel waren zur Seite geschoben, und an der hinteren Wand des Kleiderschranks, an einem Haken befestigt, hing ein großer Kleidersack, in der Mitte ein Reißverschluss, der halb geöffnet war. Eleni ging näher heran und zog den Verschluss ganz auf. Zum Vorschein kam das Kleid, das ihre Mamie nur wenige Monate zuvor zu Pépés Beerdigung getragen hatte. Sie nahm es aus dem Schrank. Langsam ließ sie das Kleid sinken. Was hatte das zu bedeuten?

Eleni lief hastig zurück in die Küche, knipste das Licht an und sah sich um. Mamie war nicht da. Sie zitterte am ganzen Körper. Ihr Blick fiel auf den Küchentisch. An der Vase lehnte ein Umschlag, auf dem in Handschrift geschrieben stand: *Für meine Leni.*

Es fühlte sich an, als hätte die Luft zwischen ihr und dem Tisch mit einem Mal den Aggregatzustand geändert, war fest und undurchdringbar geworden. Eleni blieb stehen, schaffte es nicht, ihren Fuß zu heben und ihn in Richtung Küchentisch zu bewegen. Eine unsichtbare Kraft hielt sie zurück, der Raum um sie herum wurde enger und enger, etwas presste gegen ihre Brust, ihren Hals, ihren Bauch. Wie breite Fesseln, die ihr alles abschnürten und sie jetzt nur noch eines spüren ließen: Panik.

Meine geliebte Leni,

hab keine Angst. Mir geht es gut. So gut wie schon lange nicht mehr. Und weißt du, was der Grund dafür ist? Du. Du bist schon immer der Grund gewesen, für all mein Glück.

Wie wunderwunderschön unser Tag in der weißen Bucht

war. Wie lieb ich dich hab. Wie unglaublich, unendlich lieb ich dich hab. Wie schwer es mir fällt, dir diese Zeilen zu schreiben, obwohl ich sicher bin, dass es richtig ist.

Du bist jetzt fast achtzehn Jahre alt, und ich könnte nicht stolzer auf dich sein. Du bist so schnell erwachsen geworden, hast so viele Freunde gefunden, und das ganze Dorf ist zu deiner Familie geworden. Sie werden dich beschützen, das weiß ich. Ich lasse dich nicht allein. Du bist von den wunderbarsten, besondersten Menschen umgeben. Versprich mir, dass du zu ihnen gehst, wann immer du etwas brauchst. Du weißt, wo du alle wichtigen Unterlagen und unser Erspartes findest. Wir haben immer für dich vorgesorgt, dir soll es nie an etwas fehlen.

Ich danke dir, meine liebe Leni. Danke für diesen einen zauberhaften Tag, der noch einmal all die Wärme und Freude zurückgebracht hat. Es hat sich wie unser Leben angefühlt. Noch einmal unser Leben. All die Energie, die du mir gegeben hast, habe ich aufgesogen, festgehalten, so gut ich konnte. Ich wünschte, ich könnte sie für immer festhalten. Bitte verzeih mir. Aber ich glaube, ich selbst habe keine Reserven mehr. Keine Kraft, keine Freude. All die Energie, das Lachen, die Geschichten … du hast sie mir gegeben. Nur du allein. Doch das reicht nicht für immer, für uns beide. Du brauchst deine Kraft, deinen Lebensmut, deine Fröhlichkeit, du brauchst sie für dich. Ohne Pépé bin ich im Dunkeln. Ich spüre, wie sein Gesicht allmählich verblasst, seine Stimme leiser wird. Er kommt mir abhanden, und das halte ich nicht aus. Bitte verzeih mir, aber ich kann den Gedanken nicht ertragen, dich festzuhalten, einzusperren mit mir in diesem Haus. Ich will, dass du Großes erlebst, rausgehst, die Welt siehst, liebst! Du sollst nicht an mir hängen bleiben, Leni. Dein Leben ist deines. In den letzten Monaten hast du mir viel zu viel davon gegeben. Ich möchte es dir wieder zurückgeben. Bitte vergib mir, bitte verstehe mich. Ich bin bei Pépé, und wir beide sind immer bei dir. Behalte mich so in Erinnerung, wie ich gestern in der weißen Bucht gelacht, erzählt und gesungen habe.

Deine dich für immer liebende
Mamie

Zitternd saß Eleni auf dem Küchenstuhl, las den Brief ihrer Mamie immer und immer wieder. Vielleicht wollte sie etwas zwischen den Zeilen finden, etwas, das ihr sagte, dass all das nicht wahr sei. Sie schaute sich die Schrift ganz genau an, untersuchte sie nach Hinweisen, dass nicht ihre Mamie, sondern jemand anders vielleicht den Brief verfasst hatte. Doch sooft sie die Zeilen auch las, es blieb Mamies Handschrift.

Es war *ihr* Abschiedsbrief. Und als die ersten Sonnenstrahlen ins Fenster fielen, die Vögel in den Baumwipfeln zu zwitschern begannen und die Nacht ihren Schutzmantel endgültig lüftete, traf es Eleni mit voller Wucht. Ein markerschütternder Schrei fuhr ihr aus der Kehle, sie schlug mit beiden Fäusten auf die Tischplatte, wodurch die gläserne Vase umfiel und mitsamt den frischen Blumen vom Tisch rollte. Mit einem lauten Klirren zersprang sie in tausend Scherben, das Wasser verteilte sich über den Tisch und tropfte zu Boden.

Eine Kälte, die sie nie zuvor gespürt hatte, erfasste Elenis

Körper und ließ ihre Gliedmaßen beben. Langsam kroch das Wasser in den Stoff ihres Pullovers, doch Eleni blieb starr sitzen, nur hin und wieder fuhr ihr ein Zucken durch den Leib, und sie schluchzte auf.

So verharrte sie und vergaß die Zeit und alles um sich herum.

Ein paar Tage später saß Eleni allein im Wohnzimmer des Waldhauses und versuchte, die Gespräche der Beerdigungsgäste auszublenden. Alles, was sie wahrnahm, war ein dumpfes, immer gleichbleibendes Rumoren. Wie unter Wasser. Die Sitzfläche des Holzstuhls war hart, die Kanten pressten sich in ihre Oberschenkel und machten ihre Beine taub. Doch Eleni bewegte sich nicht vom Fleck. Sie spürte ein unangenehmes Kribbeln in ihren Füßen.

»Die sind eingeschlafen«, hatte ihre Mamie immer gesagt, wenn Eleni zu lange im Schneidersitz gesessen hatte und ihre Beine wie verrückt zu kribbeln begannen. Dann hatte ihre Mamie sie ganz schnell hochgezogen, sie aufgestellt und durch den Raum tanzen lassen. Zuerst war es unerträglich gewesen, sie hatte gestöhnt und geschnauft, das Gefühl von tausend Ameisen in ihren Beinen nicht ausgehalten. Doch nach ein paar Sekunden hatte das Tanzen gewirkt.

Eleni wollte nicht aufstehen. Sie wollte sich nie wieder bewegen, nie wieder tanzen. Ihre Augen hielt sie fest geschlossen, versuchte alles, was draußen war, auszublenden. All diese Leute waren in ihr Haus gekommen, um Kuchen zu essen, auf ihrem Sofa zu sitzen oder im Garten, und sich über ihre Mamie zu unterhalten. Manchmal begannen sie zu weinen, doch die meisten lachten, erzählten sich Geschichten und taten so, als wäre sie noch da. Oder als würde sie jeden Moment zur Tür hereinkommen.

Eleni wollte die Geschichten nicht hören. Sie wollte überhaupt nichts hören. Nicht, wie toll ihre Mamie gewesen war, wie sehr man sie vermissen würde, dass alles wieder gut werden würde. Nichts davon.

Eleni wollte Mamie vergessen.

In ihr hatte sich ein Gefühl festgesetzt, seitdem sie den Brief auf dem Küchentisch gefunden hatte. Die Kälte, die sich an diesem Morgen über ihren ganzen Körper gelegt hatte, war sie nicht wieder losgeworden. Immer wieder begann sie, schrecklich zu zittern. Dazu war noch etwas anderes gekommen, das in ihrem Magen lag, sich manchmal aufbäumte und bis in ihre Kehle hineinreichte. Dann wollte sie am liebsten schreien, verzog ihr Gesicht und versuchte, die Tränen zu unterdrücken. Doch es waren keine Tränen aus Traurigkeit. Das, was Eleni jetzt spürte, war etwas anderes. Es war Wut. Rasende Wut. Auf ihre Mamie. Auf ihren Pépé. Darauf, dass sie nicht vorsichtiger gewesen waren, dass sie sie alleingelassen hatten. Eleni hatte die ganze Zeit geglaubt, sie wären im selben Team gewesen. Zusammen hätten sie es geschafft. Seite an Seite, Hand in Hand. Und dann hatte ihre Mamie einfach ihre Hand weggezogen und sie alleingelassen. Wie sollte sie das alles schaffen? Sie hatte es einfach so entschieden, ohne Eleni zu fragen, was sie eigentlich wollte. Hinter ihrem Rücken hatte sie Eleni verlassen, sich klammheimlich davongemacht. Nie wieder wollte sie über ihre Mamie nachdenken müssen, nie wieder wollte sie auch nur ein Wort über sie reden oder diesen Leuten dabei zuhören müssen, was sie über ihre Mamie, die Verräterin, zu sagen hatten.

Sie spürte eine Hand auf ihrer Schulter und zuckte heftig zusammen. Ihre Augen hielt sie weiter geschlossen.

»Leni?«, hörte sie eine leise Stimme neben sich.

»Leni, ich bin's, Pierre.«

Sie schüttelte den Kopf und kniff die Augen fester zusammen.

Dann hörte sie für einen Moment nichts mehr. Nur ein gleichmäßiges Atmen. Pierre musste neben ihr sitzen geblieben sein.

»Ich will, dass du gehst, Pierre. Ich will, dass ihr alle geht«, sagte sie dann in die Stille hinein. Sie hörte, wie das Atmen neben ihr kurz verstummte.

»Okay, Leni«, murmelte Pierre, seine Stimme klang traurig, »aber wenn du etwas brauchst, ich bin hier.«

Eleni lauschte seinen Schritten und hörte, wie er mit den Beerdigungsgästen redete, dann die Haustür leise ins Schloss fiel. Sie blieb sitzen. Draußen war noch immer das Stimmengewirr zu hören, aber langsam wurde auch das leiser. Sie war erleichtert, als sie niemanden mehr hörte. Sie wollte allein sein.

Nach einer Weile ging sie zur Haustür und spähte durch den Spion. Sie sah, wie Pierre noch immer im Vorgarten stand und etwas verloren auf den Wald blickte.

Als sie die Tür aufriss, wandte er sich ihr erwartungsvoll zu.

»Leni … was?«, stotterte Pierre.

»Ich will, dass du endlich gehst«, sagte sie nun noch einmal mit fester Stimme.

Pierre sah sie fassungslos an.

»Und ich will, dass niemand mehr vorbeikommt. Das ist mein Haus, ich bin fast volljährig, und ich kann machen, was ich will.«

Sie griff in ihre Hosentasche und streckte Pierre ihre zitternde Hand entgegen. In ihrer Handfläche lag der Mausschädel.

Pierre starrte darauf, und als er seinen Kopf hob, blickte Eleni erschrocken in seine tränengefüllten Augen. Ein kurzer, stechender Schmerz durchfuhr sie. Sie hasste ihn dafür, dass er sie so fühlen ließ. Diese verdammte Trauer, die Wut, das alles tat so unglaublich weh.

Er nahm den Schädel und steckte ihn ein.

»Ich will einfach nur allein sein«, rief sie, und ihre Stimme versagte.

Eleni ließ Pierre stehen und rannte zurück zum Haus.

Noch wochenlang war Pierre jeden Tag zu ihrem Haus gekommen, hatte geklingelt und geklopft, ihren Namen gerufen. Doch Eleni hatte sich längst in ihr Inneres zurückgezogen. Hatte nichts mehr wahrgenommen, Pierres Entschuldigungen nicht gehört. Niemanden hatte sie mehr an sich herangelassen. Sie hatten ihr Kuchen gebacken und Aufläufe gebracht, die ganze Nachbarschaft hatte sich um sie gesorgt. Nach einigen Monaten war es dann immer ruhiger geworden. Nur ab und zu waren noch Dorfbewohner an dem Haus vorbeigekommen, waren für einen Moment stehen geblieben. Eleni hatte oft im Schlafzimmer, unter dem Fenster zum Vorgarten, gesessen und ihren Unterhaltungen gelauscht. Manchmal hatte sie dann laut Musik gehört, um zu signalisieren, dass sie noch am Leben war.

Dann sah sie, wie sie weiterspazierten.

Und sie war wieder allein.

TEIL III

Losgehen

Auf der Lauer

Woher kennst du all meine Geschichten?

Eleni legte den Stift beiseite und steckte ihre Nachricht an den Blumenboten in einen Umschlag. Sie sah zu Pierre, der neben ihr saß und ihr interessiert zusah.

»Willst du zusammen mit mir warten?«

Pierre sah sie stirnrunzelnd an.

»Du willst dich stundenlang auf die Lauer legen? Was, wenn er erst in zwei Tagen auftaucht?«

Eleni dachte nach.

»Du hast recht. Warten bringt nichts.«

Dann sah sie ihn mit großen Augen an und nahm ihren Laptop. Sie tippte auf der Tastatur und drehte schließlich den Bildschirm zu Pierre, sodass er sehen konnte, was sie im Internet gefunden hatte.

»Überwachungskameras?«

»Das ist perfekt! Ich befestige einfach eine Kamera am Haus und lasse sie laufen. Sobald eine neue Blume vor der Tür steht, schaue ich mir das Videomaterial an, und zack – auf frischer Tat ertappt!«

Eleni strahlte über das ganze Gesicht.

»Die sind ziemlich teuer«, sagte Pierre und öffnete einige der Produktbeschreibungen. »Und groß. Was, wenn er die Kamera bemerkt?«

»Wir müssen sie eben gut verstecken! Komm schon, früher hast du Detektivspiele geliebt!« Eleni knuffte Pierre in die Seite und grinste.

Pierre zuckte mit den Schultern, klickte ein wenig auf den Seiten hin und her und schob dann den Laptop wieder zu Eleni.

»Die scheint am einfachsten zu installieren zu sein. Und zu teuer ist sie auch nicht.«

Eleni wandte sich wieder fieberhaft dem Bildschirm zu.

»Bestellt«, sagte sie nach einigen Minuten. »In ein paar Tagen werden wir Gewissheit haben. Ist das nicht aufregend?«

Pierre lachte und verdrehte die Augen.

»Du musst wirklich mal wieder raus.«

Eleni machte einen Schmollmund und schüttelte den Kopf. »Und du musst mal wieder ein bisschen Spaß haben!«

Das Paket kam zwei Tage später an. Eleni riss es ungeduldig auf, legte alles auf den Boden und begann, die Anleitung zu lesen. Anemone hoppelte, etwas ungelenk mit dem verbundenen Pfötchen, zwischen den Einzelteilen herum und beschnupperte alles ausgiebig. Nach einer Weile atmete Eleni frustriert aus und strich sich mit der Hand über die Stirn.

»Wer soll das denn verstehen?«

Anemone blickte auf und sah sie forschend an, ihr Näschen wackelte auf und ab. Eleni lächelte.

»Du bist wohl auch keine große Hilfe.«

Sie stand auf und ging in den Flur, wo an der Wand das Telefon hing. Ohne lange zu überlegen, nahm sie den Hörer und tippte eine Nummer ein.

»Ich brauche deine Hilfe.«

Am frühen Abend stand Pierre vor ihrer Tür. Eleni bat ihn herein, führte ihn gleich ins Wohnzimmer und deutete auf die Kamera und das Zubehör.

»Ich habe die Anleitung bestimmt dreimal durchgelesen«, sagte sie mit einem resignierten Gesichtsausdruck, »ich hoffe, du hast dir in den vergangenen Jahren auch ein paar technische Fertigkeiten angeeignet.«

Seufzend hockte sich Pierre vor die Einzelteile und sah sich alles genau an. Dann begann er, in der Bedienungsanleitung zu lesen.

»Du könntest mir wenigstens ein Glas Wasser anbieten«, grummelte er leise.

Eleni sprang auf und lief in die Küche.

»Oh, Mist, tut mir leid, Pierre, ich war so auf dieses blöde Ding fixiert«, sagte sie entschuldigend.

»Schon gut. Aber später erwarte ich ein Abendessen und mindestens ein Dessert, damit das klar ist.«

»Zu Befehl!« Eleni stampfte mit ihrem Fuß auf und hielt sich die flache Hand an die Stirn, als würde sie salutieren.

Pierre unterbrach seine Lektüre und sah irritiert zu ihr auf.

»Du bist echt bescheuert«, sagte er.

Drei Stunden später war die Kamera an der Hauswand angebracht. Eleni hatte zudem noch eine kleine Pflanze davorgehängt, sodass man sie nicht direkt sehen konnte.

Gemeinsam standen sie im Vorgarten und betrachteten ihr Werk.

»Perfekt. Oder?«

»Die Pflanze wirkt ein bisschen fehl am Platz, wie sie da unter dem Dach baumelt«, bemängelte Pierre.

»Ach, besser als nichts. So ist die Kamera wirklich perfekt getarnt«, sagte Eleni zufrieden.

»Die Sicht ist aber gut«, bestätigte Pierre, der in seinen Händen einen kleinen Kontrollbildschirm hielt, auf dem man genau beobachten konnte, was die Kamera filmte.

»Jetzt müssen wir nur noch abwarten, bis der geheimnisvolle Bote sich zu erkennen gibt«, sagte Eleni und verschränkte die Arme vor der Brust.

»Aber vorher könnten wir ein ausgiebiges Dinner veranstalten«, schlug Pierre vor, legte seine Hand auf den Bauch und blickte flehend zu Eleni.

»Na komm, ich mach dir den besten Auflauf, den du je gegessen hast!«

Pierre sprang auf und folgte ihr ins Haus.

Eleni stellte die noch heiße Auflaufform auf den Küchentisch, während Pierre eine Flasche Weißwein öffnete und ihn in ihre Gläser einschenkte.

»Und was machst du, wenn du den Blumenboten gestellt hast?«, fragte er und legte ihr ein Stück von dem Auflauf auf den Teller.

»Keine Ahnung. Ich will einfach wissen, wer mir diese Nachrichten schickt.« Eleni schob sich ihre prall gefüllte Gabel in den Mund. Sie konnte sich ein genießerisches »Mmmh« nicht verkneifen.

»Den hab ich lang nicht mehr gemacht!«, sagte sie kauend und hielt sich die Hand vor den Mund. »Gut, dass ich Mamies Rezept wiedergefunden habe!«

Pierre nickte bestätigend.

Beide aßen sie eine Weile schweigend, bis Eleni kurz innehielt und Pierre musterte.

»Bist du denn gar nicht neugierig, woher die Blumen und Briefe kommen?«, fragte sie.

Pierre legte nachdenklich seine Gabel nieder und wischte sich mit der Serviette den Mund ab.

»Doch, schon«, sagte er zögerlich.

»Aber?«, hakte Eleni nach.

»Nichts aber. Es ist nur … es ist ein bisschen wie gegen die Regeln spielen, findest du nicht?«

»Was meinst du damit?«, fragte Eleni erstaunt.

»Na ja, du bekommst all diese Rätsel, oder?«

Eleni nickte erwartungsvoll.

»Auf mich wirkt es wie ein Spiel. Vielleicht ist die Lösung ja gar nicht, wer der geheime Bote ist, sondern, was du aus den Nachrichten machst. So wie unsere Schatzsuchen früher, erinnerst du dich?«

»Wie eine Wegbeschreibung?«, fragte Eleni verwirrt.

»Vielleicht. Keine Ahnung. Vielleicht ist es eine Wegbeschreibung zu dir selbst. Es sind schließlich alles Geschichten über dich, Leni. Eine innerliche Schatzsuche sozusagen. Mag sein, dass ich zu viel hineininterpretiere.«

Pierre starrte auf seinen Teller und kratzte den restlichen Auflauf mit seiner Gabel zusammen. Er schob sich den letzten Bissen in den Mund und spülte ihn mit einem kräftigen Schluck Weißwein herunter.

Zerstreut nahm auch Eleni ihr Weinglas und sah zu Pierre. Auf seinem Gesicht lag eine Ernsthaftigkeit, aber auch Sanftheit, die Eleni noch nicht von ihm kannte. Jetzt wurde ihr erst so richtig bewusst, wie sehr er sich verändert hatte. Natürlich war er nicht mehr der wilde, alberne Siebzehnjährige, den sie in all den Jahren in ihren Gedanken getragen hatte. Er war erwachsen geworden und sagte Dinge, die sie nachdenklich stimmten. Sie war neugierig, mehr von diesem neuen Pierre kennenzulernen.

Spurensuche

Eleni trat hinaus in den Garten. Aus dem Augenwinkel bemerkte sie sofort die Pflanze, die nun in der einen Ecke unter dem Dach hing. Ja, sie wirkte tatsächlich etwas fehl am Platz. Niemand würde einen Blumentopf so hoch, direkt unterm Dach anbringen. Aber das dachte sie auch nur, weil sie genau wusste, dass sich dahinter die Kamera befand. Sie konnte sich nicht vorstellen, dass es sonst jemandem auffallen würde.

Die Kamera fing alles ein, was sich zwischen dem Gartentor und der Haustür abspielte. Eleni legte ihren Briefumschlag auf den Treppenabsatz und kehrte zurück ins Haus. Anschließend überprüfte sie den Bildschirm, den Pierre neben dem Eingang an der Wand angebracht hatte. In der unteren Ecke des Bilds sah sie den Umschlag liegen. »Perfekt«, sagte sie, »heute Abend werde ich vielleicht schon wissen, wer du bist.«

»Und? Hast du deinen geheimnisvollen Boten schon gestellt?«, fragte Pierre am anderen Ende der Leitung.

Eleni hatte den Telefonhörer zwischen Schulter und Ohr geklemmt und bereitete das Abendbrot für sich selbst und

Anemone vor. Sie schälte ein paar Äpfel und Karotten und rupfte einige Salatblätter in kleine Stücke.

»Ich hab ihm eine Nachricht vor die Tür gelegt. Aber noch hat sich nichts getan«, antwortete Eleni kauend, weil sie sich eines der Apfelstückchen in den Mund geschoben hatte.

»Hm«, hörte sie nur.

»Hm?«, fragte sie zurück.

Für einen kurzen Moment dachte sie, dass die Verbindung unterbrochen worden war, doch dann setzte Pierre zu einer Antwort an.

»Vielleicht war die Kamera doch keine gute Idee. Er scheint das Haus schließlich zu kennen, oder? Meinst du nicht, es würde ihm auffallen, wenn etwas anders ist?«

Eleni stellte das Salatschälchen auf den Boden, woraufhin Anemone angehumpelt kam und losknabberte.

»Aber woher soll er wissen, dass es eine Kamera ist?«, fragte sie ein wenig ungehalten.

»Kann doch sein, dass er uns beim Anbringen beobachtet hat?«, mutmaßte Pierre.

Daran hatte sie nicht gedacht. Sie ärgerte sich direkt über ihre Nachlässigkeit und murmelte ein leises »Mist« vor sich hin, während sie sich eine Scheibe Brot abschnitt.

»Warten wir mal ab. Es ist ja noch nicht mal ein Tag vergangen. Er wird schon kommen«, sagte sie dann, wie um sich selbst zu beruhigen.

In der Nacht wurde sie von einem lauten Klopfen an der Haustür aus dem Schlaf gerissen. Erschrocken fuhr sie hoch. Als Eleni ins Bett gegangen war, hatte der Umschlag noch immer auf dem Treppenabsatz gelegen. Jetzt lief sie aufgeregt in den Flur und kontrollierte den Überwachungsbildschirm.

Der Umschlag war verschwunden. Niemand war zu sehen. Sie trat vor die Tür und fand an seiner Stelle nur ein eingerolltes Blatt Papier, verschnürt mit einem roten Faden. Keine neue Blume.

Eleni hob die Rolle hoch, ging zurück ins Haus und begann, hastig auf den Tasten des Bildschirms herumzudrücken, um die Aufnahmen anzusehen. Sie ließ das Video in doppelter Geschwindigkeit abspielen und sah gebannt auf den Bildschirm. Da. Auf dem Video war zu sehen, wie sich das Licht vor dem Haus durch den Bewegungsmelder einschaltete, dann eine Gestalt, die sich der Haustür näherte, mit geballter Faust an die Tür klopfte und eilig wieder verschwand. Zu schnell, dachte Eleni, drückte den Stopp-Knopf und spulte zurück. Dann ließ sie das Band noch einmal in normaler Geschwindigkeit laufen. Sie konnte nichts erkennen, das Gesicht der Gestalt war verhüllt.

»Verdammt«, rief sie und stampfte mit ihrem Fuß auf dem Boden auf. Sie hörte, wie etwas neben ihr davonflitzte. Anemone hatte sich zu ihr gesellt und nun erschrocken das Weite gesucht.

Langsam zog Eleni den Faden von der Papierrolle und öffnete sie.

Manchmal liegt die Erleuchtung ganz nah.

Jetzt wurde diese ganze Sache endgültig zu einem Rätselspiel. Früher hatte sie oft mit ihren Großeltern ein Brettspiel gespielt, bei dem man einen roten Diamanten finden und dazu Rätsel lösen musste. Sie hatte das Spiel geliebt. Grübelnd ging sie ins Wohnzimmer. Als sie aufblickte, bemerkte sie, dass sich das Licht verändert hatte. Sie hatte die Lampen im Haus nicht eingeschaltet, aber jetzt lag ein warmer Schein auf dem Dielenboden. Eleni sah sich um. Das Schimmern kam von draußen!

Als sie aus dem Fenster sah, erblickte sie den gesamten Garten erleuchtet durch unzählige kleine Kerzen. Es wirkte wie ein Märchen, ein zauberhaftes Märchen.

Eleni hielt sich überwältigt die Hand vor den Mund.

»Was zum …«, flüsterte sie.

Etwas zögerlich öffnete sie die Terrassentür und trat heraus. Die Kerzen waren in kleine Einweggläser platziert und über die Wiese verteilt worden. Es schien, als sollten sie ihr den Weg in den hinteren Teil des Gartens, bis zu den Brombeerbüschen, weisen. Eleni blieb wie angewurzelt stehen. Es war mitten in der Nacht, und nur die Kerzen erhellten das Grundstück. Drum herum, im Wald, war es düster. Sie wurde nervös, sah sich um, konnte hinter dem Zaun aber nichts erkennen. Neben ihr hoppelte in diesem Moment Anemone ganz gelassen über die Terrasse auf den Rasen, schnupperte an den Kerzen und folgte ihnen bis zu den Büschen. Das Kaninchen schien keine Gefahr zu wittern. In letzter Zeit war das Tier wie ein Wachhund für Eleni geworden. Es horchte auf, wenn es ein unbekanntes Geräusch vernahm, verzog sich blitzschnell unter dem Couchtisch, wenn ihm etwas Angst einflößte. In diesem Augenblick aber war Anemone ganz ruhig. Eleni löste sich aus ihrer Starre und nahm all ihren Mut zusammen. Langsam folgte sie dem Kaninchen und blieb schließlich vor den Brombeersträuchern stehen. Auf den bunten Kacheln, ihrem Lieblingsplatz, standen noch mehr leuchtende Kerzen, sie formten einen Kreis, und in seiner Mitte stand ein Blumentopf.

Eleni hockte sich neben die Pflanze und betrachtete sie. Sie streckte eine Hand nach den winzigen blauen Blüten aus und strich sanft darüber.

»Vergissmeinnicht«, flüsterte sie.

• • •

»Nicht viele Brombeeren dieses Jahr«, sagte Eleni enttäuscht, als sie mit einem kleinen Körbchen in die Küche kam. Théo betrachtete ihre Ernte.

»Vielleicht haben wir sie zu wenig beachtet«, überlegte er.

Dann öffnete er den Laptop und tippte etwas ein.

»Hier«

Er zog Eleni einen Stuhl vom Tisch, damit sie sich neben ihn setzen konnte, und zeigte ihr, was er gefunden hatte. »Brombeeren brauchen Partnerpflanzen, um sich bestmöglich entwickeln zu können. Schau mal, hast du nicht gesagt, du hättest kleine Maden an manchen Blättern gefunden?«

Eleni nickte und las den Artikel, den Théo geöffnet hatte.

»Himbeerkäfer?«, fragte sie.

»Scheinbar mögen die auch Brombeeren. Und hier steht, was dagegen hilft.«

Théo zeigte auf einen blau hervorgehobenen Absatz.

»Vergissmeinnicht unter die Sträucher pflanzen, um sie

vor dem Käfer zu schützen. Weiter fördern Knoblauch, Lavendel, Ringelblumen und Thymian die Vitalität der Beerensträucher«, las Théo laut vor.

»Ich wollte schon immer eine Wiese voller Vergissmeinnicht«, sagte Eleni.

Es war das zweite Jahr, das Théo mit ihr im Haus lebte. An einem milden Sommerabend streuten sie bestimmt zehn kleine Tütchen Vergissmeinnicht über die ganze Wiese und verteilten die Samen auch unter den Brombeersträuchern.

»Nächstes Jahr haben wir nicht nur die besten Brombeeren, sondern auch noch ein blaues Blütenmeer direkt vor dem Fenster!«, rief Eleni, als sie nach getaner Arbeit müde und zufrieden auf der Terrasse saßen.

»Das Meer direkt vor der Tür. Gefällt mir.«

Théo lächelte, legte seine Hände auf Elenis Wangen und küsste sie.

• • •

Ein Jahr später hätten sie blühen sollen. Doch als Théo nicht mehr da war, schien es, als hätten sich auch der Garten und alle Blumen darin in tiefe Trauer gelegt. Nichts Neues war mehr gewachsen, die kleinen blauen Blüten hatten sich Eleni nie gezeigt.

Und jetzt stand dieses zauberhafte Vergissmeinnicht vor ihr. Als Eleni den Topf hochnehmen wollte, hörte sie etwas raschelnd zu Boden fallen. Sie tastete mit ihrer Hand über die Kacheln und fand ein ganzes Bund Tütchen, gefüllt mit Samen.

Am nächsten Morgen erwachte Eleni früh. Das Licht, das durch ihre Vorhänge fiel, war noch blass, Anemone lag eingerollt am Fußende des Bettes und rührte sich nicht.

Die Aufregung vom Vorabend ließ Eleni nicht in Ruhe. Sie nahm das Telefon und setzte sich damit aufs Sofa.

»Er hatte ein Tuch vorm Gesicht! Und dann hat er noch Kerzen im Garten verteilt, überall auf der Wiese und hinten bei den Brombeersträuchern«, sagte sie aufgewühlt in den Hörer.

»Was?« Pierres Stimme klang brüchig, als wäre er gerade erst aufgewacht. Erschrocken sah Eleni zur Uhr.

»Pierre, tut mir leid, ich habe gar nicht gesehen, wie früh es ist!« Sie biss sich auf die Unterlippe und schüttelte den Kopf. Wie achtlos von ihr!

»Schon gut«, murmelte Pierre. Eleni hörte ihn gähnen.

»Ich war so aufgeregt wegen des Videos und der Kerzen. Ich wollte dich wirklich nicht wecken«, entschuldigte sie sich noch einmal.

»Er hat Kerzen im Garten aufgestellt?«, fragte Pierre ungläubig, »bist du sicher, dass das kein Traum war?«

»Sehr witzig. Komm halt vorbei und sieh's dir selbst an. Eine neue Blume war auch da und Samen. Und der Umschlag ist weg«, sagte Eleni.

»Scheint ja eine aufregende Nacht gewesen zu sein! Und konntest du etwas auf dem Überwachungsvideo erkennen?«

»Nichts! Das Gesicht war verhüllt, unter einem Schal oder so.«

Pierre schwieg.

»Und er hat sich ganz deutlich von der Kamera weggedreht. Du hattest recht, er hat etwas geahnt!«

»Jetzt beruhig dich erst mal«, sagte Pierre, »kannst du vielleicht etwas anderes erkennen? Einen auffälligen Kleidungsstil oder so?«

»Warte.«

Eleni lief mit dem Telefon wieder zum Bildschirm. Sie sah sich das Video noch einmal an.

»Er trägt ziemlich weite Klamotten. Ich könnte nicht mal sagen, ob er schlank oder kräftig ist.«

Eleni dachte kurz nach.

»Meinst du, das hat er auch mit Absicht gemacht?«, fragte sie jetzt in den Hörer.

»Scheint ein ziemlich cleveres Kerlchen zu sein, dein Blumenbote«, witzelte Pierre.

»Na toll, ein bisschen weniger clever wäre mir lieber gewesen.«

»Und jetzt?«, fragte Pierre.

»Keine Ahnung. Jetzt warte ich wieder auf die nächste Lieferung, und dann sehen wir weiter.«

Den Vormittag verbrachte Eleni im Garten, wässerte und düngte ihre Beete und die Brombeeren und harkte einige Blätter und kleine Äste zusammen, die der Wind, der vom Ozean kam, auf ihre Wiese getragen hatte. Die neuen Blumen, die sie in den letzten Wochen gepflanzt hatte, entwickelten sich ganz wunderbar. Eleni liebte die Farben, das zarte Rosa der Anemone, die abricotfarbene Ranunkel, die violetten Lavendelpflänzchen. So langsam erwachte alles wieder zum Leben.

Sie war gerade damit beschäftigt, den letzten Blätterhaufen zusammenzuschieben, als sie die Türklingel hörte. Sie hielt inne. Sie hatte sich nicht mit Pierre verabredet, aber vielleicht war er tatsächlich vorbeigekommen, um die Einweggläser mit den Kerzen zu sehen, die noch immer im Garten standen. Als würde sie sich die Geschichte ausdenken, dachte Eleni empört. Es klingelte noch einmal. Sie legte die Harke nieder und ging ins Haus.

Auf dem Bildschirm erkannte sie Pierres Onkel Iven, der vor dem Gartentor stand, in einer Hand eine Kühlbox, mit der anderen winkte er fröhlich in die Kamera.

Überrascht öffnete Eleni die Tür.

»Wie geht es dem Viech?«, fragte Iven.

Eleni lächelte und bedeutete Iven hereinzukommen.

»Es hoppelt schon wieder, zwar etwas mühsam, aber es hoppelt«, rief sie ihm zu.

Er schob das Tor auf.

»Ich hab noch eine Salbe für das Füßchen mitgebracht«, sagte Iven.

Eleni blickte auf die Kühltruhe in seiner Hand.

»Und was ist das?«

»Pierre lässt dich lieb grüßen. Er hat heute mehrere Hunde und Katzen im OP und konnte nicht selbst vorbeikommen.«

Iven grinste, und Eleni sah ihn erstaunt an.

»Er meinte, du seiest wahrscheinlich viel zu sehr mit deiner Kamera und dem Video von letzter Nacht beschäftigt, um dir etwas Gutes zum Mittag zu kochen.«

»Pierre hat gekocht?« Eleni blickte etwas zweifelnd drein. Iven lachte.

»Keine Sorge. Das ist meine berühmte *Quiche à la sardine*. Die gab es gestern zum Abendbrot, und Pierre bestand darauf, etwas für dich aufzuheben.«

Erwartungsvoll stand Iven vor ihr, und Eleni konnte gar nicht anders, als ihn hereinzubitten.

Noch immer löste es ein wenig Unbehagen in ihr aus, Menschen in ihr Haus einzuladen, die sie nicht allzu gut kannte. Sie wusste, dass sie von Pierres Onkel nichts zu befürchten hatte, ihr fiel es nur schwer, diesen so lange gehüteten Ort nun wieder mit anderen zu teilen. Andererseits fühlte es sich auch schön an, endlich nicht mehr allein zu sein. Und so störte sie es auch nicht, dass sich Iven gewissermaßen selbst zum Mittag einlud.

Sie wärmte die Quiche im Backofen auf und bereitete noch fix einen Salat zu. Dann servierte sie alles mit zwei Gläsern Weißwein und setzte sich zu Iven an den Tisch. Anemone saß Salatblätter knabbernd neben ihnen auf dem Boden.

»Das Kleine ist ja schon wieder putzmunter«, stellte Iven fest.

»Hat einen starken Willen«, antwortete Eleni lächelnd und nahm den ersten Bissen von Ivens Quiche.

»Mmmh, Iven, die ist ja großartig!«

Iven schmunzelte zufrieden und nahm einen Schluck Wein.

Er musterte Eleni eine Weile.

»Wie geht es dir?«, fragte er dann.

Eleni schaute ein wenig überrascht und sah dann auf ihren Teller, wo sie mit der Gabel das letzte Stück Quiche aufsammelte.

»Eigentlich ganz gut«, antwortete sie, »warum fragst du?«

Iven neigte seinen Kopf von links nach rechts, als wüsste er nicht so recht, was er sagen sollte.

»Pierre hat mir von deinem Verlust erzählt. Es tut mir leid, was passiert ist. Du musst dich einsam fühlen.«

Eleni nickte fast unmerklich. »Ja, das habe ich sehr lange, aber ich habe das Gefühl, dass es besser wird.«

Doch mehr brachte sie nicht heraus, griff nervös zu ihrem Glas und trank es mit einem Zug leer. Dann nahm sie die Weinflasche, schenkte sich nach und sah fragend zu Iven. Dieser nickte, und sie goss auch sein Glas noch einmal halb voll.

»Weißt du, rausgehen und frische Ozeanluft schnuppern ist die beste Medizin gegen so ziemlich alles«, stellte Iven fest.

Eleni schwieg und blickte in den Garten.

Nach einer Weile legte Iven sein Besteck zur Seite, wischte sich mit der Serviette über den Mund und räusperte sich.

»Ich sollte wieder …«, sagte er und machte Anstalten aufzustehen. Dann hielt er inne und sah Eleni ernst an.

»Hör mal, Eleni«, begann er etwas unsicher, »du bist nicht allein. Ich meine damit nicht nur Pierre. Und der würde wahrscheinlich alles tun, damit du deine Lebensfreude wieder entdeckst.«

Eleni sah ihn erstaunt an.

»Du hast ein ganzes Dorf an deiner Seite. Pokoù war schon immer ein magischer Ort. So viele Geschichten schlummern zwischen diesen alten Gemäuern, in den kleinen Gassen. Es hilft, sie sich immer wieder zu erzählen und die schönen Erlebnisse festzuhalten. Lass sie nicht in Vergessenheit geraten.«

Er schob den Stuhl vom Tisch, stand auf und ging in Richtung Tür.

»Hab keine Angst, Eleni«, sagte er über die Schulter hinweg.

Perplex sah Eleni hinter ihm her. Dann hörte sie, wie die Haustür ins Schloss fiel.

Elenis Gedanken kreisten immer wieder um Pierre. Würde er wirklich alles dafür tun, sie wieder glücklich zu sehen? Sie waren sich einmal sehr wichtig gewesen, aber das war schon so lange her. Er kannte sie doch gar nicht mehr richtig. Obwohl es sich in den letzten Tagen, an denen er sie immer wieder besucht hatte, so angefühlt hatte, als wären sie sich noch immer fast so nah wie damals. Es hatte nicht lange gedauert, bis sich ein Gefühl der Geborgenheit und Leichtigkeit bei ihr eingestellt hatte, wenn sie in seiner Nähe war.

Am Abend klingelte es erneut an ihrer Tür. Auf dem Bildschirm erkannte sie Pierre, der vor dem Gartentor stand und einen Blumentopf im Arm trug. Eleni öffnete eilig die Tür und lief den Steinweg entlang, Pierre entgegen.

»Die stand draußen vor dem Tor«, rief Pierre, als er sie auf sich zulaufen sah.

»Komm rein«, rief Eleni.

Auf dem Video war nicht viel zu erkennen. Vor etwa einer Stunde hatte sich eine dunkle Gestalt in geduckter Stellung dem Tor genähert und etwas davor platziert. Aber so schnell und unerkannt, wie sie gekommen war, war sie auch wieder verschwunden.

Eleni seufzte.

»Eine neue Nachricht«, sagte Pierre und zeigte ihr den Blumentopf mit einem Briefumschlag, der seitlich befestigt war.

Pierre stellte den Topf in die Mitte des Küchentischs und schob den Umschlag zu Eleni. Sie zögerte kurz, dann riss sie ihn auf.

Sie las laut vor: *»Deine Geschichten kennst nur du, Eleni. Ich sammle sie ein, zwischen den Häusern Pokoùs, in der Bucht und im Wald. Ich schicke sie dir, damit du sie nicht vergisst.«*

»Das ist alles?«, fragte Pierre.

Eleni nickte. Dann öffnete sie die Schublade, in der sie all die anderen Nachrichten aufbewahrte, holte die Umschläge heraus und zog nach und nach alle Blätter hervor.

»Was machst du?« Pierre folgte interessiert jeder ihrer Bewegungen.

»Was verbindet all diese Nachrichten?«, murmelte Eleni und ging jeden Text noch einmal Wort für Wort durch.

»Es muss doch irgendwo einen Hinweis geben.«

Plötzlich stockte sie.

»Hier …«, sagte sie und legte einen Zettel vor Pierre auf den Tisch. Mit ihrem Zeigefinger tippte sie auf einen Satz.

»*Hab keine Angst, Eleni*«, las sie vor und sah in Pierres leeren Gesichtsausdruck. Er zuckte mit den Schultern.

»Was meinst du?«, fragte er.

»Das hat dein Onkel heute auch zu mir gesagt! Pierre, das ist doch kein Zufall, oder? Er hat mir von den Geschichten erzählt, die ich nicht vergessen darf.«

»Mein Onkel?«, fragte Pierre erstaunt.

»Ja, als er heute nach dem Mittag gegangen ist, da wurde er plötzlich ganz ernst und hat mir diesen kurzen Vortrag gehalten. Mir kam es direkt komisch vor.«

Pierre schüttelte den Kopf.

»Moment mal, warte, mein Onkel war hier zum Mittag?«, fragte er perplex. Eleni sah überrascht auf.

»Er hat mir gesagt, dass er mir seine Quiche in deinem Auftrag bringen würde«, erklärte Eleni.

»Quiche? Davon wusste ich nichts!«

Sie sahen sich verwirrt an.

»Er hat mir auch gesagt, dass du alles dafür tun würdest, mich wieder glücklich zu sehen«, fügte Eleni leise hinzu.

Pierre schluckte und wischte sich nervös mit seinen Händen übers Gesicht.

»Das tut mir leid, Leni, er ist alt und ein wenig seltsam, weißt du. Ich hätte sicher nicht gewollt, dass er dir komische Vorträge hält und …«

»Schon gut, er war ja sehr nett. Und die Quiche sehr lecker. Es hat mich gar nicht gestört.« Eleni überspielte ihre Enttäuschung. Hatte Iven sich diese Dinge über Pierre nur ausgedacht?

Sie nahm den Brief wieder in die Hand.

»Meinst du, dein Onkel …«, begann sie vorsichtig.

»Ist der Blumenbote?«, schoss es aus ihm heraus, und es wirkte, als erschrak er selbst vor seinen Worten.

Dann aber schüttelte er vehement den Kopf.

»Das kann nicht sein«, sagte er nachdenklich, »er kennt dich doch gar nicht. Woher soll er von all diesen Geschichten wissen?«

Eleni zuckte mit den Schultern.

»Er hat heute von Pokoù gesprochen und all den Geschichten, die hier zwischen den Häusern und in den Gassen schlummern.«

Sie bemerkte, wie Pierre auf seinem Stuhl hin- und herrutschte.

»Ach, er ist so ein Zausel! Es tut mir leid, dass er sich in die Sache eingemischt hat. Ich habe ihm von den Briefen erzählt, Leni. Daher wusste er davon. Das hätte ich nicht tun sollen, entschuldige. Ich wollte dich nicht noch mehr durcheinanderbringen.«

»Du bringst mich nicht durcheinander«, sagte Eleni jetzt ein wenig verärgert, »ich bin keine hilflose Verrückte, hörst du?«

»So meinte ich das nicht.« Pierre griff nach ihrer Hand, doch Eleni zog sie ruckartig weg.

»Wenn du die Sache nicht ernst nimmst, ist das dein Problem«, raunte sie Pierre an, »dann will ich dich nicht weiter damit belästigen. Du musst nicht herkommen und dich um mich kümmern, Pierre. Ich bin lange genug allein klargekommen. Und du musst auch nicht auf mich aufpassen.«

»Leni, komm schon, so meinte ich das nicht.«

»Sei wenigstens ehrlich. Du denkst, ich komme allein nicht klar, folge irgendwelchen Hirngespinsten und fliehe mal wieder vor der Realität«, sagte Eleni mit trauriger Stimme.

Pierre schüttelte den Kopf.

»Das denke ich nicht, Leni. Ich weiß, wie stark du bist. Ich will dir nur helfen.«

»Du musst mir nicht helfen, Pierre. Vielleicht ist es besser, wenn du jetzt gehst«, sagte sie und stand auf.

Eleni ging zur Haustür, öffnete sie und blieb stumm daneben stehen. Mit ratlosem Blick folgte Pierre ihr und nahm seine Jacke.

»Vielleicht verlierst du zu viel Energie mit der Suche nach dem Boten«, sagte er jetzt ernster. »Du verschwendest deine Zeit, indem du darauf wartest, dass du ihn endlich ertappst. Aber was bringt es dir zu wissen, wer dir diese Nachrichten schickt? Viel wichtiger ist doch, was sie mit dir machen. Du hast selbst gesagt, dass du viel mutiger geworden bist, seit du die Blumen bekommst. Du hast den Garten neu bepflanzt und dich aus dem Haus gewagt. Ich will nur, dass du dich selbst siehst, das, was um dich herum passiert, und nicht ununterbrochen auf Videoaufnahmen einer Überwachungskamera starrst.«

Als Eleni nichts erwiderte, wandte sich Pierre seufzend um und ging zum Gartentor. Eleni schloss die Tür, blieb dahinter stehen und wartete. Dann blickte sie auf den Bildschirm der Kamera und sah, dass Pierre verschwunden war.

Ein winziges Detail

Die folgenden Tage waren von einer ungewöhnlichen Trockenheit geprägt. Alles lag wie erstarrt, die Bäume regten sich nicht. Eleni begutachtete mehrere Male am Tag ihre Beete hinter und vor dem Haus und wässerte die Blumen häufiger als zuvor. Das kleine Blauregenpflänzchen erholte sich sichtbar, seit sie ihm den Dünger gegeben hatte. In den Wipfeln der Kiefern schienen die Vögel zu müde zum Singen, selbst ihnen war es zu heiß.

Auch sonst blieb alles still. Keine Lieferungen mehr und auch kein Zeichen von Pierre.

Es gelang Eleni nur schwer, ihre Gedanken von ihrem letzten Gespräch abzulenken. Noch immer war sie ein wenig verletzt, dass Pierre glaubte, sie so mit Samthandschuhen anfassen zu müssen. Doch langsam beschlich sie auch ein schlechtes Gewissen. Hatte sie überreagiert?

Eleni nahm den Blumentopf, den Pierre bei seinem letzten Besuch vor dem Gartentor gefunden hatte, und ging damit über die Terrasse auf die Wiese. Barfuß blieb sie im Gras stehen und sah auf den Topf, den sie im Arm hielt. Es war eine Schmucklilie. Drei hübsche violette Blütennester strahlten ihr entgegen.

Sie wusste genau, wo ihr Platz sein sollte, holte eine Schaufel aus dem Gartenhaus und setzte sie ins Beet an den hinteren Zaun.

Es war perfekt. Alles im Beet blühte wie verrückt, wurde immer üppiger. Die neue Lilie hatte die letzte Lücke am Gartenzaun geschlossen. Es war vollkommen. Eleni bewunderte ihre Arbeit und war ein wenig stolz.

Alle Briefe lagen noch immer ausgebreitet auf dem Küchentisch, dort, wo Eleni sie vor Tagen hatte liegen lassen. Erneut setzte sie sich hin und starrte auf die Texte, hoffte auf irgendeine Eingebung.

Doch nach einer Weile schob sie frustriert und müde alle Zettel zusammen. Sie sah auf das Blatt Papier, das nun ganz oben auf dem Stapel lag.

An einem Satz, dem sie vorher keine große Beachtung geschenkt hatte, blieb ihr Blick hängen.

Ich bin der gruselige Ozean und die warme
Bettdecke nach einem verregneten Tag in der
crique blanche.

Ganz hinten in ihrem Kopf lösten diese Worte eine Erinnerung aus, die sie aber nur schwer greifen konnte. Eleni schloss ihre Augen und versuchte, sich zu konzentrieren. Ihre Gedanken reisten zurück, weit zurück. Ein Tag in der weißen Bucht, es hatte schon am Morgen angefangen zu nieseln. Trotzdem waren sie rausgefahren, auf ihren Fahrrädern, hatten den leichten Sommerregen auf ihren aufgeheizten Körpern genossen.

• • •

Damals

Das Rauschen war bestimmt zehnmal lauter, seit die Wolken aufgerissen waren und nun eimerweise Wasser herunterließen. Kreischend und prustend rannten sie zu ihren Fahrrädern, die sie am Morgen einfach in den Sand geschmissen hatten.

»Wo kommt der Regen plötzlich her?«, schrie Pierre durch den tobenden Wind. Ungefähr zehn Minuten vorher hatte sich völlig unerwartet eine dunkle Wolke über die Bucht geschoben, und der Wind war so stark geworden, dass sich die kleinen Kiefern auf den Klippen kräftig bogen.

Eleni sah ängstlich in Richtung Uferweg.

»Da können wir nicht lang!«, rief sie, als sie nebeneinanderstanden, die Fahrräder bereit zum Losfahren zwischen den Beinen.

»Wir müssen aber«, rief Pierre zurück, »die Dorfbrücke zu deinem Haus ist gesperrt, es gibt keinen anderen Weg!«

»Und wenn der Sturm zu stark wird und uns die Klippen runterweht?«

Elenis Stimme zitterte.

»Vertrau mir, ich lass dich da nicht runterfallen!«

Eleni sah Pierre an, der lächelte und beugte sich zu ihr.

Seine Hand an ihrer vom Wind eiskalten Wange, küsste er sie und wuschelte ihr durch das ohnehin schon zerzauste Haar. Grinsend schlug sie seine Hand weg.

»Wenn wir lebendig zu Hause ankommen, macht Mamie uns ihren berühmten Wiesentrunk«, ermutigte sich Eleni, und im nächsten Moment trat sie entschlossen in die Pedale.

Doch als sie am Waldhaus ankamen, waren die Fensterläden geschlossen, und ein Zettel hing an der Tür.

Leni, wir sind in der Grünen Scheune, Jean feiert Geburtstag! Wenn du willst, komm nach. Ansonsten findest du alles, was du brauchst, im Kühlschrank. Mamie und Pépé

»Die sind feiern«, grinste Eleni und schloss die Tür auf, »das kann lange dauern, bis die wieder zurückkommen.«

Sie nahm Pierre an der Hand und zog ihn hinter sich her ins Haus.

»Sie muss hier noch irgendwo ein bisschen von ihrer Kräuterteemischung haben«, murmelte Eleni, während sie die Schubladen der Küchenschränke durchwühlte.

Dann hielt sie abrupt inne. »Aber erst mal müssen wir raus aus unseren nassen Klamotten. Ich hab bestimmt ein paar Sachen, die dir passen.«

Sie eilte an Pierre vorbei und lief in ihr Zimmer. Als sie wiederkam, bepackt mit Pullovern, Jogginghosen und dicken Socken, stand er noch immer an derselben Stelle, mitten im Flur. Seine Haare waren triefend nass, und auf dem Boden hatte sich mittlerweile eine kleine Pfütze gebildet.

»Hier, zieh das an. Du kannst dich im Bad umziehen«, befahl sie ihm und schob ihn in Richtung Badezimmer.

Als er die Tür hinter sich geschlossen hatte, zog sie sich bis auf die Unterwäsche aus und schlüpfte in die trockene Kleidung. Dann ging sie wieder in die Küche und setzte Wasser auf.

»Komm mit.«

Pierre erschrak kurz, als er aus dem Bad kam und sie mit zwei dampfenden Tassen vor ihm stand. Sie musterte ihn von oben bis unten und grinste.

»Steht dir gut.«

Pierre verdrehte spaßhaft die Augen und folgte ihr in ihr Zimmer.

»Es ist so verdammt kalt!«, fluchte Eleni, stellte die Tassen auf ihren Nachttisch und kuschelte sich unter ihre Bettdecke. Pierre blieb unsicher vor dem Bett stehen.

»Die Kälte ist uns in die Knochen gekrochen«, hörte er Eleni unter der Decke. Dann steckte sie den Kopf raus und hielt ihm ihre Hand hin.

»Komm, sonst holst du dir noch ’ne Erkältung!«

Draußen stürmte es noch immer heftig, der Wind ließ die Fensterläden gegen die Hauswand schlagen, und es hörte sich an, als würde er mit rauer Stimme tieftraurige Lieder singen.

Eleni und Pierre lagen still da, von der dicken Federdecke umhüllt, die sie sich bis zu den Nasen hochgezogen hatten.

»Wie gruselig der Ozean ausgesehen hat«, flüsterte Eleni nach einer Weile, »ganz schwarz. Und gebrüllt hat er.«

Sie kuschelte sich an Pierre und legte ihren Kopf auf seine Brust.

»Seltsam, wie er da jetzt immer noch brüllt, in der Ferne, und wir sind längst hier, in Sicherheit«, sagte Pierre.

Er streichelte sanft über ihren Arm. Sie hörte, wie sein Atem schwerer wurde, spürte, wie sein Herz schneller schlug. Dann drehte er sich zu ihr und zog sie an sich.

Als sie erwachten, war es schon Morgen. Pierre schrak auf und sah auf die Uhr.

»Mist«, rief er, sprang aus dem Bett und sammelte seine Klamotten vom Stuhl, die mittlerweile getrocknet waren. Eleni stand verschlafen neben ihm. »Mein Vater bringt mich um, Leni!«

Pierre hüpfte auf einem Bein, während er sich seine Schuhe anzog.

»Er wird es bestimmt verstehen, es war doch viel zu stürmisch gestern Abend«, versuchte Eleni, ihn zu beruhigen.

Pierre lief eilig den Flur entlang, im Haus war es still, im Eingangsbereich lagen Mamies und Pépés Schuhe wild durcheinander auf dem Boden.

»Ich hätte anrufen müssen«, entgegnete Pierre mit besorgter Stimme.

Er griff sich seine Jacke, öffnete die Haustür, doch auf der Türschwelle hielt er inne und drehte sich zu Eleni. Sie sah ihn schuldbewusst an.

»Vielleicht war er ja auch in der Grünen Scheune«, flüsterte sie.

Pierre schüttelte den Kopf.

»Der und Party? Kannst du vergessen.«

Dann nahm er Eleni in den Arm.

»Keine Sorge. Für dich leg ich mich sogar mit meinem Vater an, hörst du.«

Eleni kicherte.

Grinsend streichelte Pierre ihr über den Kopf. Dann rannte er zu seinem Fahrrad und fuhr davon.

• • •

Konzentriert starrte Eleni auf den Bildschirm. Sie hatte die letzte Aufnahme der Überwachungskamera noch einmal zurückgespult. Die Reise zurück zu diesem eisigen Tag am Meer mit Pierre hatte sie auf eine Idee gebracht, die sie beinahe sofort wieder verworfen hatte. Doch irgendetwas hatte sie dazu verleitet, sich alles noch einmal ganz genau anzuschauen. Wieder und wieder spulte sie das Band vor und zurück, stoppte die Aufnahme, sobald die dunkle Gestalt auftauchte.

»Verdammt«, fluchte sie, rieb sich die Augen. Was hatte sie auch erwartet? Sie wusste nicht mal wirklich, wonach sie suchen sollte.

Gerade, als sie den Bildschirm wieder ausschalten wollte, fiel ihr Blick auf ein Stück Schuh, der unter den weiten Hosen der Gestalt hervorblitzte. Sie stoppte das Video erneut und starrte auf das Bild.

»Das kann nicht sein«, murmelte sie.

Völlig durch den Wind sprang sie auf, lief ins Wohnzimmer und griff sich ihren Mantel von der Stuhllehne.

Das Fahrrad lehnte noch von ihrem letzten Ausflug am Gartenzaun. Hastig schwang sie sich darauf und fuhr los.

Sie klingelte und klopfte Sturm.

Einen Moment später öffnete Pierre die Tür und sah sie irritiert an. »Leni, was soll das? Ist was passiert?«

Eleni stand völlig außer Atem vor ihm. Dann blickte sie an ihm herab und sah seine Schuhe.

»Ich hab mich nicht geirrt«, sagte sie leise.

»Was?«

Pierre sah sie rätselnd an.

»Willst du nicht reinkommen?«, fragte er dann.

»Schon gut, es wird nicht lang dauern.« Elenis Gesicht verfinsterte sich, und sie sah Pierre direkt in die Augen. Sie zog die Briefe aus ihrer Tasche und hielt sie hoch.

»Hast du eine neue Nachricht bekommen?«

Eleni schüttelte den Kopf.

»Du musst mich nicht mehr anlügen, Pierre.«

Überrascht sah Pierre zwischen ihr und den Blättern in ihrer Hand hin und her.

»Was meinst du?«

»Hör auf, Pierre! Ich weiß, dass du es warst! Ich hab nur keine Ahnung, was das Ganze soll. Ich will eine Erklärung, hörst du?«

»Leni, ich weiß nicht, wovon …«

»Ich hab deine Schuhe auf dem Video gesehen«, rief sie jetzt aufgebracht, »der ach so clevere Bote war wohl doch nicht so vorsichtig, was?«

Sie deutete auf seine Turnschuhe.

Mit einem Mal wurde Pierre nervös, stützte sich mit einer Hand am Türrahmen ab, mit der anderen fuhr er sich über das Gesicht.

Eleni sah ihn herausfordernd an.

»Leni, ich …«

»Du hast mir in all diesen Wochen Blumen vor die Tür gestellt und Nachrichten geschickt und dich dann wieder zurück in mein Leben geschlichen! Ich versteh das alles nicht, Pierre. Warum so? Wieso diese Lügen?«

Pierre atmete tief ein.

»Es ist nicht so, wie du denkst.«

»Wie ist es dann? Kannst du mir erklären, warum du mich wochenlang besucht hast, ohne mir irgendetwas zu sagen? Und dann tust du noch so, als würdest du mir helfen wollen! Als wäre ich verrückt, mich so in die Suche nach dem Boten reinzuhängen. Pierre, ganz ehrlich, der Einzige, der hier verrückt ist, bist du!«

Pierre schüttelte den Kopf. »Ich weiß, die ganze Sache wirkt total abgedreht. Aber, Leni, du musst mir glauben, dass ich kein Stalker oder so was bin.«

»Wie soll ich dir das glauben? Was bist du denn sonst? Die ganze Zeit hast du mich belogen! Oh Gott, du hast mir sogar geholfen, die Kamera aufzuhängen, wie krank ist das bitte?«

Als Pierre schwieg, redete sie weiter.

»Also?«, fragte Eleni jetzt noch einmal, »hast du eine Erklärung dafür?«

Er stand vor ihr und sah sie flehend an.

»Ich will dich nicht mehr in der Nähe meines Hauses sehen, verstehst du?«, sagte Eleni jetzt mit Tränen in den Augen. Sie ließ ihn stehen und lief eilig zum Gartentor.

»Ich wollte nichts mehr damit zu tun haben«, rief Pierre ihr hinterher. Eleni hielt abrupt inne.

»Womit?«

Pierre antwortete nicht. Sie hörte ihn tief durchatmen. Dann wandte sie sich ihm zu.

»Womit willst du nichts mehr zu tun haben, Pierre?«, fragte Eleni nun mit Nachdruck in ihrer Stimme.

»Die Briefe. Ich wollte dir alles erzählen, nur wusste ich nicht, wie.«

»Mir alles erzählen?«

»Das alles … du solltest das nicht erfahren. Ich sollte dich gar nicht treffen. Das war so nicht geplant. Aber dann standest du plötzlich in meiner Praxis. Was hätte ich denn tun sollen, dich einfach ignorieren?«

»Was redest du denn da?«

Eleni wurde ungeduldig.

»Pierre, was soll das alles heißen? Was für ein Plan?«

Sie blickte in sein Gesicht, das sich in den vergangenen Minuten völlig verändert hatte. Plötzlich lag Verzweiflung in seinem Blick.

»Was für ein Plan?«, wiederholte Eleni jetzt ungehalten.

Pierre fuhr sich durch die Haare.

»Wir wollten, dass du zurück ins Leben findest, wieder fröhlich sein kannst.«

»Wir?«, fragte Eleni.

»Leni, ich weiß nicht. Ich weiß nicht, wie ich dir das sagen soll. Ich wollte nur helfen, und damals fühlte es sich richtig an«, er rang nach Fassung, »jetzt nicht mehr.«

Eleni wusste nicht, was sie sagen sollte. In ihrem Kopf hallten Pierres Worte nach, die keinen Sinn für sie ergaben und sich in ein unerträgliches Hämmern verwandelten.

»Ich verstehe nicht«, murmelte sie verwirrt.

»Es war Théos Idee«, sagte er nun mit fester Stimme.

Elenis Herz begann, wie wild zu schlagen, ihre Knie wurden weich. Sie machte ein paar Schritte und hielt sich am Gartentor fest.

»Was hat Théo damit zu tun?«

Versprich mir …

Vor einem Jahr

»Was würdest du tun, wenn ich plötzlich nicht mehr da wäre?«

Théo sah sie lächelnd an. Er liebte diese Fragen. *Was wäre, wenn?*

Was wäre, wenn du keine Angst mehr hättest?

Was wäre das Erste, das du tun würdest?

Was wäre, wenn du noch mal zehn Jahre alt sein könntest?

Was wäre, wenn du eine Million Euro hättest?

Was wäre, wenn wir einfach losfahren würden, ohne Plan, ohne Geld?

Was wäre, wenn wir einfach noch mal ganz von vorne anfangen würden, ganz woanders?

Aber eine Frage stellte er besonders oft.

»Was wäre, wenn ich plötzlich nicht mehr da wäre?«

Eleni zuckte mit den Schultern. Er wusste genau, dass sie dieses Spiel nicht sonderlich mochte.

»Aber es ist wichtig«, beharrte Théo.

»Warum ist es wichtig? Du bleibst einfach für immer hier,

dann muss ich nicht darüber nachdenken«, antwortete Eleni und sah ihn ernst an. Théo lächelte.

»Das ist der Plan«, antwortete er, »aber Pläne können sich doch unerwartet ändern. Ob wir es wollen oder nicht.«

»Was ist denn los mit dir?« Eleni sah ihn verwundert an, legte ihre Hände auf seine Wangen und drückte ihm einen Kuss auf die Lippen. »Wovor hast du denn Angst?«, fragte sie. »*Ich* werde ganz bestimmt nirgendwo hingehen.«

»Aber das ist ja das Problem«, erwiderte Théo etwas ungehalten. »Vielleicht wirst du irgendwann mal irgendwo hingehen müssen. Du kannst dich nicht für immer im Haus einschließen.«

Eleni stand auf und warf ihm einen wütenden Blick zu. Nur um ihrem Ärger ein Ventil zu geben, griff sie sich eine Schale Erdbeeren aus dem Kühlschrank und die Sahne, die Théo bereits geschlagen hatte. Im Stehen tunkte sie die Früchte in die Sahne und steckte sich eine nach der anderen in den Mund.

Théo sah ihr eine Weile dabei zu und konnte sich ein Grinsen nicht verkneifen.

»Was machst du denn?«, fragte er ein wenig spöttisch.

Eleni stopfte sich zwei Erdbeeren in den Mund, und mit aufgeblähten Wangen verdrehte sie die Augen. Dann ging sie auf ihn zu und setzte sich auf seinen Schoß, die Wangen noch immer dick. Théo sah sie fest an, seine Lippen zitterten, er versuchte, nicht laut loszulachen.

»Wie könnte ich dich jemals alleinlassen«, kicherte er. »Du würdest ganz klar an Erdbeer-Erstickung sterben, und niemand würde dich je finden!«

Eleni begann, umständlich zu kauen, schluckte die Früchte herunter und fing nun auch an zu lachen.

Théo drückte sie fest an sich.

»Versprich mir, dass du nicht an Erdbeer-Erstickung stirbst«, flüsterte er Eleni ins Ohr.

Théo begann sein Fragespiel einige Monate vor seinem Tod. Gleichzeitig luchste er Eleni immer wieder kleine Versprechungen ab.

»Du musst mir versprechen, dass du niemals die Kirschen am Baum verfaulen lässt«, sagte er einmal, als er mit einem großen Korb, bis oben gefüllt mit den prallen roten Früchten, in die Küche kam.

»Dieses Lachen«, rief er, als ihr der Orangensaft aus der Nase lief, weil sie losprusten musste, nachdem er ihr einen Witz erzählt hatte, »bitte verlier niemals dieses Lachen!«

»Bleib fröhlich, Leni, immer. Es gibt so viele Gründe, fröhlich zu sein«, flüsterte er ihr zu, als sie durch den Wald spazierten, die Sonnenstrahlen zwischen den Baumkronen zu ihnen herableuchteten und sie ihn zufrieden schnaubend anlächelte.

Und etwa einen Monat vor seinem Tod, als sie im Wohnzimmer saßen, Théo auf dem Sofa und Eleni auf dem Boden, vor sich hin singend, während sie getrocknete Blüten zu einem Kranz knüpfte:

»Versprich mir, dass du immer Blumen um dich herum haben wirst.«

Eleni sah ihn an, als hätte er sie aus einem schönen Traum gerissen. Sie legte die Stirn in Falten und antwortete:

»Versprich mir, dass du für immer mein persönlicher Gärtner bleibst.«

Sie lächelte ihn an. Dann sah sie auf den Blütenkranz in ihren Händen und knüpfte weiter.

• • •

»Ich will dir alles erzählen«, sagte Pierre.

Er holte tief Luft, stützte sich an den Türrahmen.

»Willst du nicht reinkommen?«, fragte er noch einmal, doch Eleni trat einen Schritt zurück und sah ihn ungläubig an.

Er fuhr sich mit der Hand durch die Haare und nickte, als wisse er, dass es eine blöde Frage war.

»Ich bin vor zwei Jahren zurückgekehrt, weil es Iven sehr schlecht ging und er niemanden sonst hatte, der sich um ihn kümmerte«, begann er zu erzählen, »Also zog ich bei ihm ein, um ihm unter die Arme zu greifen, bis er wieder gesund sein würde. Ich hatte mein Studium in Toulouse abgeschlossen, und Iven erzählte mir vom alten Tierarzt im Dorf, der händeringend nach einem Nachfolger suchte. Ich stellte mich also vor, und er ließ mich als seinen Assistenzarzt anfangen. In der Praxis lernte ich dann auch Théo kennen. Eine Kundin hatte ihm erzählt, dass sie ihr Kaninchen in der Praxis abgegeben hatte und der Arzt es einschläfern lassen müsste, wenn sich kein neuer Besitzer dafür finden würde. An diesem Tag erzählte mir Théo das erste Mal von seiner Freundin, die ein wenig Gesellschaft gebrauchen könnte. Aber ich wusste da noch nicht, dass es sich dabei um dich handelte. Er erwähnte deinen Namen nicht. Ich erfuhr, dass du dich oft allein fühltest und er dir mit dem Kaninchen eine Freude machen wollte. Wir unterhielten uns, während ich das Tier für den Transport vorbereitete, und am Ende blieb er länger als geplant. Er lud mich in sein Café zu einem Stück Kuchen und Kaffee ein, und ich nahm diese Einladung gern an. Schließlich hatte ich noch nicht wirklich Anschluss gefunden, seit ich wieder zurück war.

Wir trafen uns danach oft bei ihm im Café. Meistens kam ich nach meiner Schicht bei ihm vorbei und blieb, bis er zumachte. Es war schwierig, ihn irgendwo sonst zu erwischen, seine gesamte freie Zeit verbrachte er mit dir. Er erzählte mir von dir, euren Ausflügen und eurem Garten. Er wirkte so glücklich, konnte es abends kaum erwarten, das Café zu schließen und dich zu sehen. Und wenn nur noch zwei Stücke Kuchen übrig waren, legte er sie zur Seite, obwohl er noch Gäste hatte. Die letzten zwei waren immer für dich reserviert. Er war besonders, Leni, das wussten alle, die in sein Café kamen. Er hatte so viele Stammgäste, von denen er mir jeden Abend die verrücktesten Geschichten erzählte. Die meisten kamen nur, um ein wenig mit ihm zu plauschen. Er hörte ihnen zu, machte Späße, und immer spendierte er ihnen irgendetwas. Einen Tee, ein Bier, einen seiner selbst gebackenen Kekse.

Théo wurde bald zu einem guten Freund, der einzige, den ich damals hatte. Ich freute mich auf unsere Gespräche an seiner Theke und stellte bald fest, wie sehr ich solche Unterhaltungen mit einem Freund vermisst hatte. Jedes Mal, wenn wir das Café am Abend verließen, sagte er ›Bis Morgen‹. Er gab mir das Gefühl, endlich irgendwo angekommen zu sein.«

Pierre schwieg für einen Augenblick. Während er ihr das alles erzählt hatte, war er auf Eleni zugegangen. Jetzt stand er direkt vor ihr und sah sie an. In seinem Blick lag etwas Trauriges. Eleni stand wie versteinert da. Unsicher musterte Pierre sie und fuhr dann fort.

»Als er deinen Namen das erste Mal erwähnte, fiel ich aus allen Wolken. Er hatte davor immer nur vom Waldhaus und euren Ausflügen gesprochen, ist nie so sehr ins Detail gegangen. Aber dann fügte ich augenblicklich alle Puzzleteile zusammen.«

Pierre beobachtete Eleni, während er die folgenden Worte aussprach.

»Er erzählte mir von seiner Krankheit ungefähr zwei Monate vor seinem Tod. Ein Hirntumor.«

Sie zuckte zusammen. Was hatte er da gesagt? Eleni wandte sich von ihm ab, machte einige Schritte in Richtung Gartentor, drehte sich wieder um und blickte ihn fassungslos an. Sie brachte kein Wort heraus, wartete nur darauf, dass er ihr irgendeine Erklärung lieferte. Sie spürte, wie ihre Beine schwach wurden, mit aller Kraft hielt sie sich aufrecht.

»Er wollte dich schützen, Leni«, sagte Pierre nun sanft. »Er wusste, dass es keine Heilungschancen für ihn gab, und er wollte nicht, dass du eure letzten gemeinsamen Monate damit verbringst, in Panik zu verfallen. Ich habe versucht, ihn zu überzeugen, es dir zu sagen. Vielleicht wäre es besser gewesen. Ich weiß es nicht.«

Pierre schüttelte den Kopf und lächelte traurig.

»Er hatte das Talent, alles ins Positive zu drehen, egal, wie schlimm es war. Und dann kam er irgendwann zu mir und erzählte mir von diesem Plan.«

Pierre

Vor einem Jahr

»Du musst mir helfen«, sagte Théo.

Pierre schaute angespannt zu Boden. Er saß auf diesem weichen Sessel, der über und über mit Blümchen verziert war und bei jeder seiner Bewegungen quietschte. Nervös rieb er sich die Hände, und sein Fuß wollte einfach nicht aufhören zu wippen.

»Das ist das Einzige, das mir noch wichtig ist. Ich muss das machen, für Leni.«

Théo legte ihm seine Hände auf die Schultern, und als Pierre schließlich seinen Kopf hob, sah er in diese ernsten, traurigen Augen. Es lag eine so große Entschlossenheit darin, und gleichzeitig erkannte Pierre, wie verzweifelt Théo war. Wie hätte er ihm diesen Wunsch abschlagen können?

»Und du bist sicher, dass du es ihr nicht sagen willst? Sollte sie sich nicht darauf vorbereiten können?« Pierre wollte einen letzten Versuch starten, aber er hatte längst entschieden, Théo zu helfen. Schließlich ging es um Leni. »Nach allem, was sie in ihrem Leben durchmachen musste. Sie wird das vielleicht nicht verkraften. Aber ich muss es wenigstens versuchen«, erklärte Théo mit zitternder Stimme.

Pierre nickte.

»Ich helfe dir.«

Théo umarmte ihn. Sie hatten sich nach Ladenschluss im leeren Café gegenübergesessen und lange geredet. Jetzt schien es, als würde all die Anspannung von ihm abfallen. Sein Kopf lag auf Pierres Schulter, und er schluchzte. Dann löste er sich aus der Umarmung, setzte sich zurück in seinen Sessel und wischte sich die Tränen aus dem Gesicht. Er lächelte entschuldigend.

»Es tut mir leid.«

»Das muss dir nicht leidtun«, antwortete Pierre.

Auch er hatte einen Kloß im Hals. Diese Geschichte war so tieftraurig, dass er sich zusammenreißen musste, um stark zu bleiben. Er wollte irgendetwas für Théo sein in dieser Zeit, vielleicht eine starke Schulter, obwohl er dafür weiß Gott nicht prädestiniert war. Es war ja nicht nur, dass Eleni nichts von seiner schweren Krankheit wissen durfte. Durch diesen Entschluss nahm sich Théo die Möglichkeit, mit der Person darüber zu sprechen, die ihm am nächsten war. Um sie zu schützen, um ihre letzten gemeinsamen Monate so schön und leicht wie möglich zu machen.

»Ich habe schon einige Briefe geschrieben«, sagte Théo nun etwas gefasster.

»Es sind Texte, die in ihr Erinnerungen wecken sollen. Zauberhafte Erinnerungen. Ich will nicht, dass sie in ihren Ängsten und ihrer Trauer versinkt, ich will, dass die Nachrichten ihr Hoffnung geben und sie dazu bringen, rauszugehen, weiterzuleben. Irgendwie glücklich zu sein.«

Er stand auf und ging hinter den Tresen. Dort kramte er

in einer Schublade. Er kam mit mehreren Umschlägen zurück.

»Ich versuche, noch so viele wie möglich zu schreiben. Die Ärzte geben mir noch ein paar Monate, wenn's gut läuft.«

Pierre fuhr sich nervös durch die Haare und nahm die Briefumschläge an sich.

»Ich will, dass alle, die Leni als Kind und Jugendliche, ihre Mamie und ihren Pépé kannten, etwas aufschreiben. Ich will sie mit glücklichen Momenten überhäufen, verstehst du?«

Pierre hatte Théo nie erzählt, dass er und Eleni eine Vergangenheit hatten. Als er verstanden hatte, dass sie Théos Freundin war, hatte er schon so viel über ihre Beziehung erfahren. Wie wichtig sie füreinander waren. Wie sehr Théo Eleni liebte. Er hatte in Théo einen Freund gefunden und wollte das Ganze nicht unnötig kompliziert machen. Was hätte es auch für einen Sinn gehabt, ihm davon zu erzählen?

In den Tagen nach ihrem Gespräch legte Théo Stifte und Papier auf dem Tresen des Cafés aus. Er bat jeden Gast, der etwas über Eleni erzählen konnte, es niederzuschreiben – eine Anekdote oder ein Erlebnis, ein Geheimnis vielleicht. Den wahren Grund für diese Aktion kannte niemand außer Pierre. Théo erzählte ihnen, die Geschichten seien ein Geburtstagsgeschenk für Eleni.

Théo und Pierre staunten nicht schlecht, wie viele beschriebene Blätter zusammenkamen. Théo begann, das Café eine Stunde früher zu schließen und sich all die Geschichten über Eleni durchzulesen. Manchmal saß Pierre noch ein wenig bei ihm. Sie lachten viel, Théo ordnete die Texte nach *wichtig* und *weniger wichtig*, schrieb sie ein wenig um und kreierte seine kleinen poetischen Nachrichten, die er schließlich in Umschläge steckte. Wenn Pierre nach Hause ging, saß Théo immer noch dort, im warmen Schein einer Tischlampe, und blickte einfach nur in den Raum. Und manchmal kam es vor, dass er in sich zusammensank, die Hände vor dem Gesicht, der Rücken bebend.

Es war das Schrecklichste und gleichzeitig Schönste, das Pierre je erlebt hatte, und er war mittlerweile froh darüber, Théo bei seinem Plan helfen zu dürfen. Théo blühte noch einmal sichtlich auf, wenn er all die wunderschönen Geschichten der Dorfbewohner las, die alle mit so viel Liebe über Eleni und ihre Großeltern schrieben. Es war ein großes Geschenk für ihn, der versuchte, seiner kurzen Zeit an Elenis Seite einen Sinn zu geben.

Doch da war etwas, über das Pierre nicht nachgedacht hatte. Ein wichtiger Teil dieser ganzen Geschichte. Der wichtigste Teil. Eleni.

• • •

»Alles, was wir wollten, war, dass du aufgefangen wirst«, sagte Pierre.

Eleni hatte ihr Gesicht in ihren Händen vergraben, während Pierre ihr von Théo erzählte. Er sagte ihr, dass es nicht Teil von Théos Plan gewesen sei, ihn jemals aufzulösen. Eleni hatte nie erfahren sollen, woher die Nachrichten stammen. In diesem Moment, in dem er Eleni völlig fassungslos vor sich sah, musste Pierre begreifen, dass etwas schiefgelaufen war. Dass er einen großen Fehler begangen hatte.

»Es gibt noch so viele Nachrichten, Leni. Das ganze Dorf hat Geschichten für dich niedergeschrieben.«

Ohne noch etwas zu erwidern, wandte sie ihm den Rücken zu.

»Ich muss gehen«, sagte sie leise.

»Leni …«

Eleni schüttelte heftig den Kopf.

»Verstehst du eigentlich, was du getan hast?«, fragte sie bitter.

»Ich hätte es wissen sollen, ich hätte ein Recht darauf gehabt. Und wenn Théo es mir nicht sagen konnte, dann wenigstens du.«

Ihr entfuhr ein Schluchzen.

»Du hättest zu mir kommen sollen. Er muss sich so unheimlich allein damit gefühlt haben. Wie konntest du das zulassen?«

Sie öffnete das Tor, trat hinaus und hörte, wie Pierre ihr hinterherlief, doch jetzt fiel ihm scheinbar nichts weiter ein. Er hätte ohnehin nichts sagen können, das irgendetwas besser gemacht hätte. Eleni stieg auf ihr Fahrrad und fuhr in die Dunkelheit davon.

Die Überfahrt

Anemone blieb immer in ihrer Nähe. Das Tier musste bemerkt haben, dass sich etwas verändert hatte. In letzter Zeit hatte es oft einfach im Garten gelegen, während Eleni im Haus gearbeitet hatte, oder es war morgens im Bett geblieben, wenn Eleni längst aufgestanden war. Doch seit dem gestrigen Tag wich Anemone ihr nicht mehr von der Seite. Seit sie zusammengebrochen war und nicht mehr hatte aufhören können zu weinen. Seit sie all die Briefe in eine Ecke und das Wasserglas gegen die Wand geworfen hatte, das in tausend Scherben zerbarst. Anfangs hatte sich das Kaninchen nicht mehr unter dem Couchtisch hervorgewagt. Doch spät am Abend hatte es sich dann an Elenis bebenden Körper gekuschelt, und sie beide waren auf dem Sofa eingeschlafen.

Jetzt hatte sich Eleni ein wenig gefasst und fing an, das Chaos zu beseitigen. Sie sammelte die Blätter vom Boden auf. Dann nahm sie Besen und Kehrschaufel und ging suchend durch den Raum. Immer wieder bückte sie sich und fegte eine Scherbe auf die Schaufel, bis sie sicher war, dass sie alle eingesammelt hatte.

Lange saß sie auf dem Sofa und starrte Löcher in die Luft. Nur hin und wieder wanderte ihr Blick zu den Briefen.

Schließlich erhob sie sich und ging zum Tisch.

Sie war ruhig, beinahe gleichgültig. Als hätte sie all ihre Gefühle am vergangenen Abend herausgeweint und -geschrien. Jetzt lagen ihre Gedanken klar vor ihr. Sie blätterte durch die losen Briefe. Dann faltete sie ein Blatt zusammen und steckte es in die Hosentasche. Alle anderen schob sie in einen Umschlag und packte ihn in ihren Rucksack.

Früh am Morgen ging Eleni um das Haus und verschloss alle Fensterläden. Im Vorraum stand schon die kleine, mit Decken ausgelegte Tasche bereit, an deren Seiten luftdurchlässige Netze gespannt waren. Théo hatte sie gekauft, als er das erste Mal mit Anemone zum Tierarzt gegangen war. Bei dem Gedanken begann ihr Herz heftig zu schlagen, und ihr wurde flau im Magen. Pierre war die ganze Zeit da gewesen. An Théos Seite. Er hatte eine Beziehung zu ihm aufgebaut, und Eleni hatte nichts ahnend zu Hause gesessen und ihr Trost-Tier gefüttert. Während er der Held an Théos Seite war, hatte sie nicht einmal die Möglichkeit gehabt, ihm zu helfen. Und sie war überzeugt davon, dass sie es gekonnt hätte. Sie war kein gebrechliches Pflänzchen, das man beschützen musste. Sie war jahrelang allein klargekommen. Und das würde sich auch jetzt nicht ändern. Ganz im Gegenteil. Ihre Wut gab ihr mit einem Mal so viel Kraft wie lange nicht mehr, und sie wusste genau, was sie jetzt tun wollte.

Eleni schnappte sich Anemone und setzte sie, zusammen mit ein paar Karottenstückchen, in die Tasche. Das Tier knabberte sofort drauflos und kümmerte sich gar nicht darum, dass Eleni nun, die Tragetasche fest im Griff, die Haustür öffnete und hinaustrat. Sie steckte den Schlüssel ins Schloss und drehte ihn zweimal um. Dreimal prüfte sie, ob sie die Tür auch wirklich gut verschlossen hatte. Dann ging sie zum Tor und trat hinaus auf den Sandweg.

Sie sah sich um. Es war still, nichts regte sich. Doch aus dem Augenwinkel bemerkte sie, dass etwas zwischen den Zaunstreben klemmte. Es war ein Briefumschlag. Im ersten Moment dachte sie daran, ihn zu ignorieren. Sie ahnte, dass er von Pierre kommen musste, doch sie wollte nichts mehr mit seinen Nachrichten zu tun haben. Nach einigen Schritten drehte sie sich noch einmal um, lief zurück und blieb vor dem Zaun stehen. Zögernd zog sie den Umschlag zwischen den Streben hervor. Ihre Neugier hatte gesiegt. Sie besah ihn sich, er war viel dicker als alle Briefe zuvor. Vielleicht würde sie ihn gar nicht lesen, dachte sie und steckte ihn rasch in ihren Rucksack.

Die frische Morgenluft fuhr Eleni durch die Haare, und jetzt lief sie los. Mit ihrer Hand umklammerte sie den Griff der Tasche, in der Anemone ganz ruhig hockte. Als sie am Ende des Waldstücks ankam, hörte sie bereits das Rauschen der Wellen und das Kreischen der Möwen. Dann öffnete sich der Wald. »Jetzt oder nie«, sagte sie sich und trat auf den Uferweg. Am Horizont war es hell, das Meer glitzerte, die Sonnenstrahlen tanzten auf seiner Oberfläche. Es war ein wunderschöner Tag an der Küste, das Wasser lag ruhig, und die Wellen plätscherten sanft an die Felsen.

Bis zu der kleinen Hafenstadt Beauval brauchte man etwa eine Stunde zu Fuß, wenn man immer am Ozean entlanglief.

Es war das Abenteuer, das sie nie hatte einlösen können. Vielleicht hätte sie es getan, wäre ihr bewusst gewesen, wie wenig Zeit ihr mit Théo bleiben würde.

~

Pierre schaute auf seine Armbanduhr. Es war kurz nach elf. Die Fensterläden waren verschlossen. Er sah zum Gartenzaun, sein Brief war verschwunden. Am Abend zuvor hatte er begonnen, ihn zu schreiben, und war dann mitten in der Nacht zu Eleni gefahren. Irgendetwas hatte er tun müssen, um sich zu erklären. Er konnte das alles nicht einfach so enden lassen.

Vorsichtig schob er das Gartentor auf und ging um das Haus. Auch hinten hatte Eleni alles verriegelt. Irritiert sah er sich um.

»Leni?«, rief er durch die Fensterläden.

Er wartete und lauschte.

»Verdammt, wo bist du?«, murmelte er. Er legte seinen Kopf in den Nacken und beobachtete, wie sich allmählich graue Wolken vor die Sonne schoben.

~

Als Eleni den Hafen von Beauval erreichte, stieg Nervosität in ihr auf. Einige Autos warteten an der Anlegestelle für die größeren Fähren. Sie wusste, dass kleinere Schiffe zu den Inseln übersetzten. Die Abfahrtzeiten kannte sie auswendig. Sie hatte sie schon vor Monaten einstudiert, war sie mit Théo immer wieder durchgegangen.

Sie hatten Pläne geschmiedet, manchmal sogar ihre Taschen gepackt für den nächsten Tag. Doch immer wieder hatte ihre Angst ihnen einen Strich durch die Rechnung gemacht.

Jetzt stand sie hier, blickte auf die Schiffe, die ankamen und ablegten. Sie war so weit gekommen. Überwältigt vor Glück, konnte sie ihre Tränen nicht mehr zurückhalten. Sie stellte Anemone neben sich ab und ging in die Hocke, um dem Kaninchen sanft über den Kopf zu streicheln.

»Hättest du das für möglich gehalten? Du und ich auf großer Abenteuerreise?«

Sie lächelte. Wenn schon nicht Théo bei ihr sein konnte, dann wenigstens das Kaninchen. Sie war nicht allein. Anemone gehörte längst untrennbar zu ihr. Genau, wie Théo es vorhergesehen hatte. Und jetzt, beim Anblick der Küste und dem kleinen hübschen Hafen, wurde ihre Wut ein wenig leiser.

Anemone streckte neugierig ihren Kopf heraus.

»Wenn wir auf der Insel sind, zeig ich dir ein paar wunderschöne Wiesen. Die werden dir gefallen. Da kannst du nach Lust und Laune das Gras knabbern.«

~

»Sie ist verschwunden«, rief Pierre besorgt und knallte die Tür hinter sich zu. »Alle Fensterläden sind geschlossen. Sie ist nicht mehr da!«

Iven stand von der Couch auf und legte Pierre seine Hände auf die Schultern.

»Immer mit der Ruhe. Vielleicht wollte sie einfach einen Spaziergang machen. Bestimmt ist sie nicht weit gegangen.«

Pierre schüttelte heftig den Kopf.

»Dann hätte sie doch das Haus nicht so verriegelt. Und das Kaninchen? Das hat sie doch auch nicht einfach so im Dunkeln zurückgelassen.«

Iven kratzte sich am Kopf.

»Und wo kann sie sein? Hast du eine Idee?«

Pierre lief nervös durch den Raum.

»Ich weiß es nicht.«

Dann sah er plötzlich auf und erstarrte.

»Meinst du, sie wird sich etwas antun?«

Er verbarg sein Gesicht in den Händen.

»Ich Idiot, das ist alles meine Schuld, meine verdammte Schuld!«

»Jetzt setz dich erst mal hin und mach dich nicht verrückt. Das bringt uns auch nicht weiter.«

»Sie ist seit Jahren nicht mehr weiter als bis ins Dorf gegangen, und jetzt nimmt sie plötzlich alles, was sie hat, und haut ab? Sie war so verletzt, Onkel, du hast sie nicht gesehen.«

»Es ist nicht deine Schuld, Pierre. Du wolltest helfen, und du hast getan, was du für richtig gehalten hast. Nicht wahr?«

Pierre nickte, dann schüttelte er den Kopf.

»Ich weiß es nicht. Vielleicht habe ich das damals gedacht. Aber jetzt, jetzt fühlt sich alles so falsch an.«

Iven legte seinen Arm um Pierres Schultern und klopfte ihm mit der anderen Hand auf den Schenkel. »Denk nach, wohin könnte sie gegangen sein? Gibt es einen Ort, der ihr wichtig ist?«

Pierre legte den Kopf in den Nacken und schloss die Augen.

»Das sieht nach einem längeren Ausflug aus, oder?«, sagte er und sah Iven fragend an, der ihm bestätigend zunickte.

»Kennt sie jemanden in der weiteren Umgebung?«

Pierre schüttelte den Kopf.

»Hat sie dir von einem Ort erzählt?«

Pierre atmete tief durch, dann warf er einen Blick auf seinen Schreibtisch, wo ein Stapel Papier und Briefumschläge lagen.

»Die Briefe«, murmelte er.

»Ich glaube, ich weiß, wohin sie will.«

Er holte sein Handy aus der Tasche und tippte darauf herum.

»Sturmwarnung«, er sah besorgt aus dem Fenster, »für heute Nachmittag an der ganzen Küste.«

Hastig griff er seine Jacke und lief zur Tür.

»Wir müssen uns beeilen!«

~

Sie hatte es tatsächlich geschafft. Glücklich stand Eleni an der Reling und blickte über das aufschäumende Wasser neben dem Schiff. Sie sah, wie Beauval sich langsam entfernte, und in ihr erwachte ein Kribbeln. Kein unangenehmes Kribbeln. Es war ein bisschen so wie das Gefühl, das sie hatte, als Théo sie bei den Brombeersträuchern das erste Mal küsste. Als sie das erste Mal so richtig in seinen tiefen Augen versank, sein unsicheres Lächeln und seine sanfte Stimme bewusst wahrnahm, ohne Furcht. Ganz ohne Furcht.

Jetzt fühlte sie sich mutig.

In der Ferne tauchte die kleine Insel auf und kam immer näher. Umgeben von sanften türkisfarbenen Wellen stand ein weißer Leuchtturm auf einer Landzunge, die neben dem Hafen in den Ozean ragte. Die kleinen Hügel waren von grünem Gras bedeckt, es sah aus wie ein dichter, weicher Teppich.

Nach etwa zwanzig Minuten drosselte die Fähre das Tempo und fuhr tuckernd in den kleinen Hafen ein.

Eleni öffnete die Tasche, und sofort kam Anemones Näschen zum Vorschein. Das Kaninchen schnupperte einen Moment lang die frische Meeresluft und sprang dann in hohem Bogen aus der Öffnung. Seine Pfoten landeten weich. Eleni hatte sich auf eine saftig grüne Wiese gesetzt, die übersät war von Gänseblümchen und Löwenzahn. Von dort blickte sie hinunter zu einem weißen Sandstrand. Hinter sich sah sie einige kleine Steinhäuser, und überall blühte der Ginster. Es war mild, und sie hätte stundenlang dort sitzen können.

Sie kramte in ihrem Rucksack und holte den Briefumschlag hervor, den sie heute früh am Gartenzaun gefunden hatte.

Sie öffnete ihn und zog einen Stapel gefalteter Blätter heraus, betrachtete die einzelnen Seiten. Auf jeder Seite erkannte Eleni eine andere Handschrift, doch jeder Brief war mit demselben Datum versehen, und unter die Texte waren Unterschriften gesetzt. Sie kannte die Namen. Es waren die Briefe, die Théo von den Dorfbewohnern eingesammelt hatte.

Sie begann zu lesen.

Anekdoten, die von ihr als Kind und als Jugendliche handelten, von ihrer Liebe zum Meer, zu Bernadettes Crêpes, und in beinahe jedem Text wurden ihr großer Mut und ihre Lebensfreude hervorgehoben. Sie alle zauberten ihr ein Lächeln ins Gesicht, manche brachten sie dazu, laut aufzulachen. Sie konnte noch immer nicht fassen, dass all das Théos lang gehegter Plan gewesen war.

Doch mittlerweile verstand sie seine Beweggründe besser. Er hatte sie mit seinen Nachrichten daran erinnert, dass es noch immer die schönen Dinge außerhalb ihres Hauses, ihres Gartens gab. Théo hatte sie über seinen Tod hinaus begleitet, sie seine Liebe weiter spüren lassen. In diesem Moment fühlte sie ihn so nah bei sich wie lange nicht mehr.

»Du hast mich hierhergebracht, Théo. Du bist so lange an meiner Seite geblieben … und jetzt sitze ich hier. Ich glaube, deine Aufgabe ist erfüllt. Du kannst jetzt beruhigt sein, versprochen.«

Die letzten Seiten des Stapels waren am Computer verfasst worden. Eleni schluckte, als sie die ersten Sätze las. Dieser Brief kam von Pierre.

Leni,

es tut mir leid. Ich hatte nie vor, dich so zu verletzen. Ich verstehe deine Wut, und trotzdem möchte ich versuchen, dir meine Beweggründe zu erklären.

Ich weiß nicht, wo ich beginnen soll, ich weiß nicht, ob es überhaupt eine angemessene Entschuldigung für das gibt, was ich getan habe.

Ich habe dir deine Entscheidung genommen, deine Zeit, deine Gefühle, die du mit Théo hättest teilen sollen. Das alles war mir nicht bewusst, Leni. Jetzt ist es mir umso klarer und es zerreißt mich zu wissen, dass ich dir diese letzten Monate mit Théo nie wieder zurückgeben kann. Ich wünschte, ich hätte das alles damals schon gesehen. Aber ich dachte, ich tue das Bestmögliche für Théo. Und für dich.

Ich habe dir erzählt, dass Théo ein guter Freund für mich geworden war. Aber vielleicht war das untertrieben. Théo war für mich die wichtigste Bezugsperson, als ich aus Toulouse zurückkam. Ich liebe meinen Onkel, natürlich, aber unsere Unterhaltungen beschränkten sich auf die Arbeit, das Haus, manchmal sprachen wir von früher. Unsere Gespräche gingen nie darüber hinaus, sie gaben mir nicht die Tiefe, die ich damals gebraucht habe.

Ich habe mich in Toulouse so einsam gefühlt, manchmal hätte ich am liebsten aufgegeben. Ich trug den Schmerz, dich verloren zu haben, immer mit mir, schaffte es nicht, ihn abzulegen. Ich hätte einen Freund wie Théo so sehr gebraucht. Und plötzlich war er da. Wir trafen uns jeden Abend, den er im Café verbrachte. Ich hatte nichts anderes zu tun, wenn ich von der Praxis nach Hause ging. Théo ließ mich alle Schwere vergessen, ließ mich nicht darüber nachdenken, dass ich keine Ahnung hatte, was ich mit meinem Leben anfangen sollte. Oft saßen wir zusammen und tranken noch eine Flasche Bier, bevor er das Café abschloss. Er bestärkte mich in der Entscheidung, die Tierarztpraxis zu übernehmen. Ich hatte meine Zweifel, ob ich hier bleiben wollte, ob ich gut genug war. Ich fühlte mich wie ein verdammter Nichtsnutz, aber Théo holte mich aus all meinen Selbstzweifeln heraus. Er sagte mir einmal: »Was kann schon Schlimmes passieren? Wenn es nicht klappt, fangen wir wieder neu an, es wird immer Wege geben, die uns an irgendein Ziel führen. Und egal, ob wir uns das so vorgestellt haben, es wird gut sein. Scheiß auf Lebenspläne, es wird sowieso immer anders kommen! Denkst du, das Café war schon immer mein großer Traum? Ganz und gar nicht! Und jetzt liebe ich diesen Ort.«

Ich weiß, meine Freundschaft mit Théo ging nicht sehr lange, aber es kam mir so vor, als würde ich ihn schon mein ganzes Leben kennen.

Die Briefe an dich waren ihm so wichtig. Es gab ihm so viel Kraft in dieser Zeit, die Geschichten der Dorfbewohner über dich zu lesen, es half ihm, seine Krankheit zu vergessen. Ich wollte ihm helfen. Ich tat es für ihn. Ich hätte viel früher zu dir kommen sollen, das weiß ich jetzt.

Théo hatte nie über den Ausgang seines Plans gespro-

chen, wie es nach den Briefen weitergehen sollte. Und vielleicht wollte er, dass es ewig so weitergeht. Natürlich wollte er nicht über ein Ende dieser Geschichten nachdenken. Denn dann hätte er über euer, über sein Ende nachdenken müssen. Das musste ihm so unglaubliche Angst gemacht haben.

Vielleicht wollte auch ich nicht daran denken, dass Théo eines Tages nicht mehr hier sein würde. Als er starb, fiel ich zurück in mein Loch, aus dem er mir herausgeholfen hatte. Ich stand wieder dort, wo ich angefangen hatte, als ich Théo gerade kennenlernte. Die Briefe an dich waren längst nicht fertig. Ich wusste aber, wenn ich sie nicht schreiben würde, wäre Théos Wunsch zerstört, und du würdest all seine Nachrichten nie erhalten.

Auch wenn es mir schwerfiel, mir die Kraft fehlte, setzte ich mich schließlich hin und begann, die Geschichten der Dorfbewohner zu lesen. Wieder und wieder.

Ich saß Stunden vor meinem Laptop und überlegte, was ich daraus machen könnte. Grübelte bis spät in die Nacht, leerte mehrere Flaschen Cidre.

Eines Morgens erwachte ich mit brummendem Schädel, den Kopf auf meiner Schreibtischplatte, neben mir ein Blatt Papier in der Druckerausgabe. Ich nahm es heraus und sah erstaunt, dass es beschrieben war, begann zu lesen. Doch statt der Geschichten anderer über dich las ich meine eigenen Erinnerungen an unsere gemeinsame Kindheit und Jugend, über Power-Ranunkeln und Mutproben. Ich musste sie völlig übernächtigt runtergetippt haben.

Irgendwie machten mich die Erzählungen aus unserer gemeinsamen Zeit glücklich. Ich dachte, dass sie dich vielleicht auch freuen würden. Also begann ich, die kleinen Texte zu verfassen und sie genau wie Théos Nachrichten in Umschläge zu verpacken.

Als ich dich dann zum ersten Mal besucht habe und du mir von den Briefen erzählt hast, da kamst du mir so lebhaft und fröhlich vor. Ich dachte, dass Théos Plan vielleicht doch aufging, also machte ich weiter.

Und jetzt sitze ich hier und fürchte, dich schon wieder verloren zu haben.

Ich weiß nicht, was ich dir noch schreiben kann. Ich hoffe, du kannst mich verstehen.

Für immer in der crique blanche mit dir. Oder wenigstens noch fünfzig Sommer mehr. Dein petite poule mouillée.

Eleni sah mit Tränen in den Augen auf den Ozean und ließ ihre Hände, in denen sie den Brief hielt, niedersinken. Sie hatte nicht geahnt, wie sehr auch Pierres Leben von diesem schrecklichen Unfall gezeichnet worden war. Aber natürlich! Was hatte sie erwartet? Dass sein Leben im Gegensatz zu ihrem ein Kinderspiel wäre, ihm alles gelingen würde? Erst jetzt wurde ihr bewusst, wie sehr sie sich gebraucht hätten. Sie brauchten sich noch immer. Mit seinen Nachrichten hatte Théo nicht nur Eleni wieder zurück ins Leben geschubst. Er hatte sie und Pierre, ohne es zu wissen, nach so vielen Jahren wieder zueinander geführt. Ihr ihren besten Freund zurückgebracht.

Noch fünfzig Sommer mehr

Damals

Ihre Schritte hallten in den Gassen, sie hatte es eilig und rannte, so schnell sie konnte. Alle paar Meter sprang sie über einen Sonnenfleck, den die eng stehenden Häuser durchließen. Von Weitem hörte sie schon das Lachen und Rufen der anderen Kinder, Musik und Stimmengewirr.

»Wo bleibst du denn?«

Pierre rannte ihr entgegen, und als er bei ihr angelangt war, gab er ihr einen kräftigen Schubs, sodass sie rücklings in den Sand fiel.

»Das hast du nicht gerade getan?!«, rief Eleni und sprang wieder auf. Sie legte ihre Arme um Pierres Schultern und hopste auf seinen Rücken.

»Runter, lass das!«, schrie er und lachte. Dann ging er in die Knie und ließ sich auf den Rücken fallen, sodass er Eleni unter sich begrub. Sie befreite sich und rollte lachend auf die Seite, blieb so neben Pierre liegen und holte tief Luft. Außer Atem sah sie zu ihm und grinste.

»Hey, ihr zwei, der Kuchen wird angeschnitten«, rief eine Stimme hinter ihnen.

Eleni drehte sich um und sah in das lächelnde Gesicht ihrer Mamie, die in einem langen blauen Sommerkleid in den Dünen stand und ihnen zuwinkte.

»Wir kommen!«, rief Eleni und richtete sich auf.

»Lass uns noch ein bisschen hier liegen«, sagte Pierre geschafft.

»Dann verpassen wir aber Bernadettes Apfeltarte!«

»Du wirst noch dein ganzes Leben Bernadettes Apfeltarte essen können!«, protestierte Pierre.

»Na und? Ich werd auch noch mein ganzes Leben neben dir im Sand liegen können!«

Pierre schwieg. Eleni legte sich wieder neben ihn und sah in den Himmel.

»Glaubst du das?«, fragte Pierre nach einer Weile.

»Was?«, fragte Eleni.

»Dass wir unser ganzes Leben nebeneinander im Sand liegen können?«

Eleni drehte ihren Kopf und blickte in Pierres große blaue Augen, die von seinen wilden Locken ein wenig verdeckt wurden.

Ja, dachte sie. Egal, was passiert, ich werde immer mit dir im Sand liegen wollen.

»Für immer«, sagte sie.

»Für immer ist ganz schön lang, das Versprechen kannst du nie halten!«

»Dann für mindestens noch fünfzig Sommer mehr«, versicherte Eleni.

»Versprochen?«, fragte Pierre.

»Versprochen«, sagte sie leise und lächelte.

• • •

Ein kühler Wind hob an und fuhr Eleni durch die Haare.

Der Himmel hatte sich zugezogen, und große graue Wolken hingen über ihr. Sie nahm Anemone und setzte sie in die Tasche. Dann stand sie auf und blickte über die kleine Insel. Auch das Meer hatte sich verdunkelt. Ein wenig besorgt sah Eleni zurück zum Anleger. Hohe Wellen schlugen nun an die Steinmauern, das Wetter hatte sich in kurzer Zeit gedreht.

Mit ihr waren nur zwei andere Passagiere auf der Fähre gewesen. Zwei ältere Herren, die sie nun aber nicht mehr entdecken konnte. Sie schaute auf ihre Armbanduhr und erschrak. Es war spät, und nach ihren Berechnungen hatte sie schon zwei Fähren verpasst.

Sie musste sich beeilen und lief über die Wiese zu einem Sandweg, der mitten über die Insel führte. Die letzte Fähre würde bald eintreffen. Doch anstatt zurück zum Anleger zu laufen, nahm sie die entgegengesetzte Richtung über die Hügel, zur anderen Seite der Insel.

~

»Verdammt, es wird immer stürmischer«, sagte Pierre nervös und sah besorgt in den grauen Himmel.

»Ich hoffe, ich irre mich«, murmelte er.

Iven sah ihn fragend an.

»Was meinst du? Sag schon, wohin will sie?«

»Die Insel vor Beauval«, antwortete Pierre.

»Da kommt sie doch bei dem Sturm gar nicht hin«, stellte Iven fest.

»Aber was ist, wenn sie schon da ist? Der Sturm hat gerade erst begonnen. Was ist, wenn sie nicht mehr zurückkommt?«

~

Vor Eleni lag ein Feld aus großen grauen Steinen, dahinter das dunkle, aufgewühlte Wasser. Ein leichter Nieselregen hatte eingesetzt. Sie nahm einen schmalen Pfad den Hügel hinab und blieb kurz stehen. Etwas orientierungslos blickte sie die Küste entlang. Dann balancierte sie auf den Steinen, die Tragetasche immer fest im Griff. Einige Male verlor sie beinahe das Gleichgewicht. Bald waren ihre Schuhe und Socken nass, und allmählich kroch die Kälte in ihren Körper. Doch Eleni lief unbeirrt weiter.

Schließlich sah sie ihn. Nur hundert Meter vor ihr reckte er sich in die Höhe. Eine große Felsformation aus grauen Steinen, an einigen Stellen mit Moos bewachsen und von Algenresten überzogen.

»Siehst du das? Wir haben es geschafft«, rief Eleni durch den Wind, der jetzt so stark war, dass er ihr beinahe den Atem verschlug.

»Le rocher de l'éléphant!«, rief sie glücklich, als sie endlich vor dem großen Steinbrocken angekommen war. »Der Elefantenfels.«

Sie kraxelte einmal um den Felsen, um ihn von allen Seiten sehen zu können, konnte nicht glauben, dass sie tatsächlich hier war. Stolz betrachtete sie ihn.

Dann kramte sie etwas aus ihrer Tasche hervor. Sie hielt das kleine Notizbuch, ihr Reisejournal, das Théo ihr geschenkt hatte, in den Händen. Sanft strich sie mit ihren Fingern darüber und öffnete es. Auf der Seite, die den Elefantenfels zeigte, hatte sie während der Fährüberfahrt etwas notiert.

»Jetzt sind wir endlich hier«, flüsterte Eleni und blickte auf ihre geschriebenen Worte.

Unser erstes großes Abenteuer. Elefanten-Abenteuer. Ich verspreche dir, dass es nicht das einzige bleiben wird.

Eleni fand einen kleinen Spalt im Felsen und legte das Büchlein hinein. Für einen Augenblick ließ sie ihre Hand darauf ruhen, dann atmete sie tief ein, lächelte und drehte sich um.

Als sie gerade den Rückweg antreten wollte, stob neben ihr wie aus dem Nichts eine hohe Welle auf, und sie verlor ihr Gleichgewicht. Sie rutschte aus und fiel auf die Steine, die Tasche fest im Griff, doch Anemone begann nun, aufgeregt hin und her zu springen. Erschrocken sah Eleni sich um und bemerkte, wie sich der Himmel in ein schwarzes tosendes Wolkenmeer verwandelt hatte. Der Regen wurde stärker und peitschte ihr jetzt mit voller Wucht ins Gesicht.

»Wir müssen zum Anleger«, rief sie, als würde Anemone etwas damit anfangen können.

Dann sah sie auf ihre Armbanduhr und sagte zu sich selbst: »Mist, die letzte Fähre geht in zehn Minuten.«

~

Pierre sprang aus dem Auto und rannte zum Anlegeplatz der kleinen Insel-Fähre.

»Die letzte hat gerade angelegt, heute fährt da keiner mehr raus«, sagte die ältere Frau am Schalter und deutete auf das Schiff, das am Anleger lag. Die Wellen peitschten gegen den Rumpf der Fähre und stießen sie heftig hin und her.

»Ist heute eine junge Frau zu den Inseln gefahren? Blond, etwas größer als ich?«, fragte Pierre außer Atem.

Die ältere Frau überlegte und nickte dann.

»Die mit dem Kaninchen in der Tasche«, sagte sie lächelnd.

Pierre nickte und sah sie abwartend an.

»Die ist heute Nachmittag zur Insel gefahren. Keine Ahnung, ob sie auf den zwei früheren Fähren zurückgekommen ist, ich hab sie nicht gesehen. Aber ich kann meine Augen auch nicht ständig überall haben, wissen Sie.«

Pierre sah die bedrohlich dunklen Wolken am Himmel, der Donner polterte nun direkt über dem Hafen und ließ ihn zusammenzucken. Er bedankte sich und rannte hinüber zum Anleger. Die Hafenarbeiter hatten sichtlich Probleme, den kleinen Steg, über den die Passagiere an Land kamen, festzuhalten. Pierre sah niemanden auf dem Schiff. Er blickte sich um. Keine Spur von Eleni. Nervös drehte er sich mehrmals um seine eigene Achse, blickte den Kai rauf und runter, hoffte, dass er sie doch irgendwo entdecken würde. Nichts.

»Da ist noch jemand auf der Insel«, rief er aufgeregt einem der Fährarbeiter zu, die damit beschäftigt waren, das Schiff festzumachen.

»Was?«, rief der zurück.

»Ich glaube, meine Freundin ist noch auf der Insel. Sie war nicht auf der Fähre!«

»Da sollte man sich aber lieber nicht rumtreiben bei dem Wetter«, antwortete der Hafenarbeiter trocken.

»Sie müssen die Küstenwache informieren!«, rief Pierre.

Der Arbeiter erhob sich, stellte sich vor Pierre und sah ihn forschend an.

»Bis' du sicher, dass da noch einer is?«, fragte er mit starkem Dialekt.

»Ja, ich mein, ziemlich sicher.«

Pierre sah nachdenklich zu Boden. Jetzt legte ihm der Hafenarbeiter seine Hand fest auf die Schulter.

»Hör mal, Junge, die Küstenwache fährt nich zum Spaß bei so 'nem Wetter da raus. Da muss' du schon ganz sicher sein.«

Er wandte sich von Pierre ab, nahm das dicke Seil in die Hand und legte es um einen Metallring, der im Boden eingefasst war.

Als Pierre sich nicht von der Stelle bewegte, schaute der Mann über seine Schulter und deutete auf die andere Seite des Hafens.

»Versuch's ma' da drüben, in den Bars. Die Fähre is schon 'ne Weile hier, vielleicht has' du deine Freundin verpasst, und die gönnt sich längst 'n Sektchen.«

Pierre spähte über den Parkplatz, an dessen anderer Seite eine Promenade entlangführte, gesäumt von kleinen Cafés, Shops und Bars.

»Danke!«, rief er und rannte los.

Er ging in jedes Café und jede Bar, fragte in den Shops, ob

sie Eleni und Anemone gesehen hätten. Eine Frau mit Kaninchen musste doch jemandem aufgefallen sein.

Doch auch in der letzten Bar schüttelten sie nur mit den Köpfen. Als Pierre sich in zunehmender Panik dem Ausgang zuwandte, rief ihm die ältere Dame hinter dem Tresen zu:

»Hast du's bei Jean und Marie probiert?«

Pierre sah sie fragend an.

»'ne Crêperie oben auf dem Hügel.«

»Crêperie?«, fragte Pierre.

»Nicht so leicht zu finden, aber draußen hängt ein Schild. Ist nur fünf Minuten von hier, den Berg rauf. Haben immer offen, die Verrückten, und die Crêpes sind …« Sie formte einen Kreis mit Zeigefinger und Daumen und setzte einen Kuss in die Luft.

Pierres Miene hellte sich auf.

»Crêpes!«, rief er, als hätte er eine Erleuchtung gehabt, »das ist es, danke!«

Die kleine Crêperie lag direkt an der Steilküste, die den Hafen umgab. Viele schmale Stufen führten den Berg hinauf bis zu dem Steinhaus, dessen Mauern von Efeu bewachsen waren und über dessen Tür ein kleines Metallschild baumelte: *Chez Jean et Marie*. Am Eingang standen zwei große pinke Hortensien in Keramiktöpfen. Der Weg vom Gartenzaun bis zum Haus war von Lichterketten erleuchtet.

Pierre ging den Weg entlang, und je näher er der Tür kam, desto mehr fürchtete er sich vor dem Moment, wenn er hineingehen und feststellen würde, dass Eleni auch hier nicht war.

Er ging zu dem kleinen, hell erleuchteten Fenster neben der Tür und spähte hinein. Hinter zwei durchsichtigen Gardinen lag ein gemütlicher Raum, ausgestattet mit runden Tischen und Sesseln. Jetzt vernahm er auch den betörenden Geruch von gerösteten Crêpes, heimelige Akkordeonmusik, ein leises Geschirrklappern aus der Küche. Und dann eine Stimme, die von hinten in den Raum rief, und eine andere, die antwortete:

»Ja, gern, *merci.*«

Pierre erkannte sie sofort. Sein Herz begann, schneller zu schlagen, er löste sich vom Fenster und öffnete die Tür.

~

Eleni spürte die Wärme der Heizung in ihrem Rücken und atmete tief durch. Die Kälte verschwand allmählich aus ihrem Körper, und auch Anemone schien sich in ihrer Tasche zu entspannen, die sie neben sich auf den Stuhl gestellt hatte. In Gedanken versunken blickte Eleni zur Tür, die in diesem Moment geöffnet wurde und das kleine Glöckchen darüber auslöste. Als sie Pierre hereinkommen sah, machte ihr Herz einen kleinen Sprung.

»Was machst du denn hier?«, rief sie überrascht.

»Ich bin so froh, dass ich dich gefunden habe«, sagte Pierre und ging auf sie zu.

»Du hast mich gesucht?«

Eleni betrachtete ihn ein wenig perplex, als er sich außer Atem neben sie setzte.

»Ich wollte mit dir reden.«

Eleni wusste nicht, was sie sagen sollte. Als sie am Abend zuvor von ihm wegfuhr, war sie überzeugt davon gewesen, ihn nie wiedersehen zu wollen. Doch jetzt hatte sie seinen Brief gelesen. Seine Freundschaft zu Théo war ihr ans Herz gegangen, und sie wusste, wie sehr auch er unter all den Geheimnissen gelitten hatte.

»Leni, du weißt, dass ich nie etwas tun würde, um dir wehzutun. Ich habe begriffen, dass du die stärkste Person bist, die ich je kannte.«

Eleni sah Pierre überrascht an.

»Du hast dich so lange allein durchgeschlagen, hast mit dieser erdrückenden Angst gelebt. Und heute bist du mitten im Sturm auf diese Insel gefahren. Allein!«

»Ich hatte ja Anemone«, sagte Eleni leise mit einem ironischen Unterton.

»Im Sturm, auf einer Insel, mit einem verdammten Kaninchen im Gepäck!«, sagte Pierre und lachte kurz auf. Dann sah er sie wieder ernst an.

»Ich bewundere dich, Leni. Und das meine ich ernst. Es war falsch, dir nichts von Théos Krankheit zu sagen, du hättest ihn stützen können. Ich habe dir das Gefühl, für ihn da zu sein, genommen, das habe ich jetzt verstanden.«

Eleni spürte, wie ihr die Tränen kamen. In diesem Moment fiel eine Schwere von ihr ab, sie fühlte sich gleichzeitig frei und völlig kraftlos. Sie wollte nicht mehr wütend sein, sie wollte nicht mehr wegrennen. Sie hob ihren Blick und schaute Pierre in die Augen. Dann lächelte sie zaghaft.

»Danke.«

Sie legte ihre beiden Hände um seine und hielt sie fest. Dann sank sie nach hinten in ihren Stuhl und schloss die Augen.

»Du siehst geschafft aus«, stellte Pierre fest.

Eleni lächelte, die Augen noch immer geschlossen.

»Heute habe ich etwas gehen lassen, einen sehr großen Teil von mir. Das hat mich Kraft gekostet, aber irgendwie … irgendwie fühle ich mich jetzt auch stärker.«

Sie spürte Pierres Blick auf sich ruhen, und als sie ihre Augen wieder öffnete, sah sie in sein zaghaft lächelndes Gesicht.

Eine ganze Weile saßen sie so schweigend beieinander. Bis Eleni sich irgendwann ein wenig aufrichtete, sich zur Theke wandte und dem älteren Herrn ein Handzeichen gab.

Dieser kam mit flinken Schritten an den Tisch und beugte sich lächelnd ein wenig vor.

»Was darf es sein, Madame?«, fragte der schmächtige kleine Mann.

»Zwei *Crêpes caramel au beurre salé*«, sagte Eleni.

Nachdem der Kellner wieder verschwunden war, wühlte Eleni in ihrem Rucksack und holte den Umschlag hervor.

»Ich habe deinen Brief gelesen.«

Pierre schwieg.

»Ich hatte keine Ahnung, wie wichtig dir Théo war.«

Eleni legte ihre Hand auf seine und sah ihm in die Augen. Pierre atmete tief ein.

»Ihr wart mir beide wichtig, Leni.«

Sie wischte sich eine Träne von der Wange, und auch Pierre fiel es schwer zu sprechen.

»In dem Moment, als Théo … da habe ich gedacht, dass ich die beiden Menschen verloren habe, die mir im Leben wirklich etwas bedeutet haben. Und dann haben *wir* uns wiedergesehen. Ich kann einfach nicht glauben, dass das jetzt schon wieder vorbei sein soll. Schließlich habe ich dich wiedergetroffen, weil ich Théo helfen wollte, und jetzt verliere ich dich genau deswegen.«

Eleni sah ihm fest in die Augen.

»Du verlierst mich nicht, Pierre.«

Jetzt konnte er seine Tränen nicht mehr zurückhalten und verbarg sein Gesicht. In diesem Moment stellte der kleine Herr die Teller vor ihnen auf den Tisch. Auf den Crêpes thronte eine Extraportion Sahne.

Als sie am Auto ankamen, dämmerte es. Iven war auf dem Beifahrersitz eingeschlafen und schnarchte laut. Pierre sah amüsiert zu Eleni.

»Vielleicht kommen wir zurück, ohne ihn aufzuwecken.«

Und tatsächlich, Iven schnarchte die gesamte Rückfahrt über, und erst als sie an Elenis Haus ankamen, wachte er ruckartig auf.

»Sind wir schon zurück? Hast du sie gefunden?«, fragte er verschlafen. Pierre lächelte und deutete auf den Rücksitz. Als Iven Eleni dort sitzen sah, erhellte sich sein Gesicht.

»Gott sei Dank! Wir dachten schon, du wärst im Sturm auf der Insel geblieben.«

»Keine Sorge, ich war auf der letzten Fähre und hatte den besten Crêpe seit Langem. Mir geht es gut«, versicherte Eleni.

»Oh, das hört sich gut an. Ich könnte jetzt auch etwas vertragen«, sagte Iven.

Eleni und Pierre sahen sich an.

»Ich hab nicht viel hier«, sagte Eleni.

Dann kam ihr eine Idee.

»Wie wär's mit Pizza?«

Reisen

»Nehmt euch vom Wein!«, rief Eleni aus der Küche.

Pierre und Iven saßen am Terrassentisch, während sie die Pappschachteln öffnete und die Pizzen in Achtel teilte.

»Die berühmte Pokoùesische Pizza!«, sagte sie und stellte die zwei großen Schachteln auf den Tisch.

»Mmmh, das riecht hervorragend!«

Iven griff direkt zu und zog ein von Käse triefendes Stück heraus. Pierre und Eleni taten es ihm gleich. Nach dem ersten Stück gab Pierre auf und griff zur Weinflasche.

»Ich geh zum zivilisierteren Teil des Abends über«, bekundete er, während er sich sein Glas bis zum Rand mit Rotwein füllte.

»Der feine Herr«, piesackte Iven.

»Oh, warte mal ab, so fein ist er bald auch nicht mehr!«

Eleni sah Pierre belustigt an.

»Esst ihr nur euer Fast Food und lasst mich in Ruhe.«

Er nahm einen großen Schluck aus seinem Glas.

»Erinnert ihr euch an die legendären Partys in der Grünen Scheune?«, fragte Iven jetzt.

Pierres und Elenis Augen weiteten sich. »Wie könnten wir die vergessen?«

Pierre nahm die Weinflasche und hielt sie in die Luft.

»Das waren die besten Abende, wenn alle Erwachsenen des Dorfes sich betrunken haben und keine Ahnung hatten, was um sie herum passierte!«

Eleni lachte.

Iven sah die beiden erstaunt an.

»Was meinst du denn damit?«

»Na ja, sobald ihr nichts mehr mitbekommen habt, haben wir ein paar Flaschen geklaut und sind in die Bucht. Da stiegen dann *unsere* legendären Partys.«

»Weißt du noch, wie Julien völlig betrunken mitten in der Nacht schnorcheln gehen wollte?«, grinste Eleni.

Pierre nickte.

»Wir mussten ihn an den Füßen aus dem Wasser ziehen, er war so stur!«

»Und zehn Minuten später ist er einfach weggepennt, und wir mussten ihn nach Hause tragen!«

Eleni und Pierre lachten.

»Also, ich hatte ja keine Ahnung«, rief Iven jetzt, »das hätte richtig Ärger gegeben.«

»So eine Doppelmoral!«, schimpfte Pierre. »Ihr konntet euch doch selbst alle nicht mehr auf den Beinen halten!«

»Ich weiß noch, dass Mamie und Pépé nach den Feiern in der Grünen Scheune immer ein paar Blumentöpfe umschmissen, wenn sie spätnachts nach Hause kamen. Die lagen dann am nächsten Morgen zerbrochen auf dem Gartenweg. Oder einmal, da stand der Kühlschrank weit offen, als ich morgens in die Küche kam, und auf dem Boden lagen zwei leere Joghurtbecher!«

Alle drei begannen herzhaft zu lachen.

»Ich glaube, ich muss jetzt mal ins Bett.«

Iven streckte sich und gähnte.

»Ihr könnt hier schlafen! Mit dem Auto solltet ihr sowieso nicht mehr fahren«, bot Eleni an. Sie stand auf und blickte zu Iven.

»Komm, ich bereite dir das Bett im Schlafzimmer vor. Ich gehe ins Gästezimmer, und Pierre kann auf der Couch schlafen.«

Nachdem sie Iven alles gezeigt hatte, kam Eleni zurück zu Pierre auf die Terrasse und setzte sich neben ihn. Einen Moment lang blickten sie schweigend in den klaren Nachthimmel.

»Ich hab schon ewig nicht mehr an unsere Strandpartys gedacht«, sagte Eleni.

Pierre lächelte.

»Es gibt so vieles, das ich irgendwo ganz hinten in meinem Kopf vergraben habe. Es sind so schöne Erinnerungen, Pierre, ich will sie alle wieder hervorholen.«

Jetzt nickte er etwas abwesend.

Dann fiel ihm plötzlich etwas ein.

»Was hast du?«, fragte Eleni.

»Warte hier, ich hab was im Auto vergessen.«

Er sprang auf und rannte durch den Garten.

Als er wiederkam, hielt er etwas hinter seinem Rücken versteckt.

»Mach's nicht so spannend!«

»Ich war mir nicht sicher, ob du ihn haben willst. Aber dann dachte ich, er war Teil einer wunderschönen Zeit unseres Lebens.«

Er zog eine kleine Schachtel hinter dem Rücken hervor und streckte sie Eleni entgegen. Als sie den Deckel anhob, atmete sie geräuschvoll ein.

»Der Mausschädel!«

Sie nahm ihn an sich und begutachtete ihn. Tränen standen ihr in den Augen.

»Du hast ihn behalten?«

Pierre nickte. »Ich wollte ihn dir schon damals zurückbringen, bin immer wieder zu deinem Haus, hab überlegt, ihn dir einfach wieder vor die Tür zu legen. Irgendwann wurde mir klar, dass wir nie wieder miteinander reden würden, und als ich nach Toulouse ging, habe ich es nicht übers Herz gebracht, ihn zurückzulassen. Ich legte ihn in eine kleine Schachtel und nahm ihn mit. Da lag er jahrelang, und bei jedem Umzug habe ich ihn wiedergefunden und an dich gedacht.«

Eleni schwieg und strich über den winzigen Schädel.

»Ich wollte dich nicht traurig machen«, entschuldigte sich Pierre und setzte sich neben sie.

»Nein, das ist es nicht.« Eleni sah ihn an. Eine Träne lief ihr die Wange herunter. Pierre hob zögernd seine Hand, dann wischte er sie zärtlich mit seinem Daumen weg. Einen Moment lang ließ er seine Hand an Elenis Wange ruhen.

»Ich bin glücklich. Dass etwas geblieben ist aus unserer

gemeinsamen Zeit, etwas Schönes, bevor … bevor alles kaputtging.

Sie umarmte Pierre fest.

»Es tut mir so leid, Leni. Wenn ich die Zeit zurückdrehen könnte, ich würde sofort …«

»Es ist nicht deine Schuld, es war nie deine Schuld, Pierre. Wir waren so jung! Wir waren Kinder, was wussten wir schon. Ich hätte dich nie wegstoßen dürfen.«

Für einen Augenblick verharrten sie in ihrer Umarmung. Dann löste sich Pierre und nahm Elenis Hand.

»Komm«, flüsterte er und stand auf.

»Wo willst du hin?«, fragte Eleni überrascht.

Doch Pierre zog sie wortlos hinter sich her.

»Wie geht es dir?«

»Gut.«

Eleni lächelte und drückte Pierres Hand fester. Sie sog die frische Luft tief ein und schloss die Augen.

»Angst?«, fragte Pierre.

Eleni schüttelte den Kopf.

»Warum sollte ich Angst haben, *petite poule mouillée?*«

Pierre lachte und legte seinen Arm um Eleni. Die Wellen rauschten und schlugen gegen die Felsen zu ihren Füßen. Sie standen auf dem Uferweg über der crique blanche und sahen auf den weiten, dunklen Ozean.

»Und was hast du jetzt vor?«, fragte Pierre.

Eleni sah ihn nachdenklich an.

»Weiß nicht. Vielleicht gehe ich endlich mal auf all die

Reisen, über die ich in meinen Reportagen geschrieben habe.«

Sie grinste.

Pierre schüttelte den Kopf.

»Nicht zu fassen«, sagte er belustigt.

Nach einer Weile zog sich Eleni ihre Schuhe aus und rannte los.

»Wer zuerst in der Bucht ist!«